夥 計

夥 計
The Assistant

伯納德‧馬拉末（Bernard Malamud）著

劉紹銘 譯

香港中文大學出版社

《夥計》

伯納德・馬拉末 著
劉紹銘 譯

中譯版 © 香港中文大學 2023

國際統一書號 (ISBN)：978-988-237-289-4

出版：香港中文大學出版社
　　　香港　新界　沙田・香港中文大學
　　　傳真：+852 2603 7355
　　　電郵：cup@cuhk.edu.hk
　　　網址：cup.cuhk.edu.hk

The Assistant (in Chinese)
　　By Bernard Malamud
　　Translated by Joseph S. M. Lau

ISBN: 978-988-237-289-4

The Assistant Copyright © 1957 by Bernard Malamud
Published by arrangement with Russell & Volkening, Inc., a subsidiary of Massie &
McQuilkin Literary Agents, through The Grayhawk Agency Ltd.

Published by The Chinese University of Hong Kong Press
　　　The Chinese University of Hong Kong
　　　Sha Tin, N.T., Hong Kong
　　　Fax: +852 2603 7355
　　　Email: cup@cuhk.edu.hk
　　　Website: cup.cuhk.edu.hk

Printed in Hong Kong

For

Sau Ieng

Gratefully,

目 錄

出版說明

　　劉紹銘教授翻譯的《一九八四》，於二〇一九年再版，重校舊譯時，他燃起了要接着翻譯歐威爾另一部小說《動物農莊》的念頭，譯本翌年出版，教授説那是自己的「收山」之作。然而教授一生勤奮，根本閒不下來，我們乃常在旁勸他寫東西編東西，不過，他念念不忘的，始終是他自己上世紀七十年代的舊譯。幾位美國猶太作家的作品：《夥計》、《傻子金寶》和《魔桶》，他跟我們叨念過多次，説若能再版，即心事了卻。他曾明言以翻譯來言志，這幾本小説令他心繫大半生，其原因讀者當可在幾本書的譯者序中找到答案，在此不贅。

　　對比版本時，我們發現劉教授每次再版都會修訂文字，這次當然也不例外，三本書他都逐字重校一遍了。要説明的是，《傻子金寶》以往有收瑪拉末的〈湖濱女郎〉，現在這篇挪到了《魔桶》中；亦曾有版本因增收以撒・辛格三篇而刪去菲臘・羅夫的〈艾普斯坦〉，現版本把所有文章都一併收進來。

　　多年來，劉教授習慣以傳真跟我們通訊，或精警的幾句，或幾頁的文稿，現在都已成絕響。我們謹以出版此三部他念茲在

茲的著作，去紀念他、懷念他，並且謝謝他多年來為我們譯介這
些與他「志氣相投」的作品。

香港中文大學出版社編輯部
二〇二三年六月六日

翻譯與言志：《夥計》代序

　　《石頭記》譯者霍克思教授三年前跟筆者通了一次信，提到他的譯作，說居然有人如此煞有介事的拿來做研究，一字一個的推磨，令他大感意外。

　　霍克思彬彬君子，態度誠懇，語言慎重，他說感到意外，想非誑言。他迷上了《石頭記》，想把榮寧二府的無限春光，通過翻譯媒介，傳染給他的同胞（霍氏英人也）和其他英語讀者。在英譯本的序言他說過，一生能竟此功，死而無憾。這真是譯界一個痴人的心聲。

　　在《石頭記》以前，霍氏翻過《楚辭》和杜甫。前者為博士論文，後者為教學心得。《石頭記》的前八十回，霍氏已翻完；後四十回由他快婿明福（編註：閔福德）教授續稿。霍氏本人今後還有甚麼翻譯計劃，尚未有聞。

　　歐美大學和香港兩間大學，都設有翻譯課程。但我個人始終相信，翻譯的常識可以傳授；說到藝術，已近禪境。識者不用傳，矇矓者即使耳提面命，也是枉然。我幾年前曾在威大開過這門課，學生華洋雜處。臺灣香港來的同學，曉得諸葛亮所

謂「漢賊不兩立，王業不偏安」這兩個句子的歷史負擔，雖然他們覺得要用英文說出來，真是有口難言。

美國同學呢，查了註解和史書，知道「漢」與「賊」是怎麼回事，卻不容易明白中國的古人讀《出師表》、《陳情表》和《祭十二郎文》，為甚麼理應同聲一哭。

因此，譯《陳情表》這類情性之作，英文造詣是一回事，感性是否相近，是更重要的一回事。

霍氏譯《石頭記》，珠玉紛陳。這種成就，不是看《翻譯的藝術》這類書能鍛鍊出來的。他英文氣象萬千，但英美漢學界中比他英文更好的，想還可以找到。問題是，他們可有霍氏對此書超乎文字表層的了解？

交朋友，要找志氣相投的。挑作品來翻譯，亦該如此。能夠譯福納克的人，照理說也可以譯海明威。但這近乎濫交了。兩人之路截然不同，感性大異其趣。長於處理福納克句子的高手，可能短於表達海明威實事求是的語法。反過來亦然。

當然，做人既有少年青衫薄的日子，從事翻譯的人，初出茅廬時，也有「意氣用事」的時候。拿我自己來說，大學四年級時翻過卡夫卡。一來因為同學在籌辦《現代文學》，第一期就是卡夫卡專號，自己是編委之一，責無旁貸。二來那時讀西洋作品，跡近濫交，看甚麼就認同甚麼。三來對翻譯毫無認識，視之為翻字典後搬字過紙的機械工作。卡夫卡可以譯，喬哀思怎

麼不能譯了?至於自己的志趣是否與他們相投,那時從沒考慮過。今天想來,罪過罪過。

　　翻譯是我的副業。既不賴以養家,挑誰來翻,就是自己的權利了。有時為了盡義務,也翻些自己不敢苟同的作品。譬如說,我近三兩年譯了不少華美作家的短篇小說,並非全因這是塊處女地,而是鑒於國人對與我們同種卻不同文的作家的作品一無所知所致。

　　除此以外,過去十多年來我斷斷續續英譯過來的小說,都是自己找來的擔當。而且,還有一點得附帶說明的是,這些譯作,全非授課之餘的副產品。當時閱讀,以「閒書」心情目之。(「閒書」,因為與自己的教科書無關也。)誰料掩卷後終夜不能成眠,思之念之,無日無之,漸成胸中塊壘,非吐不可。這種激動,從事創作的人,知之最稔。從事翻譯的人,即無創作天才,但盪氣迴腸的感受,人之常情。看了一首詩或一篇小說,覺得那位作者,把你生平要說的話,都替你說了。不但替你說了,比你說得更詳盡、更有想像力、更有境界。你激嘆之餘,就把這位素昧平生,但「深知我心」的作者引為知己。

　　我譯以撒‧辛格的〈傻子金寶〉、瑪拉末的〈夢中情人〉和《夥計》,都是為了化解這種激盪心情的產品。

　　想霍氏譯《石頭記》的心情亦如是。曹雪芹如在世,說不定會感激的對霍克思說:「知我者,二三子。」其實,倒過來霍氏何嘗不可以對曹氏說同樣的話?

　　詩言志，翻譯一樣是言志。在商業社會中，翻譯和創作一樣，一出版成書，就是商品。社會如此，從事藝術的人，不必為此汗顏。藝術要傳播，就得靠商業媒介。《石頭記》的譯本，若無企鵝公司出版，我也看不到。關鍵在於譯者。霍氏謂他的譯作得到學界如此重視，出乎意料之外，大概因為他不是為了出名而譯此書吧。但他並沒有說因享此時譽而不高興。書能多賣幾本，多拿幾塊錢版稅，他更應該感到心安理得。但在霍氏這一類譯者來講，譯《石頭記》最大的報酬，是給他言志的機會。人家叫好和版稅的厚薄，猶餘事矣。這大概就是他對不虞之譽感到「意外」的理由吧。

　　《夥計》是我的舊譯，一九七一年在香港出版。現承大地出版社姚宜瑛先生之邀，重排在臺再版，趁機會把譯文重讀一次，激動之情未減。瑪拉末近年間有新作，但長篇小說中，達到經典地位的，論者仍推《夥計》。我也趁此機會把文字中一些沙石檢去，務求做到黃維樑兄所說的「清通」標準。霍氏英文清通而多姿，大師手筆。我能達到一半的功力，於願已足。

劉紹銘

一九八二年九月十七日

夥 計

十一月初的侵晨，街道仍然漆黑，但是風已經刮起來了，雜貨店老板莫理士‧普伯有點意外。他彎身在路邊拖兩個牛奶箱子時，風把他的圍裙，吹到臉上去了。他氣喘喘的把這兩個箱子拖到門前。一個頭髮斑白、愁眉苦臉的波蘭婦人已經蹲在那裏，縮成一團。門前還有一大袋用牛皮紙袋裝着的麵包。她是來買麵包的。

　　「這麼晚還不開門？」

　　「現在才六點十分，」普伯說。

　　「冷死了，」她抱怨說。

　　他用鑰匙開了門，讓她進去。平常他把牛奶箱子拖進去後，還要點煤氣爐。但今天那個波蘭女人等得不耐煩了，普伯就把袋子裏的麵包倒在櫃檯上的鐵絲籃子裏，給她挑了一個沒有芝蔴的，切了片，用白紙袋裝起來。她把麵包放在繩子結成的菜籃內，然後掏出三分錢，擺在櫃檯上。普伯在那個老得吱吱作響的現金出納機上記了賬，把剛才裝麵包的紙袋攤平摺好後，就把門外的牛奶箱子拖了進來，把一瓶一瓶的牛奶放到冰箱的下層。他把鋪子前面的煤氣爐點上後，又跑到鋪子的後面去點另外一個。

他在一個舊得污黑的搪瓷壺子裏燒了咖啡，啃着麵包，不問滋味如何的呷着咖啡。把鋪子打掃清潔後，他就等樓上的住客尼克·費蘇下來。尼克是附近一間修理汽車工場的技工，每天早上約莫在七點鐘左右下來，買兩毛錢火腿和麵包。

但是前門一開，進來的卻是一個十歲的小女孩。他的心一沉。

「我媽媽說，」她說：「問你肯不肯賒給她一磅牛油，一條黑麥麵包和一瓶白醋？明天給你錢。」

他知道她母親是甚麼人。「不再掛賬！」

那個小女孩哇的一聲，哭了出來。

普伯給了她四盎斯牛油，一條麵包和一瓶醋。在舊櫃檯上，靠近現金出納機附近，有一處劃滿了鉛筆痕的地方，在「醉婆娘」的名下，他記下了一個金額，加起來，總數是二元三分。他從來不奢望能收回這筆款項。但是愛德要是看到這個新數字，一定又會囉嗦一番，所以他把新數字四毛二分擦去。用四毛二分來換他僅有的一點清靜，也是值得的。

他在鋪子後面的一張圓木檯旁邊坐了下來，聚精滙神的看着昨天出版的猶太人看的報紙，那是他曾經一字不漏的讀過的。鋪子前面和後面隔着一堵牆，牆上開了一個窗洞，普伯不時透過這個窗洞，看有沒有人偶爾走進店子裏來。有時他正看着報紙，舉頭一望，看到顧客靜靜的站在櫃檯面前等他，往往嚇得一跳。

現在，這間鋪子看來，就好像一條又長又黑的地道。

普伯嘆了一口氣，又再等。等生意上門實在不是辦法。生意不景就是不景了，等也沒用。

一個工人走進來，買了一罐一毛五分錢的挪威沙丁魚。

普伯又回到老地方去等。二十一年來，這店子改變得很少，只粉刷過兩次和換過一次架子而已。鋪子前面的老式雙層窗戶，他倒是叫木匠改裝成一個大的單層窗戶。十年前，掛在外邊的招牌掉了下來，但是他一直沒有換新的。有一次，生意好了一段時期，普伯就把木冰箱拆了，換了一個白的電冰箱，放在與舊櫃檯平排的地方。他常常靠着冰箱，凝視窗外。除此以外，鋪中一切依舊。許多年前，這是一家以賣熟食為主的熟食店。現在雖然仍零零星星的賣點熟食，實際上卻是一間破雜貨店了。

半小時過去了，尼克還沒有來，普伯便站起來，走到掛在窗前的一塊啤酒廣告牌後面站着。除了這塊廣告牌外，他的前窗，可以説空空如也。過了不久，屋子的大門開了，只見尼克穿了一件手織的綠色粗毛線衣走出來。他在街外轉了一轉，不多久就走了回來，手裏拿着一袋從雜貨店買回來的物品。尼克看到站在窗口後面的普伯的神情，但他沒有看多久，就一溜煙似的直奔上樓，砰的一聲關上了門。

普伯凝神望着街上。他突然興起了一個念頭：如果我能像小的時候一樣在街上玩多好，總之不用關在屋子裏面就成了。但外面颯颯的風聲嚇怕了他。他又想到要把鋪子賣掉，但誰會

買呢？愛德老想着賣它，一天到晚念念不忘的想着要賣它。想到這些，他不禁苦笑起來，雖然他實在一點笑意都沒有。既然把鋪子賣掉是絕不可能的事，因此他極力制止自己不去想它了。但有時他在櫃檯後面喝着咖啡，禁不住又會興起賣鋪子的念頭。

　　不過，要是他出人意表的把鋪子賣掉了，他能到哪兒去呢？他一想到自己無藏身之地的情景，心中就忐忑不安。他幻想着自己站在街上，不論陰晴寒暑，讓風吹雨打，讓雪在頭上結冰的情形。唉，好久好久沒有在街上消磨過一整天了。小時候，他老愛在鄉下滿是泥濘和車轍的街道上跑來跑去，或者穿越田野，或者和別的孩子在河裏嬉水。但是長大後，來到美國，他一直就少有見天日的機會。起初，他靠一輛運貨馬車過活，當然有到外面跑跑的機會，但是自從他開了店鋪，就再沒機會了。在店裏工作，可以說是在墳墓裏生活。

　　送牛奶的人，身壯力健，把貨車開到他鋪子的前面，匆匆的跑進來，拖了一箱空瓶子出去，回頭又拿了兩瓶半品脫的奶油進來。他走後，肉食批發商奧圖・福加爾跟着進來，他是一個于思滿面的德國人，手上拿着一個油膩膩的籃子，盛着燻香腸和一串小紅腸。普伯用現款跟他買了燻香腸。跟德國人做生意，他是從不掛賬的。奧圖拿着小紅腸走後，送麵包的來了，把三條新鮮的麵包拿來，換去了三條舊的，他是一個新手，甚麼話也不說就走了。然後，一個叫李奧的賣糕餅的人進了來，匆匆的往擺在冰箱上面的糕餅盒子一看，說：「莫理士，禮拜一見。」

普伯沒有睬他。

李奧猶疑了一下，說：「到處都這個樣子的了。」

「這裏卻最壞。」

「禮拜一見。」

附近一個年輕的家庭主婦，買了六毛三分錢的東西。她走後，另外一個又進來，買了四毛一分貨品。他終於做了當天的第一塊錢現款的生意。

賣燈泡的小販白拉柏，將他那兩大紙盒子燈泡放了下來，躡手躡腳地從後門走了進來。

「裏面坐，裏面坐，」普伯招呼他說。他泡了茶，倒在一隻大杯子內，還加了塊檸檬。白拉柏舒服的坐了下來，連大衣和便帽也懶得脫下，咕嚕咕嚕地喝着熱茶，喉核一上一下地翻動着。

「生意還好嗎？」普伯問。

「不好，」白拉柏聳聳肩說。

普伯嘆了口氣。「你的孩子怎樣了？」

白拉柏心不在焉的點了點頭，然後就拿起猶太人看的報紙來讀。十分鐘後，他站起來，渾身搔了一陣子，就提起了用晾衣繩綑着的兩隻紙盒子，揹在瘦削的肩膊上，離開了。

普伯目送他走出去。

真是家家有本難唸的經。

午飯時分，愛德下來了，她已把房子上上下下打掃清潔了。

　　普伯站在破沙發前面，從後窗望出去，看着後院。他在想念着兒子伊佛瑞恩。

　　愛德看見他眼睛都濕潤起來了。

　　「別再想了，好不好？」可是她自己的眼睛也濕了。

　　他走到水槽，用手掌盛了點水，把臉孔埋在裏面。

　　「那意大利鬼，」他説，一邊把臉擦乾：「今天早上到對面的鋪子買東西。」

　　她很氣。「這就是你租給他五個房間，只收二十九元的結果，好使他當着人家丟你的臉。」

　　「但我們的房子是沒有熱水供應的啊！」他提醒她道。

　　「你不是裝了煤氣爐麼？」

　　「誰説他丟我的臉啦，我並沒有這樣説。」

　　「你沒有説了甚麼冒犯他的話吧？」

　　「我？」

　　「那他為甚麼跑到對面去買東西呢？」

　　「為甚麼？為甚麼？你為甚麼不自己去問他？」他氣憤地説。

　　「你一共做了多少生意？」

　　「別提了，」

　　她把臉避過去。

　　他心不在焉的擦了一根火柴，點了一根香煙。

　　「別抽煙啦，」她嘮嘮叨叨的説。

　　他深深的吸了一口，用姆指甲把煙頭截下，然後急急忙忙把

剩下來的那一截，從圍裙底下，放進褲袋去。那一口煙令他咳嗆起來，咳得滿臉通紅，像是蕃茄。愛德雙手掩着耳朵。最後，他咳出了一口痰，便掏出手帕，抹了嘴巴，又擦了擦眼睛。

「老是抽香煙，」她譏剌地說：「你幹嗎不好好的聽醫生的話？」

「好幾個醫生都這樣說呢，」他說。

說完後，他注意到愛德那一身衣服。「有甚麼大事嗎？」

愛德覺得有點難為情地說：「我以為今天買主會來。」

她五十一歲了，比他年輕九歲，頭上幾乎沒有一根白髮。但她臉上皺紋已深，腿站得久時就會覺得酸痛，儘管她現在穿的是一種腳心有墊子設備的鞋子。那天早上，她一起來就埋怨她丈夫，不該在二十多年前把她從猶太區裏拉出來，悶在這地方。即使今天，她仍念念不忘她在那兒的老朋友和那兒的風物。離鄉背井的滋味已經夠受的了，但令她更難受的是經濟毫無保障。這就是她常常囉囉嗦嗦的原因。這不是她要過的日子。不過，她沒有向丈夫表示出來，而她表示不滿的方式，也僅限於囉囉嗦嗦一番而已。說起來，她也覺得有點對他不起，因為當他在夜中學唸第一年書，準備將來要做藥劑師時，她把他說服了，買下了這間鋪子。這些年來，他性格變得非常固執，不容易受人左右了。從前，她有時也可以反抗他一下，但現在他的忍耐力，使她無從對付了。

「明年普珥節，你的買主就來了，」普伯哼了一聲說。

「別那麼自作聰明罷，卡帕已給他打過電話了。」

　　「卡帕打了電話？」他不屑地説：「他在哪打的？在小氣鬼處打的麽？」

　　「在這裏。」

　　「甚麽時候？」

　　「昨天——你睡覺的時候。」

　　「他跟他講了些甚麽？」

　　「賣鋪子的事——你的鋪子，廉價出售。」

　　「廉價出售？那是甚麽意思？」

　　「鋪子值不了多少錢，連家具貨物裝飾加起來也值不了多少，三千塊吧，也許還要少。」

　　「我付了四千塊。」

　　「那是廿一年前的事了，」她有點生氣地説：「那麽別賣好了，拍賣吧。」

　　「他連房子也要？」

　　「這點卡帕就不知道了，也許他會要吧。」

　　「好大的口氣。你想想好了，一個在過去三年一共給人逮捕四次的人，一個連電話都不裝上一個的人，他説的話，怎能算數？他答應過我在附近不會開雜貨鋪子，現在怎樣，對面不是開了雜貨鋪子。他為甚麽要幫我賣這鋪子？他為甚麽不阻止這德國佬在對面開鋪子？」

　　她嘆了口氣，説：「他現在覺得你可憐，所以要幫你的忙。」

　　「誰要他可憐？誰要他幫忙？」普伯説。

「那你為甚麼不在酒局發賣酒執照時，把這間雜貨店改成酒鋪？」

「哪裏有現錢去買貨？」

「沒有錢，就別多講了。」

「誰要做醉鬼的生意。」

「生意就是生意。隔壁朱利亞斯一天做的生意，夠我們做兩個禮拜了。」

愛德知道他心裏煩得很，就換了話題。

「我跟你說過應該擦地板了。」

「我忘了。」

「我特別吩咐過你的，要是擦了，現在都已乾了。」

「等一會再擦好了。」

「等一會客人一來，就會走在地蠟上，把地方弄得烏煙瘴氣。」

「甚麼客人？」他叫起來：「哪個客人？誰會來這裏？」

「你去罷，」她平靜地說：「到樓上去躺一下吧，擦地板的事，我來弄好了。」

但他還是去把地蠟和拖把拿了出來，把地板擦得閃閃發光。一個客人也沒進來過。

她煮了湯給他吃。「今天早上，海倫連早餐也沒吃就走了。」

「她肚子不餓嗎？」

「她有心事。」

　　他挖苦地説:「她有甚麼好擔心的?」他當然知道她為甚麼:鋪子、他的健康、她菲薄的薪水要拿來付房錢,她本想讀大學,卻要出來做一份她不喜歡的差事。她是父親的女兒,難怪她不想吃了。

　　「如果她能結婚就好了,」愛德喃喃地説。

　　「她會結婚的。」

　　「快了,」她差點要哭出來了。

　　他低哼了一聲。

　　「我就不明白為甚麼她不跟賴‧璞爾來往了,整整一個暑假他們都親熱得像情人一樣。」

　　「那個人愛做表面功夫。」

　　「他將來一定是有錢的律師。」

　　「我不喜歡他。」

　　「路易‧卡伯也很喜歡海倫,我真希望她給他一個機會。」

　　「他是個笨蛋,就像他老子一樣,」他説。

　　「除了莫理士‧普伯,人人都是笨蛋。」

　　他朝着後院凝視。

　　「趕快吃完了就上去睡罷,」她不耐煩地説。

　　他喝完了湯,就上樓去了。對他説來,上樓比下樓輕鬆多了。到了睡房,嘆了口氣,他把黑色的窗帘布拉起來。一想到要睡覺,他幾乎已經睡着了。睡覺是他唯一的享受,因此一到睡覺時間,他就覺得快樂。他把圍裙、領帶和褲子除下來,放

在椅子上，然後坐在那張闊大、中間凹下去的床沿上，解了那雙
變了樣子的鞋子的鞋帶，這就連着襯衣、長內褲和白襪子一起，
鑽到冰冷的被窩裏去了。他把臉緊貼着枕頭，等身體發暖，他
左翻右轉，等着入睡。但是樓上費蘇的太太苔絲，正在開着吸
塵機。而且，儘管他竭力想忘記尼克跑到對面德國佬處買東西
這回事，他實在為此難過得睡不着。

　　他想起了以前度過的窮困的日子，但現在實在比以前壞多
了。現在簡直不可能生活了。他店子的生意，向來就賺不了甚
麼錢，一天好，一天壞，好像風向一樣多變。有時候，生意會
在一夜之間，一落千丈，但慢慢地總會恢復過來，可說是屢試不
爽。有時生意好起來，簡直有歷久不衰之勢——雖然所謂「生意
好」並不是甚麼真正的好，只不過不像現在那樣壞下去就是了。
他二十一年前買這鋪子時，這一帶的地方，正需要這麼一家雜貨
店。可是這些年來，他店裏的生意，也正如這地區的生意一
樣，一天不如一天了。但即使處境如此，一年前他一個禮拜工
作七天，一天工作十六小時，生活還馬馬虎虎過得去。這樣的
生活，就是活着而已。現在雖然他勤奮如昔，卻快破產了，快
沒有耐性了。以前，日子不論怎麼不好過他也熬過了。到時機
一轉，景況好些時，他人也會覺得好些。但是現在，自從十個
月前史密茲在對街出現以來，就沒有一天好日子。

　　去年，一個裁縫匠破了產，就結束了店務，帶着他生病的太
太離開此地了。自從那間店子空出來以後，普伯一直就在擔

憂。躊躇了一番後，他就跑去看那房子的房東卡帕，請求他不要把房子租給做雜貨生意的。他說這種地方，一家雜貨店已足夠了，如果再多開一家，那他們只有一同捱餓了。卡帕說這地區不會像他所說的那麼壞（醉鬼住的地方，普伯想），但答應他盡可能把房子租給做裁縫的，或做鞋子的。他雖這麼說，但普伯卻沒有相信他。幾個禮拜後，房子還是空着。雖然愛德說他的擔心屬於庸人自擾，普伯卻老是不能解除他心頭的恐慌。終於有一天，他擔心着的事發生了。那鋪子的空窗櫥上，貼了一張告示，說一間新的熟食店和雜貨店就要開張了。

普伯急急忙忙地跑去看卡帕。「你怎麼可以這樣對我？」

卡帕聳了聳肩膊，說：「你也看見店子空了多久了，別忘了我要付稅。但你別擔心，」他加上了一句：「你賣雜貨，他賣熟食，不久他會給你帶來新顧客。」

普伯苦哼一聲，他知道自己完了。

可是日子一天天過去，那店子仍然空空如也，他因此不禁想到，也許這熟食店永遠開不成了。這個人也許改變了主意。說不定他看到這地區住的都是窮人家，因此不想冒險在這裏開業。普伯很想去問卡帕究竟他猜得對不對，但又不想再去自取其辱。

晚上鋪子打烊後，鎖了門，他不時就會靜悄悄地走到街口，然後橫過街道，走到對街。那間空鋪子，就在街口轉角處藥房左邊的隔壁。要是沒有人注意，他就會透過塵封的玻璃窗，看看暗影裏的一切有沒有改變。一連看了兩個月，一點變動也沒

有，所以每晚他離開時，就有一種如釋重負的感覺。可是有一晚，他看到卡帕竟然故意躲開他——這是以前未有過的事。跟着，他就看見店子的後牆上豎起了一排一排的架子。他給自己編造的希望，也隨着粉碎了。

沒幾天，這些架子都好像長了三頭六臂似的，紛紛在牆上伸展開來。過了不久，這店子設有層架的地方，都粉飾得輝煌奪目。普伯自己勸自己說，別再去看了，但每天晚上仍禁不住跑到那兒去視察一下，打量一番，然後又猜測這間新店子的開張會令他損失多少錢。他每一次偷窺裏面的東西，就在幻想中把這一切消滅，或不把這當作一回事。但裏面增添的東西，卻比他所能「毀壞」的更快。裏面的東西，每天比春花綻開得還要快還要多——流線型的櫃檯、最新型的冰箱、螢光燈、放水果的攤架子、鉻造的現金出納機。從批發商交來的貨物，更堆積如山，紙盒木箱，式式俱全。然後一天晚上，一個陌生人在白色的亮光下出現了。他是個瘦削的德國人，梳着向後腦梳的德國髮式。他口中咬着一截熄了火的雪茄煙，在這萬籟俱寂的時分裏，把標籤鮮明的罐頭、瓶子和閃閃發亮的玻璃瓶井井有條的排列起來。不用說，普伯自然恨透這間新鋪子了，但另一方面，他卻對它產生了一種奇妙的好感。結果有時他走進自己那家舊式的鋪子時，連看都不想多看一眼。現在他明白為甚麼尼克·費蘇那天早上要走到街口轉角處過對面了——他要嚐嚐新鋪子的簇新感覺，嚐嚐給史密茲這個精力充沛、穿着得像醫生模樣的德國佬服侍的滋味。去嚐新和

被史密茲服侍的還包括許多他的老顧客。他這些老顧客現在已變成史密茲的老顧客了，而他那份本來就微薄的收入就減了一半了。

　　普伯想盡辦法要睡，但一直睡不着，發覺再難安枕了。十五分鐘後，他決定穿衣下樓，但就在這時，他腦海中自自然然、毫無悲傷的浮現出他逝世已久的兒子伊佛雷恩的影子，他也就安然入睡了。

　　海倫·普伯在地下火車裏，好容易才擠在兩個女乘客中間坐下來。她看到書中一章的最後一頁時，前面站着的一個男人，突然走開了，另外一個跟着就擠了進來。不用看，她已知道站在前面的就是賴·璞爾。她起初想不理他，繼續看下去，但又覺得不成，就把書閣了起來。

　　「海倫，你好。」賴·璞爾的手戴着手套，摸了摸新帽子。他的態度一向誠摯，可是有所保留——為了他未來的身分。他拿着一本厚厚的法學書，幸好她自己手上也拿着一本，可以掩飾一番。但一下子，她就覺得她的掩飾不夠，因為她突然覺得自己的衣服和帽子變得寒酸起來。這實在是一念之間的事，因為未看到他以前，衣服和帽子都是好好的。

　　「你看唐吉訶德？」

　　她點了點頭。

　　他顯得極為尊重的樣子，跟着沉下嗓子説：「好久沒見你了，你躲到哪去？」

她全身發燙，扭怩不安。

「是不是我無意中冒犯了你？」

坐在她旁邊的那兩個女人，簡直好像聾了似的。其中一個的粗手上，拿着一串唸珠。

「沒有。」她是自作自受。

「那麼這是為甚麼？」他的聲音很低。從他的灰眼睛中，可以看出他是有點生氣了。

「不為甚麼。」她喃喃地說。

「那究竟是怎麼回事？」

「你是你，我是我。」

他把這話想了一下，就說：「我不大會猜謎語。」

她卻覺得說夠了。

他用另一個方法。「碧蒂問候你。」

「你也代我問候她罷。」她說這話，並沒有開玩笑的意思，但說出來後，實在有點滑稽，因為碧蒂和她住在同一條街上，只隔了一間屋子。

他臉一沉，打開了書本。她也重新打開《唐吉訶德》，將她的思緒，寄託在那個狂人的古怪行狀中。但不久回憶又使她忘了他，思想又被夏天的景象絆住了。那是一個她想忘去的夏天，雖然她很喜歡夏季。但你夏天做的事，秋天又再做一次，怎會這麼容易忘得了？她起初以為，丟了童貞，並不是甚麼了不起的事。令她驚奇的是，自己為此竟然良心久久不能安息。或

者這不是良心不安，而是因對方並不把她的處女身看作甚麼一回事而引起的失望？賴‧璞爾英俊瀟灑，下頜微岔，有雄心，要跟她睡覺，沒費多大功夫，就達到目標了。她對他的順從，出於愛意，雖然後來變成悔意。她後悔的不是愛錯了他，而是怪自己等了這麼久才發覺到他要自己的，原來是這麼少。他要的不是海倫‧普伯這個人。

　　他為甚麼要她呢？他是哥倫比亞大學的優異生，正在唸法律系二年級。她呢？一個高中畢業生，只唸了一年夜間大學的文科。他前途無限，有的是他懶得介紹給她認識的闊朋友。至於她，人家一提到她的名字，就知道是窮人，前途絕少好轉的希望。她私下問過自己許多次，她對他所施的「恩澤」，是否對他有甚麼企圖？她常常否認這一點。當然，她也要性的滿足。但除此以外，她還要對方為了她所給的東西對她尊重。她希望兩人的關係，由單純的情慾進入另一個階段。簡單些說，她希望愛情有個歸宿。性的享受，她有過了，對自己能享有跟一個男人如此親密的自由，也覺得心滿意足。這種關係，雖然她希望能保持下去，但她卻怕因此而引起良心的不安，尊嚴受損，或精神浪費的後果。為了這個原因，她決定下一次改變方針：先培養兩人的愛情，然後再發生關係。雖然令神經不好受，但心裏卻好受多了。她主意是這麼打定了，可是在九月的一個晚上，她去看他的妹妹碧蒂，碧蒂不在，賴‧璞爾卻在那裏。於是，她又跟他幹出她答應自己不再幹的事來。這以後，她憎恨起自

己來。而自從那次開始，她就一直避着不與他見面，也沒告訴他甚麼原因。

地下火車抵達他們慣常下車的地方前兩個站時，海倫把書閤上，站起來，一聲不響就下了車。在月臺上，當火車慢慢離開時，海倫瞥見賴‧璞爾依舊站在她坐過的空座子前面，若無其事地看着書。

從地下火車站走上來後，她從一道旁門走進了公園。雖然風勢很勁，她穿的大衣單薄破舊，她還是決定了多走一段路回家。花園裏光禿禿的樹木，令她興起了一種莫名的傷感。她悲嘆春天來臨前要度過的那一段漫長的日子，害怕冬日的寂寥。想到這裏，她就後悔跑到公園裏來，因此也就匆匆離開了，一邊走一邊找尋着陌生人的臉孔，雖然她不喜歡他們對她凝視的眼光。她加快腳步，沿着公園道走着，對路旁燈光明亮的私人住宅，不勝羨慕。她知道這種生活不屬於她，雖然除了經驗告訴她以外，她實在說不出別的理由來。她決定從現在起，把一分一毛都省下來，那麼明年秋天，就可以在紐約大學的夜間部選全科的課程了。

她走到她住的那條街上了。那是一排古舊的黃磚房子，樓下是商店，樓上兩層是住宅房子。她快到家時，看見山姆‧璞爾一邊強忍着哈欠，一邊翹起腳尖，伸手去拉糖果店窗口的電燈繩子開關。他一拉繩子，燈光就從滿蓋蟲糞的燈泡射出來，照在海倫身上。她加快了腳步。山姆從前是個計程車司機，大塊

頭，戴着遠近兩用的眼鏡，喜歡嚼口香糖。他是個好交際、好說話的人，看到海倫走來，就咧着嘴笑。但海倫裝着沒看見。他大半天的時間，都在研讀賽馬新聞上花掉了——他每天靠着喝冷飲的櫃檯坐着，面前擺着一大堆登載賽馬的新聞報紙，一邊抽煙，一邊嚼着口香糖，用鉛筆在馬的名字下瞎塗瞎寫一番。店子的事情，他是不大管的，由他太太葛蒂照料。可是她倒也沒有甚麼埋怨，因為他賭馬的運氣很好，賴‧璞爾沒有得獎學金前的學雜費，都是這樣賺回來的。

　　街道的轉角處，就是卡帕開的酒鋪，霓虹燈做的招牌，一明一暗的照着擺滿酒瓶的窗櫥。海倫走過時，瞧見濃眉闊口的朱利亞斯，挺着大肚子，不斷向手上一瓶酒呵氣，好像要把瓶上的「假想塵」吹去的樣子。呵完氣後，他就將那瓶酒塞進一個紙袋去，動作異常敏捷。他的兒子和繼承人路易‧卡帕，一邊看着剪得貼着指甲肉的指甲，一邊抬起頭來，瞪着凸眼睛，和氣地笑着。卡帕、璞爾和普伯三家住得雖然相近，卻極少往來。他們這三家，就代表了這個非猶太人地區的小猶太人社會。他們也不知道怎樣流落到這裏來的，因為這兒除了他們外，沒有別的猶太人了。附近是有的，但住得很遠。最先來的是海倫的父親，跟着是卡帕，然後是璞爾。他們三個，在這裏並不得意，但既然沒有錢，想搬到別的地方去都不成了。卡帕的鞋鋪，生意不好，幾乎連吃飯都成問題，但他在酒禁開放了以後，想出了一個好主意：他跟他一個鬍子斑白的有錢叔父借

了錢，向政府申請賣酒的執照。出乎意料，他居然申請到了。可是，你要是問他怎樣弄到手時，他總是揚揚眉毛，從不作答。沒多久，廉價的鞋子變了價格昂貴的酒。而且，令人更詫異的是，雖然這一帶都是窮人住的地方，也許，正如海倫所推測的一樣，正因為這是窮人住的地方，酒鋪的生意，卻滔滔不絕。錢賺夠了，卡帕便在公園道買了一所大房子，把他痴肥的太太，從一間靠近鐵路的商店樓上搬過去住。新房子還有一間可以停兩輛汽車的車房和一輛水星牌汽車，雖然卡帕太太難得出來走一次。海倫聽她父親說，卡帕自從交了運以後，人就事事自作聰明起來了。

　　但莫理士・普伯的運氣，一直沒有轉變，（除非不同的貧窮程度，被目為轉變。）因為運氣跟他雖不能說是天生的敵人，但最少不是好朋友。他延長工作時間，待人以誠，不欺不騙。誠實是他的根性，他改變不了，要他欺騙別人，那比自己受騙還要難受，因此他容易受騙。他不貪求人家的東西，儘管他自己越來越窮。他工作得越辛苦，所獲越少。他工作的方式，其實是浪費光陰，得不償失。他是莫理士・普伯，難有別人比他更「幸運」了。一個人一用上這名字時，馬上有一種家無恆產的感覺，好像是命中註定了不能擁有任何東西似的。即使偶然碰到運氣，得到了一些東西，他也會覺得這東西隨時可以失去。到了六十歲時，所得的東西，比三十歲時還少。「這真是了不起的天才，」海倫心裏想。

進鋪子時，海倫脫下了帽子，叫道：「我回來了。」這是她自少養成的習慣，好像對坐在後面的人說，你繼續坐下去吧，別以為會發甚麼財。

普伯從午睡中醒來，睡了好久好久了。他穿上衣服，用一隻斷梳子梳好了頭，就拖着步子下樓。他是個大塊頭的人，兩肩下垂，灰白的頭髮長得濃濃密密，該是剪髮的時候了。他是繫着圍裙走下來的。雖然他覺得陣陣寒意，可是他仍倒了杯冷咖啡，背靠着暖爐，慢慢的呷着。愛德坐在檯子旁邊，看着報紙。

「為甚麼你不早一點叫我起來？」他埋怨說。

她沒有答話。

「這報紙是昨天的還是今天的？」

「昨天的。」

他把杯裏面剩下的咖啡沖掉，把杯子放在煤氣爐上，然後在現金出納機上無銷數的按鈕上按了一下，在抽屜內取了五分錢。跟着他把現金出納機的蓋子打開，點了一根火柴，用掌心堵着那點火光，挪近機器旁邊，看那幾行數字。愛德一共做了三塊錢的生意。他怎麼花得起錢買報紙？

但他還是到外邊去買了，這份報紙所能給他的快樂，也就可想而知了。這世界的事，有甚麼值得知道呢？他經過卡帕店子窗口，看見路易正忙着在招呼着一個顧客，另外還有四個，站在

櫃檯旁邊等着招呼呢。普伯在報攤上自己拿了一份《前鋒報》，把五分錢丟進鐵盒子裏。山姆·璞爾這時正在看着一份用綠色紙張印的賽馬新聞，看見了他，就跟他招了招手。他們兩人，從來懶得談話。有關賽馬的事他懂甚麼？有關人生悲劇性的一面，山姆懂得甚麼？他是個沒有甚麼智慧的人。

　　普伯回到鋪子的後面，坐在沙發上，迎着從後院照來的光線看報。他看報時，眼睛睜得大大，與報紙貼得很近。但是他的思想紛亂，不容他再看下去，他就把報紙放下。

　　「你的買家到哪去了？」

　　她茫然地瞪着店子裏的一切，沒做聲。

　　「你早就該賣掉它了，」過了好一會，她才説。

　　「生意好時，誰會想到要賣？生意不好時，誰要買？」

　　「我們甚麼事都做得太遲了。在該賣的時候我們沒有賣。我不是對你説過：『莫理士，賣掉它吧，』你就説：『等一等。』等甚麼？我們的屋子買得太遲了，害得我們每月要負擔這麼大的一筆押款。『別買，』我説：『現在市道不景。』『要買，』你説：『慢慢會好的，最少我們可省下租錢。』」

　　他沒答腔。你如果做錯了事，多講也沒有用。

　　海倫進來後，就問買主來了沒有。她本來已經忘記了這回事的，現在看到她母親所穿的衣服，才記起來。

　　她打開手提包，把薪水拿出來，交給她父親。普伯一語不發的就撩起圍裙，把錢放在褲袋裏去了。

「還沒來，」愛德說，有點兒窘：「也許晚一點會來吧。」

「沒有人會在晚上來看鋪子的，」普伯說：「來看鋪子的時間是白天，因為他可以看到來的客人多不多。如果他來，他一眼就會看出這鋪子已經完蛋了，跟着他就回家了。」

「你吃過午飯沒有？」愛德問海倫。

「吃過了。」

「你吃了甚麼？」

「媽，我是不存菜單的。」

「你的晚飯煮好了。」愛德點了鍋子底下的煤氣爐。

「你怎麼會知道他今天會來？」海倫問她媽媽說。

「是卡帕昨天告訴我的。他認識一個難民，要買雜貨鋪。那人在布隆克斯區做事，所以會晚點才來。」

普伯連連搖頭。

「他年紀輕，」愛德接着說：「三十，或者是三十二歲吧。卡帕說他剩了點錢。他可以粉飾一番，添配一些貨物，把門面弄得新式一點，賣點廣告，未嘗不可以使生意興隆起來。」

「卡帕真不得好死，」普伯說。

「吃飯罷，」海倫坐到飯桌旁邊說。

愛德說她等一會再吃。

「爸爸？你呢，」

「我肚子不餓，」他拿起報紙說。

　　她一個人吃。如果能夠把鋪子賣了，搬到別處去，那多好。但她知道可能性不大。你在一個地方住了這麼久，要搬就不是朝夕間辦得到的事了。

　　吃過了晚飯，海倫站起來，要幫忙洗盤子。但愛德不要她做。「去休息吧，」她説。

　　海倫就拿起她的東西上樓去了。

　　她恨透這層陰森森、有五間房子的樓房。廚房也是灰暗暗的，所以她一吃完早餐就跑去上班。客廳既單調，又擠迫。二十多年來積下的家具，把客廳堆得滿滿的。但在海倫看來，這地方空虛得很，因為她爸媽一天到晚忙着照顧店裏生意，難得有機會在此盤桓一下。即使偶有稀客到訪，請了上樓，他們也寧願坐到裏面去。海倫偶爾也招呼一兩位朋友上來，但是除非萬不得已，她寧可去人家那裏。她的睡房也是個耽不下去的地方，又小，又陰暗，雖説與客廳相連的牆上，開了一個二乘三尺的洞，可以看到客廳的窗。晚上普伯和愛德回房睡覺，要經過她的房間，她要用洗手間，又得通過他們的房間。普伯夫婦曾經多次説過要把他們的大房間讓出來給她，那是全層樓最舒服的房間了，但房間讓給女兒後，就再沒有別的地方放得下一張雙人床了。第五個房間是離樓梯不遠的貯物室，裏面放了愛德幾件零零碎碎的衣物和家具。這就是她們的家了。海倫一次生氣的説，這地方實在使人住不下去。這句話大大的傷了她爸爸的心，也使她自己難過不已。

　　她聽到普伯上樓的緩慢的腳步聲。他漫無目標地走到客廳來，坐在硬繃繃的靠椅上，打算休息一回。他神色快快的坐着，一語不發。通常他想說些甚麼時，總是這樣子開始的。

　　海倫和她弟弟伊佛雷恩在小孩子時，普伯最少會在猶太人的節日，關了店門帶他們到第二街去看一齣猶太劇，或者去探訪親友。但自伊佛雷恩死後，他難得離開店子一步了。她想到父親一生時，就不禁覺得自己一生也是浪費了。

　　她真是個可人兒，普伯說。她幹嗎要忍受寂寞？看，她多漂亮！哪一個女孩子有她這麼漂亮的藍眼睛？

　　他伸手到褲袋子裏，摸出了一張五元鈔票。

　　「這拿去，」他站起來，難為情地把錢遞給她：「你留着買鞋子用。」

　　「你剛才在樓下已經給了我五塊錢了。」

　　「這是另外的五塊。」

　　「爸爸，禮拜三才是一號呵。」

　　「我不能把你的薪水都拿掉。」

　　「是我給你的，不是你拿我的。」

　　她迫着他收回那五塊錢。他收下了，又覺得很慚愧。

　　「我給過你甚麼東西呢？我把你上大學的機會都剝奪了。」

　　「是我自己決定不上的——也許有一天我會上，誰料得到呢。」

　　「你怎能上？你已經二十三歲啦。」

　　「你不是常說『活到老，學到老』麼？」

「孩子，」他嘆了口氣說：「我自己才不管呢，可是我要給你最好的東西，但我甚麼也沒給。」

「我自己會想辦法的，」她笑着說：「還有希望。」

他該為此感到滿意了。他最少認為她還有前途。

但在他下樓以前，他溫和地問：「你最近幹嗎常常耽在家裏？跟賴‧璞爾吵了？」

「沒有，」她紅着臉答道：「我們只是意見不合而已。」

他不忍多問下去了。

在樓梯上，他遇到愛德，他知道，她上樓要跟海倫說的話，和他的一定大同小異。

到了晚上，生意忽然好起來。普伯的情緒也隨着變得輕鬆了，跟顧客有說有笑的。嘉爾‧約翰生，一個不見多時的瑞典畫家，忽然笑嘻嘻的走進來，買了兩塊錢啤酒、凍肉，和切片的瑞士乳酪。普伯起先很擔心他要掛賬——他以前一直掛賬，迫得普伯不再賒賬給他——但這次他卻付了現款。另外一個老顧客安德遜夫人，買了一塊錢東西。她走後，一個生客跟着進來，買了八毛八仙的東西。然後又有兩個客人隨着進來。普伯心頭，不禁湧起了新的希望。也許生意有了轉機了。但是八點半後，他又閒得手癢起來。這幾年來，他的店子是附近方圓幾里晚上唯一開着的店子，他也就是靠着這點額外的生意，才僅堪餬口的。但現在史密茲開的店子，營業時間和他一樣。普伯偷

偷的抽了口煙，跟着就咳嗆起來。隨後他聽見愛德在樓上踢地
板的聲音，所以，他就把煙火弄熄，放在一邊。他覺得坐立不
安，便走到前面的窗口站着，看着外邊的街道。他看見一輛電
車經過。羅納先生也在他鋪子面前走過。他是個老顧客，以前
每逢禮拜五晚，他最少買五塊錢的東西。普伯已有好幾個月沒
見他了，但是他知道他現在要到哪去。羅納先生避開他的視
線，匆匆而行。普伯看着他在街角處隱沒了。他擦亮了根火
柴，又檢查了一下現金出納機進賬的數字——九元五角，連開支
都不夠。

朱利亞新・卡帕開了前門，笨頭笨腦的探首進來。

「普多斯基來了沒有？」

「哪一個普多斯基？」

「那個難民？」

「甚麼難民？」

卡帕哼了一聲，走了進來。他身裁矮小，態度傲慢，是一個
一大把年紀，仍穿得整齊講究的人。他發跡以前，就像普伯現在
一樣，在鞋鋪裏日以繼夜的工作。現在呢，除了吃晚飯前出來給
路易換換手外，就整天穿着絲綢睡衣在家裏納福。在卡帕把裁縫
店租給史密茲以前，普伯還算和他談得來，雖然這個人感覺既遲
鈍又輕挑浮躁。可是自從卡帕食言把鋪子租給別人做雜貨店後，
他們就很少談話了。多年前，卡帕一天到晚都在雜貨店的後面怨
窮，好像貧窮是他的新發明，而他又是第一個受害者似的。他賣

酒發了財後，他雖然不像那麼常來，可是偶然他仍到普伯的鋪子來看他們，不管他受不受歡迎，自告奮勇的給普伯提供意見。他這個人靠的，就是運氣。他無論做甚麼，總是福星高照。但他的運氣——普伯說——卻是人家的損失。有一次，一個醉酒鬼向卡帕的窗櫺擲石子——但打破的，不是他的窗子，而是普伯的窗子。有一次，山姆·璞爾給他一個特別的賽馬情報，可是自己卻忘記下賭注。結果是，卡帕花了十元就贏來五百元。過往幾年來，普伯一直都沒有埋怨自己運氣不好，或者羨慕人家，可是最近他有意無意間希望卡帕倒個小小的霉也好。

「普多斯基就是那個我叫他來看你鋪子的人，」卡帕回答說。

「這個難民是誰？你的敵人？」

卡帕氣呼呼地瞪着他。

「如果不是你的敵人，你怎會要他來買這間生意給你搞垮的鋪子？」他一點也不放鬆的說。

「普多斯基不是你，」卡帕說：「我跟他談過這個地方了，我說：『這裏一帶慢慢熱鬧起來了，你可以便便宜宜的把鋪子買進來，然後整頓整頓一下。這店開了二十年，但二十年來絲毫沒變動過。』」

「你的命這麼長，我怎麼動……」普伯沒說下去，因為卡帕站在窗口，緊張地望着外邊漆黑的街道。

「你看見剛才駛過的那部灰色汽車麼？」卡帕說：「這是我二十分鐘內第三次看見它了。」他眼睛一直在東張西望。

　　普伯知道他擔心的是甚麼。「你店裏裝個電話罷，這樣你就會放心些。」他勸卡帕。

　　卡帕往街上再看了一回，然後擔心地說：「在這種地區的酒鋪裝電話不成。如果我裝了，那些醉鬼就會打電話來要我送貨，貨送去時他們卻一個子兒也沒有。」

　　他開了門，但想了想後，又走回來。「莫理士，你聽我說，」他降低聲調說：「如果他們回來的話，我就會把前門鎖起來，關了燈，跟着我會從後窗叫你，你再給我打電話去警局，好不好？」

　　「那五分錢由你付，」他冷冷地說。

　　「我一向信用卓著。」

　　卡帕神色張皇地離開了雜貨店。

　　願上帝保佑卡帕，普伯想。沒有他的話，我生活太自在了。上帝創造了卡帕，好使我這個倒霉的雜貨商人不會忘記自己生活的困苦。對卡帕來說，生活一點也不苦，真是個奇跡，但他有甚麼值得羨慕的呢？讓他走運發財好了，我就不要像他一樣。人生是夠苦了。

　　九點半時，一個陌生客進來買了一盒火柴。十五分鐘後普伯關了窗口的燈。除了一部停在洗衣店前面的汽車外，街上空蕩蕩的。普伯仔細的望出去，但是看不到車上有人。他打算關門上樓去睡覺，然而又決定開到最後一分鐘。有時九點五十九分還會有客人來。多賺一毫也是一毫啊。

側門突然響了一下，嚇了他一跳。

「是愛德麼？」

門慢慢開了，苔絲‧費蘇穿着睡衣走了進來，她是個相貌平凡的意大利女人，臉孔很寬。

「你關門了？」她有點不大好意思的問。

「進來好了，」普伯説。

「抱歉，我懶得穿衣服，不好跑到外面去，所以只好由後門進來。」

「沒關係。」

「請給我兩毛錢火腿，是給尼克明兒做午餐的。」

他知道，她是來給尼克做補贖的，因為尼克早上跑到德國佬的店子去買東西。他於是給了她一塊特大的火腿。

苔絲還買了一夸脱牛奶，一盒餐巾和一條麵包。她走後，他又把現金出納機的蓋子揭起，只做了十塊錢的生意。他起先以為他老早已經熬過了最壞的日子了，現在才知道以前還不是最壞的。

他心想，我一生辛辛苦苦，卻一無所獲。

這時，他聽到卡帕從後面傳來的叫聲。普伯懶洋洋地走到後面，精疲力盡了。

他拉起窗板，暴躁的問：「幹甚麼？」

「打電話報警去，」卡帕喊叫道：「那車子就停在街對面。」

「甚麼車子？」

「搶匪的車子。」

「我親眼看過，車裏沒有人。」

「去你的，你打電話報警吧。電話費我付好了。」

普伯關了窗子。他找到了電話號碼，正要召警時，大門突地打開了，他就急急忙忙地跑到前面去。

兩個用手帕蒙着臉的人，站在櫃檯前面。一個用的是白手帕，另外一個用的是黃手帕，髒得滿是斑點。那個用白手帕的動手關了燈。普伯在片刻之後，才明白受害的不是卡帕，而是他自己。

普伯靠櫃坐着，暗淡的燈光，透過佈滿灰塵的燈泡，照在他的頭上。他獸獸地望着眼前放着的那幾張殘舊的鈔票，海倫的支票和一小堆零錢。那個蒙着黃色髒手帕的人，長得一臉橫肉，戴着黑呢帽。他拿着手槍，在普伯頭上晃來晃去，疙疙瘩瘩的額頭上，佈滿了汗水。他的賊眼，不時往昏昏暗暗的鋪子裏面瞧。蒙白手帕的那個，長得比較高大，頭上的便帽也舊了，腳上的膠布鞋破了。為了掩飾心中的顫慄，他靠着水槽，用一根火柴枝剔着指甲縫。在他背後的牆上——就在水槽上面——掛了一面破鏡子。他不時往鏡中凝望。

「他媽的，我就不相信你只做了這麼點買賣，」那個大塊頭用沙啞的、做作的聲音對普伯說：「你把其餘的錢藏在哪？」

普伯難受得說不出話來。

「還不快説實話？」他的槍口對準普伯的嘴巴。

「生意壞得很，」普伯喃喃的説。

「你這個猶太騙子？」

靠水槽站着的那個，打了一個手勢，引起了那大塊頭注意。他們就在鋪子中間會合，高個子笨拙地拱着腰，向大塊頭耳語了一番。

「不成，」大塊頭繃着臉説。

他的夥伴，將身子彎得更低，隔着手帕，鄭重其事的又跟他耳語了一番。

「他一定將錢藏起來了，」大塊頭咆哮説：「他不拿出來，我就打破他的頭。」

他隔着桌子，打了普伯一個耳光。

普伯苦哼一聲。

水槽邊那個高個子，連忙洗乾淨了一隻杯子，注滿了水。他把那杯水拿到普伯面前，遞到他唇邊時，濺了一些在他的圍裙上。

普伯本想一飲而盡，但是只呷了一小口。他用驚惶的眼睛，望着高個子，但是他望着別處。

「請別這樣，」普伯喃喃地説着。

「快點，」大塊頭催促説。

高個子挺了挺腰身，一口把水喝下。他把杯子沖洗乾淨，放回食櫥的架上。

　　跟着他便翻杯倒盤，把鍋子也從食櫥底下拉了出來，搜索一番。搜完後，他又急急忙忙把房內五斗櫃的抽屜一個個的拖出來看。然後跪在地上，伸手到沙發下去摸索。最後，他便回到鋪面，把現金出納機的抽屜也拉了出來，伸手到槽溝裏摸了一下，也沒有摸到甚麼東西。

　　他回到廚房，一把拖着大塊頭的手，緊張地在他耳邊說話。

　　大塊頭用手肘把他推開了。

　　「我們還是快溜吧。」

　　「你要我做沒種的人嗎？」

　　「這就是他所有的錢了，走吧。」

　　「生意很壞，」普伯悶着聲說。

　　「你這個猶太王八蛋才壞，懂嗎？」

　　「別打我。」

　　「我給你最後一個機會，你究竟把錢放在哪？」

　　「我是一個窮人，」他嘴唇都被打得破了。

　　大塊頭舉起了手槍。高個子從鏡裏看得清楚，拼命地搖着手，他烏黑的眼珠急得凸了起來。普伯看到他打了下來，覺得對自己，對渺茫的希望，對無盡的失意和挫折，煙消雲散的歲月都厭倦了。他不知道他一共打了他多少下。他來美國時，滿懷希望，但現在得到的，卻是這些。而海倫和愛德，因為他的緣故，得到的更少。他騙了她們了。他自己和這間吸血的鋪子騙了她們了。

　　他一聲不響的倒了下來。這一天是應該這樣子收場的。這
是他的運氣。別人的運氣比他好。

普伯頭上縛了重重的紗布，躺在床上養傷的那個禮拜，店務全由愛德打理。她每天上下二十次，弄得腰酸背痛，而且有許多麻煩事使她頭疼。禮拜六那天，海倫留在家裏，幫了她媽媽半天的忙，禮拜一又幫了一天，但她不能再冒險請假下去了，因此愛德不能不在星期二關了一天門。她忙得連吃飯也要吃一口停一口的分開來吃，神經緊張得要崩潰了。普伯當然極力反對，他說他不要人照顯他，因此要愛德最少開半天鋪子，不然的話，連剩下的幾個客人也要走光了。但愛德辛苦得連氣也透不過來，便對普拍說她氣力不夠，雙腿痠軟。普伯就自己試站起來，穿上褲子，但是頭痛得很厲害，只好又爬回床上去了。

　　星期二鋪子關門那天，附近來了一個陌生人。大部分的時間，他都站在山姆‧璞爾店子的當角，咬着牙籤，全神貫注的注視着往來的行人。有時他也沿着這條店鋪林立、雖然有些店鋪空置的街道閒蕩，一直蕩到街尾的酒吧裏去。酒吧過去就是停泊貨車的廣場。再過去，就是倉庫。在酒吧喝了一杯啤酒後，這陌生人就走出來，拐個彎，信步走過圍着欄柵的煤場。他兜了個圈，最後走回山姆的糖果店。偶然這個人會走到普伯

關了門的店前，用兩手遮着額頭，透過窗門望進去，嘆一口氣，又走回山姆的店子去了。在這店子的角落站到實在不能再站時，他又沿街閒蕩，或是到附近去。

　　海倫在正門的玻璃上貼了張紙條，說她父親生病，暫停營業一天，星期三復業。這個陌生者，站在門口，把這紙條看了很久。他年紀很輕，蓄着黑鬍子，戴一頂雨跡斑斑的褐色舊帽。他穿的漆皮鞋已破，身上的黑長外衣，看來好像自穿上以來，一直沒脫下來的樣子。他身裁高大，樣子也不難看，只惜鼻子破了，長的地方又不對，和他的臉不大配合。他的眼神悒鬱。有時，他和山姆‧璞爾併坐在櫃檯旁邊，冥想入神，抽着一包以一分一分錢湊起買來的香煙，包紙都弄皺了。山姆一來已習慣了與諸色人等相處，二來在這附近已看過不少陌生人來來往往，因此對身旁這位生客，也不加注意。可是他太太葛蒂覺得他整天耽在這裏不走，實在不像話，他又沒有付房錢。山姆確是注意到這陌生漢好像有甚麼特別心事似的，因為他不時長吁短嘆，自言自語，聲音低不可聞。可是他並沒有干涉他。每個人都有自己的煩惱。有時候，陌生者又顯得蠻輕鬆的樣子，好像和他自己取得了妥協，對自己的存在感到滿意了。他把山姆鋪內擺着的雜誌看完後，到外面走了一圈，再回來，重新點起了一根煙，拿起貨架子上擺着的書來翻閱。他要喝咖啡，山姆就倒給他。他嘴角銜着煙蒂，瞇着眼，小心翼翼地數了五個一分錢的銅板付賬。他自動告訴山姆，他的名字叫法蘭

克・阿爾彬，最近從西部來找發展的機會。山姆就問他車子開得好不好，好的話就可以領一個出租汽車司機的執照，司機的生活蠻不錯的。他覺得山姆的話有理，但卻坐在那裏動也不動，好像要等甚麼東西從天上掉下來似的。山姆心想這個人一定是脾氣陰鬱的怪人。

愛德重新開業的那天，這怪人就不見了。但第二天早上，他又回來，坐在櫃檯邊，要了一杯咖啡。他形容憔悴，目光遲滯，粗黑的鬍子，使他的臉更顯蒼白。他的鼻孔紅腫，聲音沙啞。山姆想，他一條腿已踏進墳墓了。天曉得他昨天晚上睡在甚麼地方。

法蘭克一隻手攬着咖啡，一隻手翻着櫃檯上面的雜誌。他的注意力突然被裏面一張彩色的僧人圖片吸引了。他拿起杯子想喝咖啡，但終於把杯子放下，定了神看那張圖片，足足看了五分鐘。

山姆好奇心起，拖着掃帚跑到他後面，看看他究竟看着甚麼東西。原來彩色圖片內有一個臉孔瘦削、鬍子粗黑的僧人，穿着一件褐色的粗布衣服，赤着腿站在陽光耀眼的村路上。他瘦而多毛的手臂，舉起來，迎着一群在他頭上盤旋的飛鳥。在他後面，是一堆樹叢。再過去，就是一間陽光照耀下的教堂。

「他看來像是個神甫呢，」山姆很慎重的說。

「不是，他是聖芳濟。你只要看那件褐色袍子和空中那群飛鳥就知道。他正向飛鳥講道呢。我小時候所住的孤兒院裏，有

一個老神甫常常來給我們講有關聖芳濟的故事，每次講一個。到今天我還記得清清楚楚。」

「故事都是假話，」山姆說。

「我就是不知道為甚麼我一直沒忘記這些故事。」

山姆瞇着眼睛，再看圖片一眼。「跟鳥說話？他——他發瘋了嗎？我說這話，並無惡意的。」

法蘭克望着山姆笑了笑。「他了不起得很，照我看，能給飛鳥講道的人，一定很是特別。」

「跟鳥講講道，就變得了不起了？」

「不，還有別的事情。譬如說，他甚麼東西也給了人家，連他身上的衣服，口袋裏的一分一毛，都給了人家。他安貧樂道。他說，貧窮像一個皇后，而他會像愛一個美麗的女子那般愛她。」

山姆搖搖頭。「貧窮一點也不美麗。貧窮是骯髒的。」

「他對事情有不同的看法。」

這糖果店的老板，又看了聖芳濟一眼，然後拿起掃帚，掃地去了。法蘭克則喝着咖啡，繼續看圖片。他對山姆說：「每次我讀到一些與這個人相似的故事時，我心中就有一種熱騰騰的感覺，要忍着才不哭出來。他生來就是個好人，你要是好人，這就是一種天才了。」

他說時有點不好意思，弄得山姆也不好意思。

法蘭克喝完咖啡後就走了。

　　那天晚上，他漫步走過普伯的鋪子時，透着窗門看進去，看見海倫，正要接她母親的班。她抬頭一望，就看到他隔着玻璃窗盯着她看。他的樣子嚇了她一跳：他的眼睛露出悲哀、饑餓、迷茫的神色。她以為他會進來討錢，因此打定了主意要給他一毛錢。但他一下子就走開了。

　　星期五早上六點鐘，普伯虛弱的跑下來。愛德絮絮不休地跟在後面勸他。她過去幾天都是八點鐘開門的，因此叫他睡在床上，等到八點才起來。但他不答應，説要等那波蘭女人來買麵包。

　　「難道這三分錢的生意比你一小時的睡眠重要？」愛德埋怨説。

　　「誰睡得着呢。」

　　「醫生説你得休息呵。」

　　「我死了就可以休息了。」

　　她不禁打了個寒顫。普伯説：「她十五年來都在這裏買麵包的，我們就讓她繼續買下去吧。」

　　「好吧，讓我來開門好了。我給她麵包就成了，你回到床上去休息吧。」

　　「我在床上躺得太久了，整個人都覺得虛弱了。」

　　但那波蘭女人沒來，普伯擔心她已成了那德國人的顧客了。愛德堅持由她來拖牛奶箱，如果他自己動手的話，她就大叫起來。她一瓶又一瓶的把牛奶放到冰箱去。尼克・費蘇來過後，

隔了幾個鐘頭才有第二個顧客來。普伯靠着桌子，坐着看報紙，偶然會舉起手，輕輕的摸着頭上的繃帶。他一閉起眼睛，還覺得有些暈眩。到了下午，他就樂得有機會回去躺一下。他一睡就睡到海倫回家。

　　第二天早上，他堅持要自個兒開門。那波蘭女人來了。他不知她叫甚麼名字，他只知道她在一家洗衣店工作，有一隻叫波那斯卡雅的小狗。她晚上回家，就帶着這頭波蘭小狗在街上散步。波那斯卡雅喜歡在煤場裏走來走去。她住在附近一間灰泥房子裏。愛德叫她「反猶分子」，但這一點普伯毫不在乎。這種「反猶」情緒，是她從波蘭帶來的，與美國的「反猶」情緒，有點不同。有時候，他懷疑她要麵包時說「猶太麵包」，是否存心挖苦他。有一兩次，她嘴角掛着奇異的微笑，跟他要「猶太泡菜」。但通常她是一言不發的。雖然她滾圓的眼睛一直瞪着他頭上的繃帶，對他受傷的情形，卻一字不提，也沒有問他一個禮拜不在的原因。但她卻放了六分錢在櫃檯上，比平日多了三分錢。他猜想一定是有一天店裏沒準時開門，她自己在袋子裏取了麵包就走。他於是記了六分錢的賬。

　　普伯走到外面去拖兩個牛奶箱子進來。他緊緊抓着箱子，但兩隻箱子重得像石塊一樣，他只得放下一箱，分開來拿。一片暴風雨在他頭上出現，越吹越大，大得像所房子。普伯覺得天旋地轉，站立不牢了，如果不是法蘭克及時幫忙，幾乎掉在陰溝裏。他仍穿着那件黑大衣，扶着普伯，領他回到鋪子後面，

然後再出來，把牛奶箱拖了進去，將牛奶一瓶一瓶的放入冰箱。他手腳敏捷把櫃檯後面弄乾淨，再到裏面去看普伯。普伯的精神已復原了，對他很感激。

法蘭克的眼睛，望着自己有疤痕的粗手，聲音沙啞的對普伯說他剛來這裏不久，現在跟一個結了婚的姊姊同住。他說他最近從西部來，希望在這裏找一份理想的工作。

普伯問他要不要喝咖啡，他馬上接受了。他坐了下來，把帽子脫下，放在腳邊的地板上。他在咖啡裏滿滿的放了三調羹糖，說是要迅速增加體溫。普伯拿了一條芝蔴硬麵包給他，他接過來，狼吞虎嚥的吃着。「哎呀，這麵包真好。」吃完後，他用手帕擦嘴，然後用一隻手，把桌上的麵包屑，撥到另一隻手裏。最後，不理普伯反對，走到水槽去把杯子和碟子洗乾淨，放在普伯原來放杯子的煤氣爐架子上瀘乾。

「謝謝你，」他檢起帽子，但沒有要走的意思。

「在舊金山，我曾經在一家雜貨店裏做過幾個月，」過了一會，他又說：「但那是一家大集團主辦的超級市場。」

「這些超級市場把做小生意的害苦了。」

「我個人倒喜歡小商店。說不定有一天我會開辦一間。」

「做雜貨生意等於把自己關在牢子裏，還是做別的事吧。」

「最少你可以自己做老闆。」

「做沒有生意的老闆，就等於沒有做老闆。」

「可是我對這門生意實在有興趣。我現在需要的是經驗，譬

如說，要訂些甚麼貨，要甚麼牌子等諸如此類的事。我想我該在雜貨店內找個工作，取點經驗。」

「那你不妨到太平洋和大西洋超級市場去試試看。」普伯給他提意見說。

「嗯，我也許會去的。」

普伯沒有再接話了。法蘭克把帽子戴上。

「甚麼回事？」他說，望着普伯頭上的繃帶：「是不是遇上了甚麼意外？」

普伯點了點頭，他不想談這個了。法蘭克微覺失望，走了。

禮拜一早上，普伯正吃力地拖着牛奶箱，法蘭克剛巧也在那裏。他跟他打了一個招呼，說是要到城裏去找工作，但還有時間，可以助他一臂之力。他幫普伯把箱子拉進來後就離開了。可是一個鐘頭後，普伯好像看見他在街上另一個方向出現。下午，他外出買報時，他看到他與山姆．璞爾併坐在櫃檯旁邊。第二天早晨，六點鐘剛過，法蘭克又出現了，幫普伯搬牛奶箱。普伯一眼就看出他境況不好，便請他進來喝咖啡，他也欣然答應了。

「工作找得怎樣了？」他們吃東西時，普伯問他道。

「還好，」法蘭克說，眼光閃爍，心中好像想着甚麼，而且坐立不安。他的嘴唇張開，欲言又止，眼睛裏充滿痛苦的表情。但不久他又閉上了嘴，像是忽然決定，他想說的話，還是不說的好。他好像急於找個人談話，急得滿頭都是亮晶晶的汗。他跟自己掙扎着，瞳孔不斷的放大。普伯覺得，他的模樣，就是一

個要找地方嘔的人。好一會後，他的眼神，變得遲滯起來，大聲的嘆了口氣，喝了最後一口咖啡，隨着打了一個噎。這使他暫時感到舒服多了。

不管他要説甚麼，普伯想，讓他跟別人去説罷，我不過是個開雜貨店的人。他在椅子裏老是坐不安穩，生怕傳染到疾病似的。

法蘭克再次探身向前，深深吸了口氣，又一次想開口説話，但突然抖了抖，跟着渾身顫慄起來。

普伯急步走到爐邊，倒了杯熱騰騰的咖啡給他。他兩口就把咖啡喝盡，顫抖也馬上停止了，但是臉上露出頹喪挫敗的神色，在普伯看來，就像是一個人失去了心中最想要的東西。

「你着涼了？」他同情地説。

法蘭克點了點頭，在破鞋子的後跟上劃亮了火柴，點了根紙煙，沒精打彩地坐在那裏。

「我日子過得好辛苦，」他喃喃地説了這句話，跟着就默不作聲了。

兩個人都沒説話。後來，普伯為了讓客人好過些，不經意地問：「你姊姊住在附近甚麼地方？我也許會認識她。」

法蘭克毫無表情地答道：「我記不起正確的地址了，總之離公園不遠就是。」

「她叫甚麼名字？」

「格利波地太太。」

「這是甚麼名字？」

「你甚麼意思？」法蘭克瞪着他問道。

「我是說那是甚麼國籍的名字。」

「意大利。我的祖先是意大利人。我叫法蘭克‧阿爾彬。意大利文是阿爾彬諾。」

聞到法蘭克的煙味，普伯禁不住自己也點了一根。他起初以為自己可以忍着不咳的，但還是咳了。他咳得很厲害，真怕頭也會咳得掉下來。法蘭克關心地看着他。愛德在樓上砰砰的踢着地板，普伯慚愧地捏熄了煙火，把煙蒂丟進了垃吸桶。

「她不許我抽煙，」他咳聲稍歇時解釋說：「我的肺有點小毛病。」

「誰不許你抽煙？」

「我太太。我患的是一種黏膜炎病。我媽媽一生受這種病症所累，可是她還是活到八十四歲。去年他們給我照了肺，發現兩個乾點，我太太就因此擔心得要死。」

法蘭克慢慢的將煙捲按熄。「我剛才正要說有關我自己一生的事，」他氣咻咻地說：「無非是說我的一生，聽起來一定很滑稽，但實在一點也不滑稽。我意思是說我經歷過很多的事。我一生也有過差一點要得到的好東西，譬如說：工作啦、教育啦、女人啦，但『差一點』就是差一點了，實在沒有得到。」他緊握雙手，擺在兩條腿中間。「我也不知道那究竟是甚麼回事，可是每一樣我想要弄到手的東西，早晚都會遠我而去。我為我需要的東西賣盡氣力，可是這東西要到手時，我就會做出一些

莫名其妙的蠢事來，而那快要是我的東西，不消說，也成泡影了。」

「可別放棄你受教育的機會呀，」普伯勸道：「對年輕人來說，還有甚麼比教育更重要的？」

「如果我當初不選擇錯誤，我現在已是大學畢業生了。我這個人做事，真可說是一錯再錯，最後就困在那裏了。總是事與願違。」

「你還年青啊。」

「二十五歲了，」他無限辛酸的說。

「你看來老得多呢。」

「因為我心境老了，感覺老了。」

普伯搖了搖頭。

「有時候我覺得你生來怎樣，以後就怎樣，」法蘭克繼續說：「我母親生我下來一個禮拜就死了。我從來沒有見過她，連照片也沒看過。我五歲時，有一天我父親出去買香煙，誰料他竟一去不回。幾年後，親友們找到了他的蹤跡，但那時他已死了。我是在孤兒院中長大的。八歲那年，他們就把我送到一個家庭去寄養。那家人，對我兇得很。我出走了十次。後來他們又把我送到別一家人家去，我照樣出走了。我常檢討自己的一生。我對自己這樣說：『好了，經過這一切以後，你以為還有甚麼事情會發生呢？』當然，你大概也可想像得到，我偶然也會走一兩次運，但是運氣這事，是渺茫不可靠的，所以，結果我還是一無所有。」

這番話，普伯聽來很覺感動。唉，怪可憐的孩子。

「我常常試想改一改自己的運道，但卻不知從何做起，雖然有時候我自己以為有辦法了，也一樣改不了甚麼。我心中想要做這件事，已不知有多少次了。」他頓了一下，清了清嗓子，繼續說：「你聽了我的話，一定以為我是個大笨蛋了，是不是？但事情實在不這麼簡單。我意思是說，我最想要某些東西時，偏偏沒有，而且要嗎是沒有，要嗎是因我的緣故而不存在。我常有這個可怕的預感：哪一天我有一些事急着要用電話告訴人，絕不能拖延了，就急忙的跑到電話亭，誰料掛在電話機上面的，不是聽筒，而是一串香蕉。」

他凝視了普伯一下，再望着地板。「我一生都想做些有價值的事，一些別人看了就知道要費工夫才能做的事。但我沒有做出來。我這個人老是定不下來，無論在甚麼地方，只要耽上半年，就覺得受不了。還有一個毛病是我性子太急，甚麼東西都抓得太快，太魯莽。我意思是我沒有做我應該做的事。結果是我空手來，空手去，你懂我意思麼？」

「懂的，」普伯說。

法蘭克沉默下來。過了一會，他說：「我自己卻不懂我自己。我真的不知道我對你說了些甚麼，或者為甚麼我要對你講這些。」

「你休息一會罷，」普伯說。

「像我這個年紀的人，要過的是甚麼一種生活？」

　　他等普伯的答覆，等他告訴他要如何生活。但普伯卻在想：我六十歲了，而他說話的口氣卻像我。

　　「再來點咖啡，」他說。

　　「不了，謝謝你。」法蘭克又點了一根紙煙，一直抽到最後一口。從表面看來，他好像已安靜些了，好像已完成了一些甚麼（甚麼呢？普伯卻不知道）似的。他臉上顯得很是安詳，幾乎要入睡的樣子。但另一方面，他卻把指骨捏得拍拍作響，抿着嘴嘆氣。

　　他幹嗎還不回家去？普伯想。我有工作等着要做呀。

　　「我要走了，」他站起來，可是仍然留在那裏。

　　「你的頭究竟怎麼搞的？」他又問了一次。

　　普伯用手摸了摸繃帶，說：「上兩個禮拜五，有強盜來過。」

　　「你是說他們打了你？」

　　普伯點了點頭。

　　「那些狗娘養的真該死，」法蘭克激動地說。

　　普伯眼瞪瞪地望着他。

　　法蘭克拂了拂袖子，說：「你們是不是猶太人？」

　　「嗯，」普伯說，眼睛還是望着他。

　　「我對猶太人一向都有好感。」他說完，眼睛垂下。

　　普伯沒做聲。

　　「我想你一定有小孩吧？」法蘭克問。

　　「我？」

「對不起，只是好奇的問問而已。」

「一個女孩子，」普伯嘆了一口氣，說：「我從前還有個男孩子，但患了那時的一種很危險的耳疾，死了。」

「唉，真可惜，」法蘭克醒了醒鼻子說。

他真是個好人，普伯想，眼睛濕潤了。

「上個禮拜在這裏看了兩晚鋪子的女孩子是不是你的千金？」

「嗯，」普伯回答說，感到有點緊張。

「噢，謝謝你的咖啡。」

「我給你做一個三文治罷，等會你就會餓的。」

「不了，謝謝你。」

普伯堅持着要做，可是法蘭克覺得他能向他要的東西，都已全要了。

法蘭克走後，普伯開始擔心他自己的健康。他常覺得暈眩、頭痛。這真要我的命，他想。他站在水槽上那面又破又褪色的鏡子前面，解下頭上的繃帶。他本想解下繃帶就算了，但傷口實在難看，給顧客看了更不雅觀，所以他只好縛了一條新的繃帶。他一面縛着繃帶，一面對那天晚上沒有來的買主生氣。他那天沒來，過後沒來，大概永遠也不會來了。他身體復原以來，就一直沒跟卡帕說過一句話。你一跟他說起話來，他的話可多了。但如果你閉着嘴不說話，他也只好不講話。

他放下報紙，抬頭一望，吃了一驚，原來外面正有一個人拿着一把長擦子替他洗擦窗門。他大叫一聲，走了出去，要把這

個不請自來的傢伙趕走，因為這種人沒問准就自動給你擦窗門，過後就攤開手掌要錢。但跑出鋪子後，普伯看到給他洗窗門的，不是別人，正是法蘭克。

「我只想對你表示點心意而已。」他對普伯解釋道，水桶是向山姆‧璞爾借來的，而擦子和橡皮掃帚則是山姆隔壁的屠戶借來的。

愛德此刻正從後門進來，一看到有人在擦窗子，就匆匆跑到外面來。

「你一下子就發了大財了？」她問普伯道，臉色發紅。

「他是好心幫忙，」普伯説。

「對了，完全是義務幫忙而已，」法蘭克説，一面用橡皮掃帚在玻璃窗口往下擦。

「進來罷，外面冷，」愛德在鋪子裏説：「這傢伙是誰？」

「意大利人，窮得很，要找事做。早上他幫我把牛奶箱搬進來。」

「如果你老早聽我的話，賣硬紙盒牛奶，今天也用不着人家幫忙了。」

「紙盒會漏，我還是喜歡瓶子的。」

「唉，跟你説也沒用，」愛德説。

法蘭克走進來，一面對着被冰水凍得發紅的手呵氣。「現在你看怎樣？當然現在也很難説，因為我裏面還沒有抹呢。」

愛德悶着聲説：「付錢吧，人家『義務幫忙』幫完了。」

「好的，」普伯對法蘭克説。他走到現金出納機去拿錢。

「不要，不要，」法蘭克説，一面舉起手：「舉手之勞而已。」
愛德臉紅了起來。

「再喝杯咖啡？」

「謝了，現在還不想喝。」

「那我給你做個三文治怎樣？」

「我剛吃過。」

他走出去把髒水倒在陰溝裏，還了人家的水桶和擦子，再回到鋪子裏來。他經過櫃檯後面，走到裏面去，用手敲了敲門板。

「抹乾淨了，你覺得怎麼樣？」他問愛德説。

「乾淨了，又怎麼樣，」她冷冷地説。

「我本來不想打擾你們的，但你丈夫對我很好，所以我想再求你們幫個小忙。我現在正找事情，想在雜貨店裏工作一個時期了解一下實況。説不定我會喜歡這種工作的。我以前學過這門生意，可是現在對過磅、割切諸如此類的事都忘了。你可不可以留我在這裏試習兩三個禮拜？我不要工錢，我只是想學點東西。我一個子兒也不要你的。我知道你們不認識我，但我這個人老實得很，誰和我相處，一下子就會知道的。」

愛德説：「先生，我們不是開學校的。」

「你的意思呢？」法蘭克轉向普伯問。

「我認不認識你與你誠實沒有甚麼大關係，」普伯説：「這問題我倒不關心。我關心的是你能夠在這裏學到甚麼的問題。你耽在這裏，大概只能學到一樣東西——」他用手按着胸説：「心痛。」

　　「你即使接受我提議，也不會有甚麼損失，對不對？太太？」
法蘭克説：「我知道他現在不會太熱心，但如果我幫他一兩個禮
拜忙，對他健康有好處，對不對？」

　　愛德沒答腔。

　　但普伯直接了當拒絕了他，「不成，這鋪子太小了，養不活
三個人。」

　　法蘭克舉手把掛在門後的圍裙拿了下來，而且在他們兩人都
沒有機會説甚麼以前，脱下了帽子，把圍裙從頭上套了下去，縛
好了帶子。

　　「你説稱不稱身？」

　　愛德氣得臉都紅了。普伯叫他把圍裙除下，掛回門後面的
鈎子上去。

　　「我希望我們沒傷了和氣，」法蘭克離開時這麼説。

　　在風聲颯颯的黑夜，海倫和路易·卡帕在科尼島遊樂園的
木板路上漫步，他們沒有拉手。

　　那天晚上，路易剛要回家吃飯，在他的鋪子門口遇到了海
倫，她剛下班回家。

　　「坐我的車子兜兜風怎樣？最近很少看到你。我們在中學
時，大家相處得快樂多了。」

　　海倫微微一笑。「唉，路易，你真是，那是好久以前的事了。」
説了過後，她馬上變得傷感起來，但還是忍着，不表露出來。

「不管時間多久，我還是一樣的。」他生得肩膀寬厚，頭顱細小，雖然眼睛有點突出，長得還不算難看，他離開中學前，愛把塗得油光閃閃的頭髮往後梳。有一天，他把《每日新聞》刊載出來的一張男明星照片研究了好一會後，他就不知不覺模仿明星起來。這就是海倫所知道的他的唯一轉變了。賴‧璞爾做人雄心勃勃，而路易則恰巧相反。他只想舒舒服服的享受父親的餘蔭。

「我們別再說甚麼了，」他說：「我們就兜兜風，懷懷舊如何？」

她用一隻戴着手套的手指支着面頰，想了一回。其實那是裝腔作勢，因為她實在寂寞。

「懷舊？去哪懷舊？」

「隨你說好了──節目直排下去。」

「科尼島怎樣？」

他翻起大衣領子。「乖乖，今天晚上又冷又大風啊。你不怕凍僵嗎？」

看到她猶疑的樣子，他跟着就說：「好的，好的，我不煞風景。我幾時來接你？」

「八點過後來按門鈴罷，我會下來。」

「好吧，」路易說：「八點。」

他們一直走到海門，已是木板路的盡頭了。她以羨慕的神色，望着對海那排大房子，外面有鐵欄柵圍着，裏面燈火通明。科尼島在這時候顯得很是荒涼，除了一兩家賣漢堡牛肉麵

包的攤子和玩彈球機的地方還開着外，甚麼都看不見了。在夏天，天空好像一朵玫瑰紅的雨傘，覆蓋着這地方，但現在景象全非了，有的只是寒星點點。遠處，有一架黑色的飛利輪，看似一隻停了的大鐘。他們靠着木板路盡頭的扶手站着，望着黑沉沉的大海。

他們一面走着，她一面想着她自己的生活。想着自己目前的孤獨和少女時的快樂，那時夏天每天都和一大群跳蹦蹦的孩子在沙灘上遊戲。到後來，她中學時期的朋友一個個的相繼結了婚，她就和他們一個個的斷絕了來往。另外一些則在大學裏畢了業，令她又羨慕，又慚愧——慚愧自己一事無成——最後她也就不再與他們來往了。起先，她覺得很是痛苦，但後來就覺得無所謂了。現在除了偶然去看看碧蒂外，就幾乎不再見人了。碧蒂比較瞭解她，但那種瞭解，還是不足以消除距離。

路易的臉孔給風吹得通紅，他體會到她目前的心情。

「怎樣了，海倫？」他說，伸手摟着她。

「我也不知道怎樣解釋才好。我整天晚上都想着我們做孩子時在這沙灘上的快樂日子。你還記得我們開的舞會麼？我想大概因為我不再是十七歲的少女了，所以才這麼難過。」

「二十三歲也沒有甚麼呀！」

「老了。我們的生活轉變得真快。你知道甚麼叫青春吧？」

「我當然知道。但我不是個虛度青春的人，而且，我還年輕。」

「年輕人就好像有特權似的，甚麼事情都可能發生，」海倫說：「早上起來時，如果你覺得甚麼稱心如意的事會發生在你身上，那就是青春了，我喪失的就是這些東西。現在我每天起來，感覺都像昨天，而且更壞的是，知道明天不過是今天的延續而已。」

「所以你變成了老祖母？」

「我的世界已經縮小了。」

「那你要做甚麼人？夢裏的公主麼？」

「我要生活得好些，圈子大些。我要重新獲得我生命的可能性。」

「譬如說呢？」

她緊抓着鐵欄杆，雖隔着手套，手心仍可感到陣陣涼意。「譬如說受教育的機會和前途，」她說：「總之，我想要而得不到的東西。」

「還要一個男人，對不對？」

「嗯，還要一個男人。」

他摟緊了她一點。「儘說話太沒味道了，我們親個嘴，怎樣？」

她輕輕的碰了碰他冰冷的嘴唇，跟着別過面去。他沒有強迫她。

「路易，你對生命有甚麼要求？」海倫問，眼睛望着遠處水面的亮光。

他仍然擁着她。「我現在所有的——加——」

「加甚麼？」

「加多一點——那就是太太和家人。」

「但如果她要的和你要的不同呢？」

「她要甚麼，我都會給她。」

「但如果她要做個更有用處的人，要有更高的理想，過更有意義的生活，那怎辦？我們的生命這麼短促，這麼無依無靠，一定要活得有點意義才行。」

「我不阻止任何人做有用的人，」路易說：「他們喜歡怎麼做就怎麼做。」

「我想大概只有如此，」她說。

「來吧，我們別談這麼高深的大道理了，好不好？我們吃點東西去，我肚子餓了。」

「再耽一會吧，我好久沒這麼晚來這裏了。」

他上上下下捏着自己的手臂。「乖乖，好大的風，我褲子都吹起來了。給我再親親吧。」他解開了大衣的鈕扣。

她在讓他親她，他伸手去摸她的乳房，海倫掙開他的擁抱說，「路易，別這樣。」

「為甚麼？」他尷尬地站在那裏，有點氣惱。

「我一點也提不起興趣。」

「我不是第一個去碰它的罷？」

「你是不是要做統計？」

「好吧，對不起，可是，海倫，你知道我不是個壞人。」

「我知道，但別做我不喜歡的事。」

「你以前曾經對我蠻不錯的啊。」

「那是過去的事了，那時我們還是孩子。」

小時候摟摟抱抱，現在想起來，真似春夢無痕。

「我們那時也不是小孩子，直到賴・璞爾上了大學，你便對他發生了興趣。我想你一定是把他當作歸宿的對象吧？」

「噢，是嗎？我自己也不知道。」

「他不就是你想要的人麼？我就想知道這傢伙除了有資格上大學外，還有甚麼東西。我的生活，是靠賣氣力賺來的。」

「不，路易，我不會要他。」但跟着她想：如果賴・璞爾對你說他愛你呢？男孩子只要對女孩子說一兩句好聽的話，女孩子不就變得百依百順了？

「如果真的這樣，那我有甚麼不對？」

「沒有呀，我們不是朋友麼？」

「我已經有不少朋友。」

「路易，那你要甚麼呢？」

「海倫，別再轉彎抹角了，如果我對你說我真心誠意的想娶你，你有興趣麼？」話說完後，臉色就蒼白起來。

她覺得有點意外，有點感動。

「謝謝你，」她喃喃的説。

「不要光説謝謝，給我一個答覆啊！」

「路易，我不會嫁給你。」

「我早就猜到了。」他茫然的望着海面。

「我從未想到你竟會對我有興趣，因為你平日來往的女孩子與我完全不同型。」

「別這麼說，我帶她們出去，我心裏想甚麼，你哪裏知道？」

「是不知道。」她承認了這一點。

「我可以讓你過比現在好上千百倍的生活。」

「我知道，但是我要過的，是與我現在不同，與你現在的生活不同的生活。我不要開雜貨店的人做丈夫。」

「賣酒的生意跟普通的雜貨生意不同。」

「我知道。」

「是不是因為你父親不喜歡我父親的緣故？」

「不是。」

她傾聽着被風吹起的如泣如訴的浪花。路易説：「我們去吃點東西吧。」

「好的，」她拉着他的手説。從他硬蹦蹦的走路姿勢看，她知道她已傷了他的心了。

他們沿着公園路開車回家途中，路易説：「如果你得不到你要的每樣東西時，最少可以拿一些，別那麼驕傲。」

她感動了，「我拿些甚麼才好呢，路易？」

他頓了一頓才説：「拿次一等的。」

「我永不拿次一等的。」

「有時我們要折衷一下。」

「我的理想不能折衷。」

「那你要做甚麼？做個像乾梅子的老處女？有甚麼好處？」

「沒有。」

「那你打算怎辦？」

「等着就是了，做夢就是了。也許有甚麼奇跡會發生。」

「傻瓜，」他說。

他把車開到雜貨店門口，讓她下了車。

「都謝了。」

「你令我越想越好笑，」路易說完就開車走了。

鋪門已關，樓上黑沉沉的。她想她父親，經過一天疲勞的工作後，已經睡着了，在夢着伊佛雷恩。她問自己：我究竟為誰守身呢？

第二天下了一場雪。愛德抱怨着說雪下得太早了，而且，舊的雪剛溶，新的又落下來。在黑暗中穿衣服時，普伯對愛德說，他打開鋪門後就會鏟雪。他喜歡鏟雪，因為在鏟雪時，他就想起自己的童年是在冰天雪地中過的。但愛德不准他動手，因為他還覺得頭有點暈眩。開了店門後，他想把牛奶箱從雪中拖進來，但箱子動都不動一下。這時，也沒有法蘭克來幫他的忙了。自那天洗過窗子後，法蘭克就失了蹤跡。

普伯下來後不久，愛德也就跟着下來了。她穿了件厚風衣，用羊毛圍巾包着頭，鞋子外套了橡皮的套鞋。她在雪地上

鏟開一條走道，然後幫她丈夫把牛奶箱拖了進來。這時，普伯才注意到原來有一瓶牛奶不見了。

「誰拿了？」

「我怎知道？」

「你麵包點過沒有？」

「還沒有。」

「我不是告訴過你嗎？貨一來，馬上點。」

「你懷疑送麵包的會騙我？我跟他認識二十年了。」

「不管誰送來的都點一下，我不知跟你講過多少次了。」

他把麵包從籃子裏倒出來，點了一下，短了三個，那波蘭女人只買了一個。他不想跟愛德為此事又吵起來，所以對她說一個都沒缺。

第二天早上，又短了一瓶牛奶和兩個麵包。他有點擔心起來，但愛德問起時，他還是瞞着她。不愉快的事情，他常常瞞着她，因為她知道後常把事情弄得更糟，但他沒有忘記跟送牛奶的提起這件事。送牛奶的說：「莫理士，我確是一瓶不缺的放在箱子裏了，這地區品流複雜，教我有甚麼辦法？」

但他答應普伯把牛奶箱送至他大門口，試幾天看看。這樣子偷牛奶的人也許不敢走前去偷了。普伯現在考慮應否請牛奶公司把貯奶瓶的大箱子送來。幾年前他門口路邊擺着一個，那是木製的，外邊可上鎖。這些箱子很重，他每天這樣搬運着，不久就患了脫腸症，以後只好棄而不用了。現在他也決定不用這種箱子。

到了第三天，又不見了一瓶牛奶和兩個麵包。普伯覺得事態嚴重了，想要報警。他的牛奶和麵包，在這地區，被偷已不止一次。通常來光顧的，都是窮人——偷早餐吃。因此，普伯寧願自己來處理這些小偷，不願報警。為了捉小偷，他早上很早就爬起來，在黑暗中站在卧室的窗口前面等着。小偷出現——有時還是女的——伸手偷牛奶時，普伯就飛快地拉起玻璃窗，叫道：「喂，你這個偷東西的，還不給我快滾！」那小偷嚇了一跳——有時這小偷不是別人，卻是一位平日可以買得起這瓶奶的客人——丟下瓶子，飛奔而逃。通常這小偷——也就是說這位顧客——就一去不返，普伯的生意，因此蒙受了些損失。但一位「好漢」去後，另一位又跟着來。

所以這一天早上，普伯四點半就起來，比送牛奶的時間早了些。他穿着長內衣褲，捱着冷，等着。他往下望，街上一片暗黑。不久牛奶車來了，送牛奶的人，呵着白氣，把兩箱牛奶扛到大門前。然後，街上馬上又變得寂然，夜色如墨，白雪皓潔。偶然，也有一兩個人拖着沉重的步子走過。一個鐘頭後，麵包商維瑟送麵包來，此外再沒有人走近門口了。還沒到六點鐘，普伯就匆匆穿好了衣服，走下樓來。一瓶牛奶不見了。再點麵包，兩條麵包也不見了。

他還是沒有把實情告訴愛德。第二天晚上，她醒來，看見他在黑暗中守着窗口。

「你幹嗎？」她從床上坐起來問。

「我睡不着。」

「那就別穿着內衣褲坐在那裏受涼。回到床上來吧。」

他依她的話做了。後來下去時，牛奶和麵包都短了。

那位波蘭女人來買麵包時，他問她有沒有看到別人偷進他的鋪子來偷牛奶。她的小眼睛瞪了他一下，一把抓着切好了的麵包，砰的一聲關上門，走了。

普伯有一個想法：小偷住在這條街上。不是費蘇幹的，如果是他，普伯會聽到下樓上樓的聲音。小偷是從外面來的。貼身靠着商店或房屋的前面走，身體為屋簷遮着，普伯因此就看不見他了。到了普伯的店子時，他輕輕打開走廊的門，偷了進來，從袋子裏拿了兩條麵包，再拿一瓶牛奶，又貼着房子，溜了出去。

普伯懷疑的人，是住在卡帕鋪子樓上，一個名叫米克·柏柏多蒲路斯的希臘孩子。他十八歲那年，進過感化院。從感化院出來那一年，有一天深夜，他從卡帕後院的太平梯爬下來，越過欄杆，撬開普伯店內的窗子，偷去了三條香煙，一捲普伯用紙條包好放在現金出納機內的一角銀幣。早上普伯開了門，米克那又瘦又老的媽，拿着香煙和銀幣來還他。她說她孩子一回家，她就碰着他，因此用鞋子在他的頭上打了一頓。她捏他的臉，要他供出幹了甚麼事來。她一邊把香煙和錢交還給普伯，一邊央求他不要報警拘捕他。普伯安慰她，說他決不會做這種事的。

他猜想到這一定是米克幹的事了。八點剛過，普伯上了柏柏多蒲路斯太太家的樓梯，不太願意的敲着門。

「打擾你，很對不起，」他說，跟着就把他來意說明了一下。

「米克在飯館通宵工作，」她說：「早上九點才回來，回來後就睡一整天。」她的眼睛氣得冒火，普伯只得走了。

他為此事煩得不得了。他該不該告訴愛德呢？該不該讓她報警呢？警方每星期最少來煩他一次，問他有關劫案的情報，但一個人都捉不到。話雖這麼說，還是去報警的好，因為這種情形延續了差不多一個禮拜了。誰負擔得了這種損失呢？結果他還是沒有去。那天晚上，他由側門離開時──他總是在裏面把前門關好後，就由側門出來，然後扣上掛鎖──習慣地開了地窖的燈，由樓梯望下去。他心裏有個沉重的預感：下面有人。因此，他就打開掛鎖，走進店裏，取了把斧頭出來，提起勇氣，慢慢的走下那道木樓梯。地窖裏空空如也。他搜遍窖內貯物的大桶，探頭進去看了又看，可是沒有人的影蹤。

到了早上，他把事情的始末，給愛德講了。愛德罵他是大笨蛋，跟着報了警。附近的警局派了個名叫明諾的探員來負責調查。他是一個臉色紅潤，身裁魁梧的偵探。他不苟言笑，說話的聲音低沉，是一位禿頭的鰥夫，以前一度在附近住過。他的兒子華德，和海倫在初中時上過同一間學校，性情野得狠，常因欺負女孩闖禍。他一看到有認識的女孩，在屋子前面或門階上玩耍時，他就一個箭步跑下來，把她趕進走廊去，跟着不管女的怎樣用力反抗也好，低聲懇求也好，他的手已探進女的衣服裏面，用力捏着女的乳房，直到她高聲叫喊為止。到女孩子的母親走下了樓梯，他已逃之夭夭了，剩下女孩子一個人在飲泣。明諾先生聽

到這些事情時，必定把他兒子打罵一番，但收不到甚麼效果。八年前的一天，華德偷了公司的東西，被解雇了，給他爸爸用警棍毒打了一頓，打得頭破血流，然後趕出這一帶地區。自此以後，華德失了蹤，不知去向。親友鄰里都為他難過，因為他是個非常嚴正的人，兒子卻這樣不爭氣，痛苦可想而知。

明諾在普伯店子後面，靠着飯桌坐下，聽愛德訴苦。他戴上了眼鏡，在一本黑色的小冊上記下了要點。他說他會派一個警察來，每天早上牛奶送來後，就給他看守着。如果再有甚麼事情發生的話，可以通知他。

他要離開時，對普伯說：「莫理士，如果你看到華德‧明諾的話，你認不認得他？聽說他在附近出現過，但在哪裏呢，我就不曉得了。」

「我不知道，」普伯說：「也許認得，也許不認得，我好幾年沒見過他了。」

「如果我碰到他的話，」明諾說：「說不定我會帶他來見你。」
「幹嗎？」
「我也不知道——總之，給你對認對認也好。」

過後，愛德對他說，如果他一早就報了警，說不定那幾瓶牛奶就可以省回了，因為他們實在負擔不起這個損失啊。

那天晚上，普伯心血來潮，比平時晚了一個鐘頭關門。他開了地窖的燈，緊抓着斧頭，小心翼翼的走下樓梯。快到樓梯底時，他大喊了一聲，斧頭脫手掉下。一張憔悴乾瘦的臉驚惶地望

着他。那是法蘭克的臉，臉色灰白，鬍子叢生。他坐在一個靠牆的箱子上，穿着外衣、戴着帽子打着盹。燈光把他驚醒了。

「你在這裏幹甚麼？」普伯叫道。

「沒有甚麼，」法蘭克呆呆的説：「我只不過在這裏打盹，沒有做過甚麼壞事。」

「你有沒有偷我的牛奶和麵包？」

「偷過，因為我餓了。」

「你為甚麼不對我説？」

法蘭克站了起來。「除了我自己，再不會有人照顧我了。我找不到工作。我用完了最後一分錢。我衣服單薄，禦不了這又壞又冷的天氣，雨水和雪水滲透了我的鞋子，害得我一天到晚發抖。而且，我沒有地方睡覺，所以我只得到這裏來。」

「你不跟你姊姊一齊住了？」

「我沒姊姊。我跟你説的是謊話，除了我，再沒有別人了。」

「你為甚麼騙我説你有姊姊？」

「我不想你把我看作無業游民。」

普伯不作聲，靜靜的看了他一會，問：「你坐過牢沒有？」

「沒有——我可以對天發誓。」

「你怎樣進我地窖來的？」

「可以説完全是偶然的事。一天晚上，我在雪地上走着。想找個地方歇腳，就試着開你的地窖，發覺門沒有上鎖，以後每天晚上，在你關門後一小時，便偷偷跑進來。早上牛奶和麵包送

來後，我溜進走廊，打開門拿我的早餐。實際上，那就是我一天的食糧了。你下來後，我乘你忙着招呼客人或售貨員的時候，把空牛奶瓶挾在大衣底下，從走廊跑出來，把瓶子丟在空地上。這就是事情的經過。今天晚上我着了涼，人覺得不舒服，所以冒了個險，在你還未上樓前就跑進來。」

「這裏又冷，風又大，你怎睡得着？」

「我睡過更壞的地方。」

「你現在餓麼？」

「我常常捱餓的。」

「上來吧。」

普伯拾起斧頭，法蘭克用濕手巾醒着鼻子，跟他上去。

普伯點了燈，做了兩個大的香腸三文治，加上芥辣，然後再跑到後面去暖了一罐罐頭豆湯。法蘭克和衣坐在檯邊吃，帽子放在腳邊。他狼吞虎嚥的吃着，調羹往嘴裏送時，手直發抖，普伯只好轉頭看別處。

法蘭克手裏拿着一杯咖啡和一些餅食，快要吃完了，愛德穿着浴袍，拖着絨拖鞋，走了下來。

「怎麼啦？怎麼啦？」她看見法蘭克大吃一驚。

「他肚子餓了，」普伯說。

她馬上猜出來。「牛奶就是他偷的！」

「他肚子餓，」普伯替他解釋說：「他睡在地窖裏面。」

「我差點餓死。」法蘭克說。

「你幹嗎不找工作做？」愛德問道。

「我到處都找過了。」

過後，愛德對法蘭克說：「你吃完後，請到別的地方去吧。」然後她轉向丈夫說：「跟他說請他到別的地方去吧，我們是窮人家。」

「這個他知道。」

「我會走的，」法蘭克說：「太太的話，我一定照辦。」

「今天太晚了，」普伯說：「難道我們要他整晚在街上蕩來蕩去麼？」

「我不要他留在這裏，」她緊張起來。

「你要他走到哪裏呢？」

法蘭克把杯子放在碟子內，全神貫注的聽着。

「這不關我的事，」愛德答道。

「你們別擔心，」法蘭克說：「我十分鐘內就走。莫理士，你有煙沒有？」

普伯走到辦公桌去，打開抽屜，拿出一包壓得皺皺的香煙來。

「味道恐怕都變了，」他抱歉的說。

「沒關係，」法蘭克點了一根，深深的吸了一口，其樂無窮的樣子。

「等一下我就走，」他對愛德說。

「我不想惹麻煩，」她解釋說。

「我不會惹麻煩的。我這身衣服雖然像流氓，但我不是。我一生都和規矩人家在一起。」

「就讓他今晚在沙發上躺一夜吧，」普伯對愛德說。

「不行，給他一塊錢，叫他到別處去吧。」

「能在地窖耽一夜就很好了，」法蘭克說。

「地方太潮濕，老鼠又多。」

「如果你准我在這裏再耽一夜，我答應你明天一早就走。你別不相信我，我是個老實人。」

「你就睡在這裏好了，」普伯說。

「莫理士，你瘋了！」愛德大聲叫道。

「我會替你工作來償還的，」法蘭克說：「我欠你多少，就還你多少，你叫我做甚麼，我就做甚麼。」

「慢慢再說罷，」普伯說。

「不成，」愛德一點也不肯讓步。

但普伯最後說贏了。他們夫婦上樓後，剩下法蘭克一個人在後面。煤氣爐沒有關掉。

「他會把東西偷得一乾二淨，」愛德氣憤憤的說。

「他的貨車呢？」普伯微笑着說。跟着他正經的說：「他窮得很，我可憐他。」

他們上床睡了。愛德一夜不能安枕，不時為惡夢驚醒，醒來坐在床上，尖起耳朵來聽鋪裏的動靜——聽法蘭克是否在包裝着一大包一大包的貨物，準備偷走，但是毫無聲息。她做了一個夢，夢見她早上醒來，貨物一掃而光，架子上空空如也，像被啄淨的死鳥的骨骼。他又夢見那個意大利人偷上屋來，從鎖眼

裏偷看海倫。一直到普伯醒來，開了店門後她才安然入睡。

　　普伯拖着步子下了樓，頭漲得發痛，兩腿酸軟。睡了一夜並沒有使他精神復元。

　　街上的雪已溶。牛奶箱依樣擺在路邊。這次牛奶可沒短少了。普伯正要把牛奶箱拖進來時，波蘭女人來了。她走進裏面，放了三分錢在櫃檯上。他拿着那袋牛皮紙袋麵包進來，切了一塊包起來。她一聲不響，拿起就走。

　　普伯透過牆上的窗洞往裏面看，法蘭克和衣躺在沙發上，蓋着風衣。他鬍子粗黑，一嘴巴張開。

　　普伯走到外面，雙手抓着兩隻牛奶箱，用勁一拉。一頂黑帽子狀的東西，在他的腦子裏膨脹起來，搖搖閃閃的亮光，嘘嘘作響，終於爆炸了。他以為自己凌空飛起，但實際上是掉了下來。

　　法蘭克把他拖了進來，扶他躺在沙發上。就跑了上樓，砰砰地敲門。海倫睡衣外披着一件長浴衣，跑出來應門。她驚慌得幾乎叫了出來。

　　「快跟你媽媽說你爸爸剛昏了過去。我去打電話叫救護車。」

　　她叫了起來。他下樓的時候，聽到愛德痛苦的呻吟。法蘭克急忙趕回鋪子的後面。普伯動也不動的躺在沙發上，臉色青白。法蘭克輕輕的把他的圍裙解了，從自己頭上套下，在背後打了個結。

　　「我得找些經驗，」他自言自語的說。

普伯頭部的舊傷復發。救護車的隨車醫生，也就是上次普伯給劫匪打傷後來救治他的那位，說他不應這麼快就起來工作的，這累壞他了。他給普伯縛繃帶，對愛德說：「這次讓他在床上好好躺兩個禮拜，待體力復原之後才工作吧。」「請你跟他說罷，」愛德懇求說：「他不聽我話的。」醫生就對他說了。普伯軟弱地點頭。愛德那天整天陪着她丈夫，自己都累得快要倒下了。海倫打電話給她服務的女人內衣公司請了假，也陪了她爸爸一天。法蘭克在樓下鋪子內應對自如。到了中午，愛德想起了他，就走下來要他離開。她想起了昨夜做的惡夢，認為這一次的倒霉事，都是他惹來的。她覺得如果他昨夜沒有留下來，事情就不會發生了。

　　法蘭克借用了普伯的安全剃刀，在鋪子後面把鬍子剃得乾乾淨淨，濃密的頭髮，也梳得服服貼貼。愛德一來，他就跳到現金出納機前，打開抽屜，拿了一大捲鈔票給她看。

　　「十五塊，」他說：「請你點點。」

　　她覺得有些奇怪了。「怎會這麼多的？」

　　他說：「忙了一個早上呢。很多人聽說莫理士昏倒，進來問好。」

　　她本來想叫海倫來替他的，然後到自己方便時再下來接替海倫，但現在她拿不定主意了。

　　「要是你願意，你就留到明天吧。」她有點結結巴巴的説。

　　「我睡在地窖好了，普伯太太，你不用擔心，我是老實人哪。」

　　「別睡在地窖裏，」她聲音有點發抖的説：「我丈夫不是説過要你睡在沙發上麼？其實我們也用不着擔心人家偷東西的，我們甚麼也沒有。」

　　「他怎樣了？」法蘭克低聲問。

　　她醒了醒鼻子。

　　第二天海倫上了班，但心中一直惦念着家裏。十點鐘，愛德下樓，看看生意如何。這一次抽屜夾只有八塊錢，但已比平時好些了。他帶着點歉意説：「今天不大好，但我把賣出來的東西都記下來，賬目弄得清清楚楚的。」説着，他拿出一張包裝紙來，上面記着售出貨物的名字和價目。她看了一眼，發覺他賣出的第一樣東西與平時無異：一條麵包，售價三分。她四周打量了一下，看到他已經把昨天送來的幾盒貨物拆開了，把地上打掃乾淨，將窗子裏面也抹淨了，又把架子上的罐頭擺得整整齊齊。這地方看來已不像從前那麼死氣沉沉了。

　　他一天都為着零星小事忙着。他把水槽的排水道清理，使污水流得快些。在店子裏面有一支吊燈的開關壞了，他也把它修好。關於他去留的事，愛德沒有提起，他自己當然也就閉口不談了。愛德對他本來還不放心，要他走的，但她實在不能再

要海倫留在家裏幫忙了。她一想到要自己一個人看管鋪子兩個
禮拜，想到自己酸痛的腿，想到樓上需要自己服侍的病人，她就
覺得寒心了。那麼我就讓這意大利佬留十來天吧！她想。普伯
的身體復原之後，他就再沒理由留下來了。他留在這鋪子一
天，他就可以有三頓好飯吃，而且還可以睡在這裏。這算是給
他看鋪子的代價罷，因為他們這裏做的，算得上是甚麼生意呢？
她決定趁着普伯休養的機會，把鋪子裏面幾件她老早就想改變的
東西改變過來。因此，送牛奶的來拿空瓶子時，她就叫他以後
送紙盒子裝的牛奶來。法蘭克對此，熱烈贊成。「我們幹嗎要用
瓶子？」他說。

　　雖然她樓上有事情要做，雖然他近來給她的印象相當不錯，
她對他的監視，一點也不放鬆。她擔心的原因無非是留法蘭克
下來的，是她自己而不是普伯了。店裏若出了甚麼亂子，就是
她自己的責任了。因此，儘管她常常要爬上樓去照顧丈夫，她
不久就氣喘喘的趕着回來，看法蘭克的動靜。可是法蘭克做的
東西，都是正合她心意的。她對他的疑心，漸漸減少，雖然不
能說完全沒有。

　　她對他的態度，儘可能不太親切，使他知道他們的關係疏
遠，而且為時短暫。她們若在鋪後面或者是在櫃檯後碰在一
起，即使是短短的幾分鐘，她也不願意多說話，要嗎是忙着打
掃，要嗎是拿起報紙來看。至於教他做生意，也沒有甚麼可講
的，因為普伯在架子的每一件東西下面都標明了價目。愛德給

了他一張價目表，上面註明了肉類、沙拉和許多其他不能貼上價格的東西，如散裝咖啡、米、豆等等。她把普伯許久以前教過她的包裝方法，看稱盤的方法和電切肉刀的方法，一一的傳授了給他。他學習得很快，因此她懷疑他對這行生意，懂得實在比他所說的多。他數目算得快而準，切肉從來不切多，不會把過重的東西放在稱盤上──這都是她吩咐過的。拿紙包東西時，長短看得準，紙袋大小又用得適宜，從不會把小東西放在大紙袋內浪費不必要的金錢。既然他學東西學得這麼快，她觀察了他這麼久，都看不出他有甚麼不老實的跡象──一個肚餓的人，去偷牛奶和麵包與做賊不同，雖然難免受到人家的懷疑──愛德就迫着自己鎮靜些，在樓上多留一些時間，侍候普伯吃藥，洗自己的痛腳和打掃家裏的灰塵，他們家因為靠近煤場，灰塵老揮不乾淨。可是她一想到耽在樓下給她看鋪子的，是一個陌生人，一個異教徒，她心中就覺得不安了。因此，她指望他能早日離開。

　　法蘭克的工作時間雖然長──從早上六點到晚上六點，也就是她給他吃晚飯的時間──他卻覺得很滿意。在鋪子裏，他遠離外間的世界，免受飢寒之苦，更不用睡在濕地上了。他要抽香煙時，就有香煙，身上又舒舒服服的穿着普伯送下來的乾淨衣服。愛德還給他放長了兩條褲子，燙平了摺痕，穿起來蠻稱身的。鋪子的生活，千遍一律，毫無變化，像個巖穴。這一輩子他過的生活，不管在哪裏，流動性實在太大了。這裏卻不同，在這裏他可以站在窗前，看着外邊熙來攘往的世界，覺得心滿意足。

這種生活還不壞。天亮前，他就起來。波蘭婆娘已像石像一樣的站在門口，瞪着眼珠看他，不大相信他能及時開門，賣麵包給她吃了去上班。他不喜歡這婆娘。要不是為了她，他就可多睡一會。一大清早就趕起來開門，做這三分錢的生意，真是個大笑話。可是為了普伯，他也幹了。把紙盒牛奶擺好，要是偶然有漏底的，他就翻過來放，之後他便打掃鋪面，然後再掃店子外邊的人行道。打掃工作做好，他就到後面去洗臉、刮鬍子、喝咖啡和吃三文治。起先幾天，他僅用火腿肉或烤豬膀子肉來夾麵包，但過了幾天後，他就選用最好的部分了。喝過了咖啡，他就一邊抽煙一邊想着，如果這破店是他的，他會怎樣的去改善它。這個時候，任誰進來，他都會一躍而起，堆起笑面去招呼。尼克‧費蘇第一天看到法蘭克在店內的時候，頗覺驚異，因為他知道普伯花不起錢請人。法蘭克對他說在這裏工作錢雖少，但有其他好處。他們天南地北的聊了一番，到尼克發覺法蘭克是意大利人時，就邀他上樓去看苔絲。苔絲當天晚上，就誠意的請他上去吃意大利粉。他說如果他們肯讓他帶粉上去的話他就去。

幾天過後，愛德又回復她以前下樓的時間了。那大概是十點鐘的時候，她家務已經做完。她下來後就忙着在記事本裏登記着新收到的賬單和已經付出的賬單。此外，她還用顫巍巍的手，寫了幾張數目小的支票，因為有些賬單她是不能直接向送貨來的司機付現錢的。寫完支票後，她就用拖布把廚房的地板拖

乾淨，把垃圾桶內的垃圾倒在街邊的大鐵桶裏。這個時候，如
果店裏缺少沙拉，她就得準備了。法蘭克看她拿着切肉刀切卷
心菜。這道沙拉，她做的不多，因為味道一變酸時，就得倒
掉。馬鈴薯沙拉就得費點功夫了。她煮了一大鍋馬鈴薯，然後
法蘭克就幫着她剝熱騰騰的薯皮。逢禮拜五她就做魚餅和一鍋
烤豆。她的製法是：先把小豆浸水一夜，第二天把水倒淨，在
面上撒了黃糖，然後才放進烤爐去。她把火腿碎片倒進泡過的
豆子裏面時的表情，引起他的注意。她接觸到火腿肉時那種厭
惡的表情，他了解得到。他也感到一種對自己的厭惡，因為他
從來沒有和猶太人如此親近過。午飯時，生意稍為忙些，因為
有幾個從煤場來的滿臉煤屑的礦工和附近商店一兩個職員，都在
這個時候來買三文治和咖啡。他們兩人都得跑到櫃檯後面去招
呼。但這個「忙」的時間，只不過幾分鐘而已。這幾分鐘一過，
整個下午又回歸沉寂了。愛德說他應該出去散散心，他回答說
他沒有甚麼特別的地方要去的。他留在鋪子後面，躺在沙發上
讀《每日新聞》，或者隨便翻閱着一些他從公共圖書館借出來的
雜誌。這家圖書館，是他有一次孤零零的在附近散步時發現的。

　　到了三點鐘，愛德回到樓上去招呼普伯，順便休息一下。
她一去就去一個鐘頭左右。法蘭克在這個時候，就覺得鬆了口
氣。一個人留在店裏時，他就可以隨意吃些甚麼了，有意想不
到的快樂。他吃花生米，吃葡萄乾，吃走了味的棗子和無花果
乾。他實在喜歡吃這些東西。他還打開一包包的餅乾、杏仁

餅、小蛋糕和油煎餅來吃，把包裝紙撕得粉碎，在廁所沖掉。有時在吃這些零食的當兒，他覺得餓了，要吃些更有分量的東西，於是他便切了一片厚肉，一塊瑞士乾酪，夾在兩塊芝蔴硬麵包裹，塗滿芥辣，開一瓶凍啤酒，一大口一大口的喝着送下去。吃飽了以後，他就不再在鋪子裏踱來踱去了。

偶然一次店裏忽然來了一批生客，大部分是女人。他就慇懃地招呼他們，跟他們天南地北的瞎扯一番。那些送貨來的司機也很喜歡他那種平易近人、談笑風生的態度，因此常多留一會，跟他聊天。有一次，奧圖·福加在稱火腿時，壓着嗓子對他說：「喂，小子，別跟猶太佬做事，他們會連你屁股都騙去的。」法蘭克雖然口裏說他不會在這裏很久，心中卻已經覺得不好意思。可是令他驚異的是另一個人給他的警告。這個人是猶太人，名字叫做阿爾·馬卡斯，是一個富有的、精神極不正常的勤勞的紙業推銷商，整天對人低聲下氣說話的人。「這地方是個墳墓，嗯，我沒說錯，是個墳墓，」他對法蘭克說：「走罷，聽我的話好了，趁你還能走的時候走吧，這地方，你如果耽上六個月，你就會終生耽下去了。」

「這個你倒不必擔心，」法蘭克回答說。

過後，他靠窗站着，想着過去，瞻望未來：他需要一個新的開始。他究竟會不會得到心中所求的呢？有時他茫然的從窗口眺望着後院，或者眺望着在隨風搖曳的曬衣繩子，上面掛着普伯的工人裝，像個稻草人，愛德闊大的燈籠褲，打橫掛着。

另外還有她在家穿的便服，圍着她女兒那些色彩繽紛的內褲和奶罩。

到了晚上，不管他自己要不要，他非「下班」不可。這是愛德的主意，說這樣子才算公平。她匆匆的給他吃了晚餐，就拿出五毛錢給他，道歉一番，說她實在無能力多給了。偶然一兩次，他跑到樓上去跟費蘇夫婦聊天，或跟他們一道去附近電影院看一場電影。有時他冒着寒冷，到外邊散步。跑到離鋪子約莫一里半一家他認識的撞球場去。在鋪子打烊前他就得回來，因為愛德不肯給他門匙。愛德把一天的收入點了一下，除了留下五塊錢給他明天找換外，把當天收入的現款，全部放在一個小紙袋內拿回家。她走後，他鎖了大門，把剛才愛德走出去的側門的門閂閂上，關了鋪子前面的燈，然後就跑回鋪子後面，穿着汗衫坐着來研究，他回家時在山姆‧璞爾攤子上撿回來的那份明天的紅色賽馬新聞。看過後，他才脫去身上的衣服，穿上普伯那套寬大的、很少穿用過的法蘭絨睡衣睡覺，可是睡得一點也不安寧。

「這老太婆老是把我在她女兒下來吃飯前趕出去，」他煩厭地想。

他一天到晚都想着海倫。沒辦法，他的想像力一向很好——在想像中，他看見她穿着掛在曬衣繩子上的東西。他看到她早上下樓梯時的情形，也看到自己在她回家時站在門廊內，看

看她裙子翻飛的走上樓梯。他很少碰見她，只在她父親暈倒那天跟她說過兩次話。她的態度若即若離。但又怎能怪她呢？他那天穿得那個樣子，看來一定很怕人。那天雖然只跟她短短的說了幾句話，可是他覺得他已認識了她很久似的，雖然說來有點令人難以相信。那天晚上，他第一次在窗外看見她，就有這種想法。她望了他一眼，他就察覺到她渴切的期待着某一樣東西。這種渴切之情，在她眼色中表露無遺，令他永遠難忘，因為看到就想起了自己。他可想像到她空虛得多厲害。但他不想操之過急。他聽人說過猶太妞兒中有不少很會替人招麻煩的。而他現在急着要避免的，就是麻煩，最少是不必要的麻煩。而且，他實在不願意輕舉妄動，在事情沒有開始前就壞了事。有些女孩子你是要等的——等她來找你。

但他要跟她結識的願望，與日俱增。這大概因為除了他晚飯後外出時她會走進來外，其餘時間，她一次也沒有進來過。要想見她一面、談一談的機會都沒有，怪不得他對她的好奇心越來越大了。他覺得他和她同是孤獨的人，可是老婆子硬是從中作梗，把他看作痲瘋病人似的。結果是他越等越不耐煩，他要看看她是個怎樣子的人，好歹也要跟她交個朋友。現在她既然從不進來，他只好留心聽着她和等候她的動靜了。他一聽到她從樓上跑下來的聲音，就走到前面的窗口站着，等她走出來。為了怕她偶然回頭時看到他，他竭力裝出若無其事，根本不是看她的樣子。但她從不回頭看，好像這地方不值得她回頭看似

的。她的臉孔長得漂亮，身裁標緻，乳房細小，清清爽爽的，好像立意給人一個好印象。他愛看着她活潑輕快而又笨拙的走路姿態，一直看到她在轉角處消失為止。她這種跳蹦蹦的走路姿勢，既性感，又特別——她雖然向前走着，但看起來卻好像隨時隨地會一斜身就躍到人行道上去的。她的小腿有點彎曲，但可能這就是她的性感處了。她現在人雖然在角落裏消失了，但她的一切——她微彎的小腿、細小的乳房和蓋在乳房上面的紅奶罩——仍留在他腦海裏。無論他是在看書報的時候，躺在沙發上的時候，抽煙的時候，她就會在他的腦海中出現，一直走向街角。他用不着閉眼睛都可以看到她。「轉過身來吧，」他大聲說，但在他幻想中的她卻不肯。

為了要看她朝他的方向走來，他晚上燈亮後就站在窗口等她。但通常在他還未看到她時，她已經走上樓梯了，或者是已經在房間裏換衣服了。這樣，他這一天看她的機會就沒有了。她大概是在五時四十五分左右回家的，雖然有時偶然會早一點。每天一到這個時間，他就站到窗前。但這不是件容易的事，因為在這時分，普伯有幾個熟客來吃晚餐。結果他難得有機會看見她回家一次，雖然他常常聽到她上樓梯的聲音。一天，生意比平日特別差，到五點半時，一個客人都沒有，法蘭克就對自己說：「今天該看到她了罷？」為了不讓愛德注意，他到洗手間裏梳好了頭，換過圍裙，點了根香煙，站在燈光明亮的窗前，讓外面的人可以看到他。五點四十分，一位太太下了電車，走了進

來，他急急忙忙把她送出去後，就看到海倫從山姆‧璞爾的店角裏出現。她的臉比他所記得的還要漂亮。當她走到與他距離不過兩尺時，他吞了一下口水。她的眼睛澄藍，頭髮是淺褐色的，長長的披了下來，當飄到臉上時，她就漫不經心地用手撥到後面去。他認為她不像猶太人，那太好了。她樣子顯得有點不開心，嘴角繃得緊緊的，好像一直想着些她不會得到的東西。這令他馬上生出同病相憐之感，因此當她抬頭看他，與他打了個照面時，他的感情在臉上表露無遺。他的表情一定令她感到不安了，因為連看也沒有再看他一眼，就匆匆跑進走廊，消失了。

　　第二天早上他沒有看見她——好像是故意躲開他似的。晚上她下班回家時，他又忙着招呼客人。他只聽到她進來後的關門聲，令他懊喪不已。對一個靠着眼睛過活的人來說，錯過了一次看東西的機會後，可能這機會一輩子也不會再有了。他想盡了各種與她謀面、交談兩三句話的辦法。他腦子裏想着要跟她說的有關自己的話，壓在他心裏，越來越難受，雖然怎樣去說他自己還沒有想清楚。有一次，他想出其不意的乘着她吃晚飯的時候跑進來，但他又怕愛德不好對付。他又想在下一次看見她時，打開門，叫她進來，對她說有人來過電話找她，然後借機會談到別的事去。但沒有人打過電話找她，她實在有點孤僻。這倒合他心意，雖然他想不通為甚麼以她的長相還會這樣子。他感覺到她可能對生命要求很多。如果是這樣子的話，他就怕了。可是，他仍沒有放棄把她引到鋪子裏來的計劃。他甚至想

到要問她一些無關重要的問題，譬如說，她知不知道她父親把鋸子放在哪裏。但她可能因此會起反感，因為她媽媽不是一天到晚都在店裏等着告訴他麼？他得小心點。她媽媽已要她疏遠他了。如果嚇怕她的話，她就會離他更遠了。

有兩天晚上，他下了班後，就站在對街一家洗衣店隔壁的走廊內。他希望她會因事出來一次，這樣子他就可以跑出來，舉手跟她打招呼，問她可不可以陪她到她要到的地方去。但這方法又行不通，因為她一步也沒離開過家裏。第二天晚上，他一直等到愛德關了店子前面的燈，還是沒有看見海倫的影子。

普伯受傷後第二個禮拜的最後一天，法蘭克寂寞得實在再受不了，整天覺得煩躁不堪。那天海倫下班回家時，他正在吃晚飯，而愛德湊巧在樓上陪普伯。他在她轉角時就看見她了，因此她走近時，就跟她打了個招呼。這令她大感意外，只得向他微露一下笑意，才步入走廊。就在這個時候，他的孤寂之感，排山倒海而來。吃飯時，他覺得非要趁老太婆未下來前把她找下來不可，恰好這時又是他的下班時間。他唯一的藉口是叫海倫下來聽電話——過後對她說一定是對方掛斷了。這是欺騙，但他非做不可。他警告自己不要這樣幹，因為這樣子做，一開始就是錯的，他有一天會後悔莫及。他想找別的方法，但時間短促，他怎麼樣也想不出來。

他站起來，走到桌子前面，拿起聽筒放下，然後走入門廊，打開了廳門，屏住呼吸，按了普伯的門鈴。

愛德從欄杆上望下來。「甚麼事？」

「海倫的電話。」

他看到她有點躊躇的樣子，因此急忙回到店裏。他坐下來，裝着吃飯的樣子，心噗噗地跳，跳得發痛。「我只不過想跟她講一分鐘的話而已。經過這次，下次就容易多了，」他對自己說。

海倫興沖沖的跑進廚房。在樓梯上，他就注意到她整個人都興奮了起來。唉，真可憐，連一個電話都算一件大事了。

「如果是賴·璞爾打來的話，我就會再給他一個機會，」她想。

海倫進來時，法蘭克站了起來，然後坐下。

「謝謝你，」她拿起聽筒時對他說。

「喂，」她等着對方回話時，他可以聽到聽筒裏傳出胡胡的聲音。

「沒人呵，」她說，有點搞糊塗了。

他放下叉子，態度溫柔的說：「是個女孩子。」

他從她的眼睛裏看到她失望的神色，知道她難受得不得了，自己也因此覺得很難受。

「一定是掛斷了。」

她定了神的看着他。她穿着一件白短罩衫，使她細小的乳房堅挺的突了出來。他用舌頭濕了濕嘴唇，急謀一個打圓場的方法。但儘管他腦子平日主意甚多，現在卻一籌莫展。這次幹的事，令他難受，雖然他早就料到了。假如他有機會再來一次，他一定不會出此下策。

「她有沒有留下名字？」

「沒有。」

「不會是碧蒂‧璞爾吧？」

「不是。」

她下意識地掠了掠頭髮，説：「她對你説了些甚麼話？」

「只叫你來聽話。」他頓了頓，又説：「她聲音很好聽——像你的一樣好聽。也許她沒聽懂我的話罷，我説你在樓上，但我會叫你下來，所以就掛斷了。」

「我真不明白為甚麼有人會這樣做。」

他也不明白。他要儘早擺脱這一身麻煩，可是目前除了繼續撒謊外，根本看不出還有甚麼辦法。可是一撒謊他們的談話就沒意義了。他一撒謊時，他就不是自己——他不過是另外一個人對着另外一個人説着鬼話而已。那就不是他和海倫在講話了。他應該常常記得這點才好。

她站在桌子前面，手拿着聽筒，好像是等着這胡胡聲變成人的聲音。他也等着同樣的東西，希望一個聲音對她説，他説的是真話，他是個好人。只可惜這種事沒有發生。

他以尊嚴的目光注視着她，打算向她説真話——不管後果如何，就由坦承相向開始好了——但一想到要向她招供一切，心中就已怕了一半。

「很對不起，」他沮喪地説，但此時她已離開了。這次她離他這麼近，他要把她的樣子深深的嵌在記憶裏。

　　海倫覺得非常煩惱。她自己也不能解釋為甚麼要相信他，但又沒有完全相信他。她更不明白為甚麼自己近來這麼意識到他的存在，雖然他絕少離開鋪子。「他離開後才到下面吃飯，」她媽媽對她說：「我不習慣異教徒留在我家裏。」這句話海倫聽了很不高興，因為這意味着她一看到非猶太人男子時就會跪在地上求婚似的。這又說明了一事：她媽媽不信任她。如果她不把他當作一回事，海倫可能根本理都不會理他。不錯，他樣子長得怪有趣的，但除了是個雜貨鋪的小夥計外，還有甚麼東西？媽媽真的是無中生有了。

　　雖然愛德對法蘭克仍有點擔心，可是，令她驚喜的是：自他出現的第一天以來，店裏的一切，着實改進不少。他在這裏做事的第一個禮拜，有好幾天的收入，比他們自暑假以來每天的平均收入要多出五塊到七塊錢。第二個禮拜的收入亦如此。當然，店子仍然是窮店子，但由於一個禮拜多了四五十塊錢的生意，他們最少可以暫時守着，直到買主來臨。她起先不明白為甚麼顧客會突然間多起來，為甚麼突然間貨賣得這麼多。不錯，這種情形以前也發生過。有時經過一個很長很長的淡季，三四個好久不見的熟面孔，出其不意的飄了進來，左看看，右看看，其情形恍如關在拘留所的人，忽然得到半天有零用錢配給的休假。另外一些平日買食物很省的人這時開始多買了。做雜貨生意的人幾乎一眼就可看出日子的好壞。日子好時，顧客的脾

氣就沒有那麼煩躁，沒有那麼緊張，不會事事都斤斤計較。可是最令人費解的是，根據送貨來的人說，別的地方的生意卻沒有好轉。其中一個還說史密茲的鋪子也有麻煩，而且，他精神又不太好。由此看來，鋪子生意的突然好轉，完全是由於法蘭克的關係了。愛德隔了好久才承認這個事實。

顧客都好像很喜歡他。他在招呼顧客時，有說有笑的。有時候他說的話很令愛德難為情，但卻令客人——尤其是非猶太人的太太們——笑個不停。有時法蘭克帶來的客人是她從未見過的，不單是女的，男的也有。有些事，普伯和她是不會幹的，譬如說他勸客人多買東西，而且常常賣得成。「買這一點點哪夠用？」他會這樣對客人說；「一個夸特只夠餵鳥用——一口就吃完了，就買半磅吧。」他們就乖乖的買了半磅。或者他會這樣說：「這是新牌子的芥辣，今天剛到的，比超級市場賣的多了兩盎司，可是價錢卻一樣。為甚麼不試一試？你要是不滿意，拿回來，我吞下給你看。」他們見他這樣說，也就笑着買下了。這情形令愛德懷疑普伯和她是否真的適宜於幹這一行，他們從來不是推銷員的材料。

有一位女客人恭維法蘭克，說他是超級賣貨員。這令他高興得笑起來。他人又聰明，又肯做事，愛德對他敬愛之心，不禁日漸增加，慢慢的也就習慣了他的存在了。普伯說得不錯，他不是壞人，只是個運氣不好的孩子。愛德對他在孤兒院的遭遇頗覺可憐。他做事手腳快，不發牢騷，而且，自有肥皂和水

給他使用以來，他的儀表，一直保持得乾淨整齊。她呼喚他時，他應對得極其得體。最近他有一兩次看到海倫，跟她說話，也表現得彬彬有禮，絕不拖泥帶水，或結結巴巴。愛德和普伯商量過後，就把他的「零用錢」從一天五毛增至五元一週。這是她對他的一番好意，雖然另一方面她不禁為此有點擔心。不過，錢是他賺來的，他又把這地方弄得乾乾淨淨，就讓他分享他們這一點可憐的利潤吧。儘管環境如此不好，他仍是那麼心甘情願的在店裏做着額外的工作。他們怎可以不增加他一點點零用錢呢？反正他不就快走了麼？她這麼想着。

法蘭克拿了這些額外收入後，有些不好意思。「太太，你用不着多給我錢，為了報答你丈夫過去對我的好意和學習生意的機會，我不拿錢幹也願意。再說，你已經給了我吃的和住的，甚麼也沒有欠我的了。」

「拿去罷，」她說，把一張皺了的五元鈔票遞給他。他讓那張鈔票放在櫃檯上，要她再三催促後，才放進袋裏。這次加薪，令法蘭克不安，因為他有一些收入，愛德並不知情。實在說來，生意比她所知道的還要好。白天她不在店裏時，他所賣出的貨物中，最少有一塊錢——有時甚至一塊五毛錢——他是不記賬的。愛德一點也看不出來。起先，他把白天賣出的貨物一一列表交給她，但後來就覺得不切實際，沒有繼續下去。在這種情形之下，他要揩點油水，絕非難事。因此，到了第二個週末，他已積下十塊錢了。拿着這十塊錢，加上愛德給他的五

塊，他買了一套刮鬍子的用具，一雙廉價的褐色皮鞋，兩件襯衣和一兩條領帶。他估計如果他再留在這裏一兩個禮拜，他就夠錢買一套廉價西裝了。他認為這並沒有甚麼值得羞恥，因為這實在是他應得的錢。普伯和愛德不會覺得有甚麼損失，因為他們根本不知道有這點錢的存在。而且不是他這麼辛苦賺來，他們根本就不會得到這點錢。雖然他私下來拿了他們的錢，但如果他不在這兒工作，他們的收入，絕不會比現在多。

　　他雖然想了這一番道理，可是良心一點也沒有覺得好過些。他不時唏噓嘆息，用他的粗指甲，抓着手背。有時他呼吸感到困難，不停的流汗。他一個人獨處時，通常是在刮鬍子時或者在廁所裏，就自言自語，責備自己，要自己誠實點。可是雖然他一面受良心的責備，另一方面卻因此體驗到一種奇異的快樂。這情形一如他過去做着一些明知不應做的事時的感覺一樣。因此他繼續把兩毛五分的銀幣放到自己的口袋裏。

　　一天晚上，他因自己的過錯感到非常難受，發誓要改過自新。如果我有一件事做對了，那麼，他想，可能從此我就會正正當當的做人。於是他想到那把手槍。如果他把它找回來，扔了它，那他就會覺得好些。吃過晚飯後，他就離開鋪子，迷迷惘惘的在大霧瀰漫的街上踱步，心中感到非常煩悶，一半是在鋪子裏耽得太久了，一半由於覺得自己的生命，自在這裏開始工作以來，沒有多少改變。走過墳場時，他竭力不去想那天晚上搶

劫的事，可是一點也沒有用，事情的經過，一幕幕的在他腦中重演。他看到自己和華德·明諾坐在車上，等着卡帕從鋪子出來。可是他出來時，卻關了燈，躲在鋪子後面的酒瓶中。華德吩咐他開車在附近兜圈子，引這猶太佬出來，然後他就在人行道上狠狠的擊他一下，把他裝滿鈔票的皮包搶去。可是他們兜了圈子回來，卡帕已經坐上汽車走了，華德只好在後面破口大罵一番。法蘭克說既然卡帕走了，他們還是快逃為妙。但華德坐在車內，氣得胃氣痛發作，瞇起眼睛，看着街上除了轉角處那間糖果店外唯一亮着燈的雜貨店。

「別打這間小攤子的主意了，」法蘭克催他說：「我真懷疑他們今天有沒有做夠三十塊錢的生意。」

「三十塊也是錢，」華德說：「我不管是卡帕的還是普伯的，總之是猶太佬的就成了。」

「為甚麼不到糖果店去？」

華德扮了個怪臉，說：「我不要糖果錢。」

「你怎麼知道他的名字？」法蘭克說。

「誰的名字？」

「那開雜貨店的猶太人。」

「我和他女兒以前同過學。她的屁股長得很好。」

「那麼他會認得你。」

「我在臉上蒙一塊布，聲調降低一點他就認不出來了。他已八九年沒見我。我那時候瘦得很呢。」

「隨你的意思吧，我給你開着車子就是了。」

「跟着我來吧，」華德説：「這一帶已經靜得不會再有人走動了。這鬼地方，誰會料到有劫案？」

但法蘭克猶疑了一會，説：「我起初以為你要幹的是卡帕。」

「我慢慢就會收拾他的，來吧。」

法蘭克戴上了便帽，和華德一起橫過電車路軌。「你會在這裏栽下來，」他對華德説。但栽下來的是他自己。

走進鋪子時，他記着華德所説的話：「總之是猶太人就成了。有甚麼分別？」現在他想着：「我現在卻因為他是猶太人的緣故幫他。他們究竟是我甚麼人？我幹嗎要幫他們的忙？」

他找不到答案，只有加快腳步走，不時透過尖鋭的鐵欄杆，望着墳場的墓碑。突然他覺得後面有人跟蹤着他，使他心跳加速起來。他匆忙的走過墳場，到第一條街後就向右轉，緊貼着街上石屋的門廊，快步離開這條漆黑的街道。到了桌球場，他才鬆了一口氣。

這間桌球場陰陰沉沉，僅得四張桌子。店主波普是一個陰鬱的意大利老人，頭上長滿了青筋，雙手下垂。他靠着現金出納機坐着。

「有沒有看見華德？」

波普用手向後面一指，只見華德戴着一頂毛絨絨的黑帽，穿着一件不合身的外衣，一個人在那裏練撞球。法蘭克看着他把黑球放近角落的袋口，瞄着一個白球撞它。華德緊張地傾身向

前，臉上繃得緊緊的，一截熄了火的煙屁股，銜在他歪歪的嘴角上。他沒有擊中，氣得把木棍扔在地上。

法蘭克挨身在其他桌子上玩的客人中走過，華德抬起頭，看到了他，眼睛充滿了恐懼之色。但到他認出站在他面前的是誰時，這種恐懼之色就消除了。儘管如此，他那疙疙瘩瘩的臉上，還是佈滿了汗水。

他把煙屁股吐在地上。「你這王八蛋，你究竟穿了甚麼東西走來的，橡皮鞋？」

「我不想你分心。」

「你已經分夠了。」

「我找了你一個禮拜了。」

「我在度假呢，」華德從嘴角露出一些笑意。

「喝酒去了？」

華德用手按着胸，打了個嗝。「他媽的，要是真的這樣就好了。實在是，有人向我老子打了個小報告，說我在附近，因此我不得不躲一陣，苦透了，胃氣痛又發作起來。」他掛起木棍，拿出一條髒手帕擦臉。

「你為甚麼不去看醫生？」

「去見他媽的鬼醫生。」

「說不定吃些藥會對你有好處。」

「對我最大的好處就是我老子中風死掉。」

「我要跟你談談，」法蘭克低聲道。

「那就講吧。」

法蘭克瞧鄰桌的客人點了點頭。

「那麼到後院來吧，」華德説：「我也有些話要對你説的。」

法蘭克隨着他走出後門，到欄柵圍着的後院去，靠牆的地方，放着一張板櫈。一盞微弱的電燈，從門側照下來。

華德在板櫈上坐下，點起了一根煙。法蘭克掏出了自己的一包，也點了一根。他抽着抽着，但毫無味道可言，因此乾脆扔了。

「坐下來吧，」華德説。

法蘭克在板櫈上坐下。即使在有霧的天氣他還是臭不可當，他想。

「你找我幹甚麼？」華德問道，他的小眼閃閃爍爍。

「我要拿回手槍。你放在哪了？」

「拿回去幹甚麼？」

「扔到海裏去。」

華德乾笑道：「怎麼了，心中發毛啦？」

「我不要當差的跑來問那是不是我的。」

「你不是説過黑市買回來的麼？」

「我是這麼説過。」

「那就甚麼紀錄也沒有了，你怕甚麼？」

「你丟了的話，他們沒有紀錄也會查出來的，」法蘭克説。

「我不會丟的，」華德説。過了一會，他把煙頭丟在地上，用腳踩熄了。「我有一件事要幹，你幫我做了以後，我就還你。」

法蘭克望着他，問：「甚麼事？」

「卡帕——這次輪到他了。」

「為甚麼一定要找卡帕？比他有錢的酒鋪多着呢。」

「我就是恨透了那猶太王八和他金魚眼的兒子路易。我做小孩的時候，只要我一走近女孩子，他們就向我老子告狀，害我挨一頓打。」

「你一走進去，他們就會認得你。」

「普伯就沒有認出我。我用手帕蒙起臉來，穿些不同的衣服。明天我到外邊去弄一部車來。我自己會動手，你只要開車就成了。」

「你最好別動這條街的主意，」法蘭克警告他說：「說不定有人認得你。」

華德用手按着胸部，悶着氣說：「好吧，算你有理，我們到別的地方去幹吧。」

「我不去，」法蘭克說。

「考慮考慮吧。」

「我受夠了。」

華德露出厭煩之色。「我第一眼看見你，就知道你這小子不是東西。」

法蘭克沒答腔。

「別裝得那麼天真無邪了？」華德氣憤憤的說：「你還是跟我一樣有罪。」

「我知道，」法蘭克説。

「我是因為他不肯把藏錢的地方告訴我而打他的，」華德分辯説。

「他甚麼地方也沒藏錢。那鬼鋪子又窮又沒生意。」

「我猜你甚麼都弄得清清楚楚了。」

「你甚麼意思？」

「別裝蒜了，我知道你現在在那裏做事。」

法蘭克深深的吸了一口氣。「你又跟蹤着我了？」

華德笑了一下。「有一晚你離開桌球場後我就跟着你。後來才知道你替猶太人工作——不計酬勞。」

法蘭克慢慢的站起來。「你打了他後，我覺得他很可憐，所以我才回去，在他未復元前幫他一個忙。但我不會留在那裏多久了。」

「你心腸真好啊。我猜你一定把你賺來的七元五角還給他了吧？」

「我放回現金出納機裏去了。我對普伯的老婆説生意一天天好起來。」

「我真想不到會碰到你這個救世軍。」

「我這樣做只不過想良心好過些，」法蘭克説。

華德站起來。「你所擔心的，不是良心問題。」

「那是甚麼？」

「是為另外一些原因。我聽説猶太女子的床上功夫，很是不錯。」

法蘭克沒有拿到槍就回到雜貨店。

海倫正跟她媽媽在一起，愛德在點鈔票。

法蘭克站在櫃檯後面，用小刀剔着指甲，等她們離去後好關鋪子。

「我想在睡覺前先洗個熱水澡，」海倫對她媽媽說：「我整晚都冷得發抖。」

「晚安，」愛德對法蘭克說：「我留下五塊錢零錢做明天的找換。」

「晚安，」法蘭克說。

她們從後門出去。他聽見她們上樓梯的腳步聲。法蘭克關了門，走到後面。他隨意的翻閱着報紙，漸漸的覺得坐立不安起來。

隨後不久，他走到鋪子前面，貼着耳朵在側門傾聽了一會，開了鎖，亮了地窖的燈，立即關緊了地窖的門，以防燈光漏出門廊，然後輕着腳步走下樓梯。

在一個久已荒廢不用的送菜升降機那裏，他發現了一個通風豎坑。他把塵封的箱子拉了下來，往上瞧着豎坑，發覺一片漆黑。普伯的浴室和費蘇的浴室一樣漆黑無光。

法蘭克跟自己的意志搏鬥了一番，但沒多久就失敗了。他把那送菜升降機盡量的拉下來，擠身進了豎坑，腳踏在機箱上面。心噗噗的幾乎要跳出來了。

他眼睛習慣了黑暗後，就看到海倫的浴室，就在他頭上兩尺的地方。他墊起腳尖，用手在牆上摸索，摸到一個在牆上突出來的架子。我如果站在這裏，就可以看到浴室了，他想。

但是如果這樣做，會後悔的，他警告自己說。

雖然他的喉頭覺得不舒服，全身衣服被汗水濕透了，但一想到就快要看到的東西時，就不顧一切，要爬上去。

他劃了個十字，抓緊升降機的兩條繩子，慢慢的攀上去。他只希望吊在天窗的滑機不會吵得太厲害。

他頭上亮起了燈光。

他屏着呼吸，緊抓着繩子，一動也不動的蹲在那裏。跟着他聽到浴室窗門砰的一聲關上。好一陣子他動也不能動，氣力都用完了。他真擔心抓不牢繩子，會跌了下去。他想像海倫打開窗子，看見他躺在豎坑下面那種肢離破碎的情形。

他實在不應該這樣做的，他想。

但如果他還不趕快，她一下子就會跑進浴缸，看不見她了。這麼想着，他就顫巍巍的重新把自己拉上去。沒多久，他已經跨立在架子上面，手抓着繩子來平衡他的身體，另一方面也避免把自己的體重全壓在木架上。

他把身體稍為向前傾，就可從沒掛窗簾的窗子看到那間舊式的浴室。海倫站在鏡子前面，憂憂怨怨的望着自己。他以為她會永遠的站在那裏了，但終於她解下了浴衣的拉鍊，脫了下來。

看到她赤裸的身體，他心頭感到一陣酸痛，一陣強烈的要去愛她的慾望。可是在同時，他已產生一種損失的預感——他一生中最想要的東西，從來未得過。這一類的經驗，他有過不少，他實在不願去想了。

她青春的胴體柔滑可愛，雙乳恍如一對振翼欲飛的小鳥，屁股好像一朵花。可是這身體雖美，卻孤獨得很——或者正因為它這麼可愛，所以顯得更加孤獨。身體本來就是孤獨的，他想，但是在床上就不會了。此刻的她，赤裸裸的，在他看來，比以前更真實，更接近人生，更有人的味道。他望着她越久，越覺得飢渴起來。他餓了這麼久，非看不可。可是，他看得越近，她離他越遠。她變成一個僅給他看的人了。她的眼睛反映出他的罪過，他荒唐的過去，他敗壞了的理想和因羞恥心而埋沒了的激情。

法蘭克的眼睛濕了，他用一隻手擦乾。他抬頭時，嚇了一跳，原來她好像是隔窗望着他，嘴角露着嘲弄他的笑容，眼睛充滿了無情的藐視的神色。他慌忙中想要跳下去，只要能逃出屋外，粉身碎骨在所不計。可是此時她已開了龍頭，踏進浴缸，把花膠布浴帳拉攏了。

蒸汽馬上把窗玻璃蒙住了。他鬆了口氣，感謝不已。他靜靜的滑了下來。到地窖後，他心中感到一陣舒暢，與他想像的經驗不同，他起先以為一定會為此事悔恨不已的。

十二月一個星期六的早上，普伯在樓上經過兩個多禮拜的休養，頭上的傷口已復元，急不及待的下來管理店務。在他下來前一晚，愛德跟法蘭克說，他早上就得離開這裏了。可是普伯一獲悉此事，就跟她爭辯起來。他雖然沒有對愛德說出來，可是經過這兩個多禮拜的休養後，他想到要重回店裏那種枯燥無味的生活，心裏就害怕。他怕過那段漫長的工作時間，撩起他對逝去青春的回憶。鋪子的生意，有了起色，確給了他一點兒安慰，但他不敢過分樂觀，因為從愛德告訴他的話中，他知道生意之所以好轉，完全是因為他的夥計，那個眼睛飢渴、讓人可憐的陌生人的關係。他的生意突然有起色是不難理解的；他的夥計並不會變戲法，只不過不是猶太人而已。附近的非猶太人顧客，就喜歡跟非猶太人交易。猶太人令他們渾身感到不舒服。不錯，他們不時也來他鋪子裏買東西，直呼他的名字表示親熱，並且，如果肯的話，還求他賒賬，而過去他就賒給他們了，笨得可以。可是在心底裏，他們是恨他的。如果不是這樣的話，法蘭克的出現，也不會使他們的收入有這麼大的分別。他深怕法蘭克一走，這每週額外四十五元的收入就隨着煙消雲散了。他極其激動的把心裏這番

話對愛德說了。她心中雖然怕他說的話有理，但嘴裏一點沒放鬆，堅持要法蘭克離開。她說，他們怎可以給他五塊錢，要他一個星期工作七天，一天工作十二小時呢？這是不公道的。普伯也同意這點。可是他認為如果法蘭克自願多留在這裏一個時期，我們又何苦迫他流浪街頭呢？五塊錢一個禮拜當然不算甚麼，可是他們不是給他住的和吃的，免費的香煙，以及愛德說他一瓶一瓶在鋪子裏拿來喝的啤酒麼？如果生意再好，他可以再給他多些，甚至給他一點點佣錢——譬如說，他們每週的生意要是超過一百五十元的話，就開始算佣錢給他。這是自史密茲在街口開店以來一直沒有達到的數目。在目前，除了星期日給他假，另外還可以把他的工作時間減少。現在普伯既然自己可以開店，法蘭克就可以睡到九點鐘了。這條件並不見得怎麼了不起，可是普伯認為他們最少應給法蘭克這個機會，他接受與否是他自己的事了。

愛德氣得連脖子都紅起來，說：「你是不是瘋了，莫理士？就算我們每個禮拜多做四十塊錢生意罷，可是我們得從我們那一點點可憐的利潤裏拿出五塊錢來給他呀！我們怎養得起他？你知不知道他吃多少東西？這簡直是不可能的事呀！」

「我們養不起他，可是我們又不能失去他，因為要是他留下來，說不定生意會更好，」普伯說。

「這小鋪子怎能容得了三個人工作？」她大叫道。

「你腳不舒服，多休息一些吧，」普伯說：「早上晚點起來，多在家裏耽一下罷，別每天晚上弄得那麼累了。」

「還有一點我不願意他留下來的原因，」她還不放過：「他晚上睡在鋪子後面，一關了門，我們若是忘了甚麼東西的話，就不能進去了。」

「這個我也想過了。我會減尼克兩塊錢房租，要他騰出小房間來給法蘭克，反正他們除了放東西外，又沒有用得着它的地方。我們多給他幾張氈子就成了。他的房門直通客廳，因此出入可以自己開門，用不着麻煩別人。他要用洗手間時，可到鋪子裏來。」

「減兩塊錢房租，還不是我們自己的錢！」愛德說，雙手交叉的壓在胸前：「可是我最反對他留在這裏的理由，是為了海倫。我不喜歡他看海倫時的樣子。」

普伯凝望着她，說：「如果是賴‧璞爾或路易‧卡帕看她的話，你就喜歡了？男孩看女孩子，本來就是那個樣子的。你告訴我好了，海倫看他時的樣子，又是怎樣的呢？」

她毫無表情地聳聳肩。

「我本來也是這麼想的。你知道海倫對法蘭克那樣的男子是不會有興趣的。她根本就不喜歡做雜貨生意的人。你看跟她一起做事的推銷員邀她出去玩時，她有沒有出去？她沒有，對不對？她要的是比這些人更有前途的男孩子，我們就由她去吧。」

「會惹麻煩的，會惹麻煩的，」她喃喃的說。

他認為她太杞人憂天了。於是，禮拜六早上他下來時，就對法蘭克說，要他多留在這裏一會。那天早上，法蘭克還未到

六點鐘就起床，普伯進來時，他正垂頭喪氣的坐在沙發上。普
伯跟他一說，他就馬上答應下來，所提的條件也一一接納了。

　　這消息使法蘭克精神為之一振。他告訴普伯說他很喜歡跟
尼克和苔絲同住。普伯當天就把這事安排好，他不理愛德的反
對，答應減他們三塊錢房租。苔絲把原本放在這小房間裏的幾
隻箱子、裝衣服的袋子和幾件零星的家具搬了出來，然後打掃清
理一番。普伯從地窖裏的一個箱子搬了一些東西出來，加上苔
絲借給他用的東西，法蘭克的小房間現在便有了一張比墊子還好
的床，一個還可以用的衣櫃，椅子，桌子，電暖爐——還有一個
尼克擺着不用的老收音機。房間雖然很冷，沒有暖氣爐設備，
同時費蘇夫婦睡房裏的暖氣，又隔着傳不過來，法蘭克卻感到滿
意了。苔絲擔心的是，如果晚上他起來要到洗手間去，那怎麼
辦？尼克乃就此事與法蘭克商量，抱歉的說如果他晚上要穿過他
們的睡房到洗手間去的話，苔絲會覺得難為情的。但法蘭克對
他說晚上從不起來的。不過，尼克還是給他配了一條前門的門
匙，說是萬一他要起來的話，他可以通過大廳，從前門進去，這
樣子就不會吵醒他們了。此外，他還可以用他們的浴盆，只要
他早一點告訴他們哪一個時候就成了。

　　這個安排很合苔絲的心意。看來除了愛德外，每個人都很
滿意——她在怪責自己留法蘭克下來。她迫着普伯答應在夏天
來臨前把法蘭克遣走。夏天的市況總是活躍些的，普伯因此就
答應了。她又迫着普伯馬上告訴法蘭克他暑假要離開的事。普

伯說了。法蘭克聽了後，非常和氣的笑了笑，說夏天還遠呢，
不過他答應就是了。

　　普伯感覺到自己的情緒有了轉變。他的情緒之好，出乎他
意料之外。幾個老顧客又回來了。其中一個女的還說史密茲已
不像以前那麼招呼周到了；而且，他健康也不好，聽說正打算把
鋪子賣掉呢。賣掉吧，賣掉吧，普伯想。乾脆死掉算了，普伯
想着，然後又因為自己這種想法而感到悔意，用勁的擂着胸。

　　在白天，愛德大部分時間都耽在樓上。起先她有點不大願
意，後來就慢慢習慣了。到午飯和晚飯時間，她就下來準備吃
的——法蘭克還是跟以前一樣，比海倫先吃——或者在需要時，
準備些沙拉。因為法蘭克管打掃和拖地板，她在鋪子裏再沒有
甚麼事了。愛德在樓上除管家務外，就隨意讀些甚麼，聽聽收
音機的猶太人節目和打毛線。海倫買了些毛線回來，愛德就給
她打了件毛衣。到晚上法蘭克離開了，愛德就到鋪子來，把賬
目算好，然後打烊和普伯一起回家。

　　普伯和他的新夥計相處得很好。他們輪流招呼客人，可惜
的是客人來得仍然不多。普伯為了要忘記鋪子的存在，只得上
樓打盹。他也叫法蘭克下午抽個時間休息休息，使日子好過
些。法蘭克漸漸也發覺這種生活單調，就聽了他的話，午間抽
個時間歇息一下。有時他上樓到自己房子去，躺在床上聽收音
機。但通常他就把大衣披在圍裙上，到街上其他的商店去看

看。他很喜歡對門那家理髮店的意大利老人吉安羅拉。吉安羅拉最近死了太太，每天坐在店裏，直到營業時間過了還不願意回去。他理髮的技術很好。有時他就去找路易・卡帕吹吹牛皮，可是路易談的東西，通常他都沒興趣。有時他跑到隔壁屠宰店，跟老板的兒子雅第在鋪子的後面聊天。雅第長得一頭金髮，滿臉雀斑，喜歡騎馬。法蘭克對他說，他會找一天陪他去騎馬，但後來雖然雅第邀請了他，他卻一次都沒去過。偶爾，他會跑到當角處那間酒吧去喝啤酒。他很喜歡那個叫額爾的酒保。可是到了要回店裏工作時，法蘭克還是高高興興的回去。

他和普伯一起在鋪子後面時，兩個人就瞎聊一番。普伯很喜歡有法蘭克作伴，因為他很喜歡聽異地的風土和人情。法蘭克常常講他在流浪時去過的一些大城市的風光，和他所做過的各種工作。他早年有一部分的時間是在加州的奧克蘭過的，但是大部分時間，則在與奧克蘭一水相隔的一家舊金山孤兒院裏度過。他跟普伯說了不少他童年不幸的遭遇。在孤兒院給他安排的第二個家庭裏，男主人在機器廠裏把他當牛馬一樣的使喚。「我那時還不到十二歲呢，」法蘭克說：「他把我上學那回事，能拖延一天就是一天。」

和那家人相處了三年後，他就走了。「跟着就開始了我那漫長的流浪日子。」法蘭克說到這裏，停了下來，擱在水槽上面架子上的時鐘，的的嗒嗒的響，聲音沉重乏味。「我所知道的東西，大部分都是自己學的，」他最後這麼說。

　　普伯也跟他說了他在俄國時的故事。他們一家窮得很，其時又適逢俄國人對猶太人的迫害。因此當他快被徵入沙皇軍隊時，他的父親就對他說：「逃到美國去吧。」他父親的一個地主朋友，寄錢給他做船費。可是他要等到俄國人來通知他才走，因為如果一個人在被召入伍前離開所住的地區，他父親就會被捕、罰款、入獄。可是如果兒子入伍後逃了，就不能怪做父親的了，因為那是軍隊的責任。普伯和他那個擺攤子賣雞蛋和牛油的父親商量好，入營後的第一天就逃走。

　　到了那天，普伯就跟他那農人出身，兩眼紅絲，蓄着滿是煙草味的濃鬍子軍曹說，他要到城裏去買些煙草。他覺得有點害怕，但還是依着他父親的吩咐做了。那軍曹已喝得半醉，就准他離去，但因為普伯還沒有穿上制服，所以他要陪着他去。那天正是九月天，剛下過雨。他們沿着一條泥濘的路，走到城裏。在城內一家旅館裏，他給自己買了香煙，另外也買了些送給軍曹。跟着，他依了父親的計劃，請軍曹和他一道喝伏特加酒。一想到要冒這個險，他當時的心裏就覺得一涼，他從來未在旅館喝過酒，也從未騙人騙到這個地步。那軍曹一邊頻頻添酒，一邊告訴他自己一生的故事，說到他因善忘而沒有去參加母親的葬禮時，哭了。然後他就醒了鼻子，伸出一隻粗手指在普伯面前搖來搖去，警告他說如果他要活命的話，最好不要打甚麼逃走的歪主意，因為死的猶太人比活着的更不值錢。普伯心頭馬上蓋上了一層陰影，他追求自由的計劃也跟着放棄了。可是他們一離開旅店，在

泥濘的路上拖着步回軍營時，他的希望又復甦了。原來那軍曹喝得醉醺醺的，老是跟不上他。普伯慢慢的走着，那軍曹連連用手掩着口打呵欠，咒罵着，呼喊着，要他等他。普伯就停下來等着他。那軍曹喃喃自語一番，說他們要一起走。普伯這時仍不知道下一步要做甚麼。恰巧這時那軍曹停下來，在路邊一條溝渠小便，普伯假裝等他，可是實在沒有停下來，繼續走着，分分秒秒的等待着從後面飛來一顆子彈，穿過他的肩膊，把他射倒，命運與蛆蟲就同一腐朽了。突然，好像受了命運的感召，他開始奔跑起來。那紅眼睛的軍曹東歪西倒的在後面追着他，舞動着手槍，大罵大喊。可是他追到那條兩旁植着樹木的曲折小路——他最後看到普伯的地方時，除了看見一個蓄着黃鬍子的農夫，駕着一輛裝滿稻草的馬車外，甚麼人也沒有看見了。

　　說着這一段往事令普伯興奮不已。可是故事一講完，再沒有甚麼可說時，他又變得憂傷起來。他坐在椅子上，看來真是個渺小而孤獨的人。他在樓上躺了兩個禮拜，頭髮長長了，頸後面更是長得濃濃密密。他的臉也比以前更瘦了。

　　法蘭克把普伯剛才跟他講的故事想了一下，覺得那真是普伯一生中所變的大戲法。可是這戲法帶給了他甚麼東西呢？他擺脫了俄國的軍隊跑到美國來，一開這間店子，就成了一條油鍋中的魚了。

　　「到了美國後，我本想做藥劑師的，」普伯說：「我唸了一年的夜校，修過代數、德文和英文。『來吧，』有一天風對樹葉說：

『跟我到草地來，我們一塊玩吧。』我學會了這首詩。可是我沒有恆心在夜校讀下去，所以一遇到愛德時，我就放棄了讀書的機會。」他嘆了口氣，說：「不讀書，你就完蛋了。」

法蘭克點了點頭。

「你還年輕，」普伯說：「年輕人沒有家累就自由多了。別犯我的錯誤。」

「我不會，」法蘭克說。

普伯好像不信他的話，他眼睛潤濕的睨着法蘭克，令法蘭克很不舒服。但他對他的同情心，驟然增加了許多。我慢慢會習慣的，他想。

他們要是一起在櫃檯後面，普伯就細心留意着法蘭克的工作，要改善愛德教過他的。法蘭克把應做的事都做得很好。他學這門生意學得這麼快，令普伯覺得有些兒難為情了。好像為了要自己面子好過些似的，他向他解釋說即使在幾年前，這門生意跟現在也大不一樣。那個時候，他們做這行的，實在是個技工。今天哪裏會用得着他們去替顧客切麵包？或者用勺子量出一個品脫的牛奶？

「現在甚麼東西都放在罐子、瓶子或是盒子裏。就說乾乳酪吧，幾百年來，都是人工切的，現在都預先切好了，用玻璃紙包了起來。現在幹這一行的，甚麼都不用學了。」

「我還記得我家裏用的牛奶罐子，」法蘭克說：「只是我家叫我去買的東西，不是甚麼牛奶，而是啤酒。」

　　可是普伯説現在牛奶不零售，實在是好事情。「我以前認識不少雜貨商在一罐牛奶的上面，撤去了一兩品脱奶油，然後混清水進去。這種滲水的牛奶，他們照原價發售。」

　　他另外還給法蘭克説了一些他所看到的騙人的技倆。「有些商店買進兩種散裝的咖啡和兩種桶裝牛油。一種是中等的，一種是下等的，可是他們把中等的一半，放到上等的桶子內。所以如果你來跟他們買上等的咖啡或上等的牛油時，你所得的，中等貨而已。」

　　法蘭克笑了出來。「説不定有些顧客回頭還會説上等的牛油確比中等的好。」

　　「要騙人實在不難，」普伯説。

　　「為甚麼你不跟他們一樣，也來這一套呢，莫理士？你賺的不多啊。」

　　普伯極其詫異的望着他。「為甚麼我要騙我的顧客？他們又沒有騙我。」

　　「他們有機會騙時，就會騙了。」

　　「人不做虧心事，晚上就不愁睡不着了。這比怎樣去騙人家的錢還要重要。」

　　法蘭克點了點頭。

　　可是錢他還是繼續的偷。他可能幾天停了不偷，但幾天過後，又照偷不誤。有時候，他覺得偷東西是一種快樂。口袋裏有零錢花是一種快樂；能夠從猶太人身上敲一塊錢是一種快樂。

他把錢偷放進褲袋裏的手腳之快，使他幾乎忍俊不禁。用這些
偷來的錢，加上他自己賺的，他買了一套西裝，一頂帽子，也給
尼克的收音機換了新管子。偶爾，他通過山姆・璞爾——他用
電話供給他情報——也賭兩塊錢的馬，但通常他對用錢是非常小
心的。在圖書館附近一家銀行裏，他開了一個儲蓄戶口，把存
摺放在床墊下面。這些錢將來或許會用到。

　　如果他覺得偷東西令他快樂，那是因為他覺得他給普伯帶來
了好運。如果他不偷的話，生意就會走下坡了。因此偷東西在他
說來是給他們做好事，也是使自己留下來幫他們的忙有點代價。
而且，他準備將來一分一毫也要還給他們的——否則他何必把所
偷去的數目記下來？他用一張小卡片把數目記下，放在鞋子裏。
說不定他有一天砰然一擊，撞入了一記長射球，弄個十多二十塊
錢回來，這樣子就有錢把偷來的一分一毛的臭錢歸還了。

　　為了這個原因，他自己也不明白，為甚麼一天天的開始對偷
普伯錢的事感到難過。但事實上他感到難過得很。有時他感到
一陣默默的哀傷，好像剛埋葬了一個朋友回來，一時還忘不了新
墳的景象。這種感覺，不是現在才有的，他記得多年以前已經
有過了。他一鬧這種情緒時，有時就會感到頭痛，一邊走一邊
自言自語。這個時候，他怕看鏡子，怕鏡子突然裂開，掉到水
槽裏去。他神經緊張得像個上緊了的發條，發條一斷，就會旋
轉一個禮拜。他有時會無緣無故對自己大發脾氣。這些都是他
最難受的日子，但他忍受着，不讓感情流露出來。可是這種日

子，結束得也奇怪。他對自己的氣惱會像暴風雨快去時一般，靜靜地消失，代之而起的是一種和穆溫馨的情懷。他對進來買東西的顧客客客氣氣——尤其是小孩子，他送餅乾給他們吃。他也對普伯客氣，普伯也對他客氣。對於海倫，他更感到一種悠然的溫情。他再不爬上豎坑，去偷看她在浴室裸露的胴體了。

可是有些日子，他又對一切都厭煩了。他受夠了，再不能忍受下去了。早上下樓時，他想如果樓下的鋪子着了火的話，他真願意把火勢擴大，把東西燒過乾淨。一想到普伯年復年、日復日的侍候着那一批面目可憎的顧客，看着他們伸出骯髒的手指，拿起他們這輩子天天吃着的便宜食品；他們走後，又等着他們回來，他真想越過欄杆，跳下去。你要做一個甚麼樣人，才可以忍受一天到晚關在一個像大棺材的店子裏，除了要買猶太報紙時跑出去透一口氣外，一直不會有機會出來的生活？答案不難找：你得生為猶太人。猶太人生來就是囚犯。普伯生來就是這樣一個囚犯，硬是有耐性，有恆心——總之你要甚麼就有甚麼。紙品推銷商阿爾‧馬卡斯就是這種人。每天揹着兩箱沉甸甸的燈泡，沿門逐戶去兜售，瘦得像隻公雞的白拉柏，就是這種人。

阿爾‧馬卡斯就是有一次曾經堆着歉意的笑容，警告法蘭克不要在雜貨店內浪費青春，年已四十六歲、衣着體面的中年人，可是你看他一眼，那樣子就像個剛吞了氰化鉀的人。他的臉是法蘭克所看過的最蒼白的一張。如果你往他的眼睛裏好好

的看一眼，你就會覺得不寒而慄。有一次，普伯對法蘭克說了原因，原來阿爾・馬卡斯患了癌症，照醫生的估計，早在一年前就該死了。可是他卻把醫生弄傻了，活了下去——如果他那樣子仍算是活着的話。他雖賺了不少錢，卻不肯停止不幹，每個月準時來一次接紙袋、紙盒和包裝紙的訂單。不管生意多壞，普伯總讓他做一點小生意。阿爾來時，咬着一根沒有點着的雪茄，在一本鐵皮面、紅內頁的訂貨簿內記下一兩項東西。過後，他就在店裏盤桓三四分鐘，隨便聊着些甚麼，眼睛看着遠處，與他所說的話，毫無關係。話說完，就點帽為禮，到下一個地方去了。每個人都知道他的病況，有兩個店商，還認真地勸過他不要再做下去了。他把雪茄煙從嘴角拿下來，歉然的笑着說：「如果我留在家裏，從殯儀館來的傢伙就會上樓敲我的門了。我出來做事，他找我就不會找得那麼方便。」

　　至於白拉柏，據普伯說，他九年前有一門很好的生意，可是給他的一個兄弟賭博輸掉了。這還不算，他把銀行僅有的存款也提了出來，還甜言蜜語的拐了他的老婆跟他一塊逃走。白拉柏承受下來的，僅是一堆欠人家的、不是人家欠他的賬單，和一個不大聰明的五歲小孩。他宣告破產後，他的債主，把他家裏剩下來的東西，拿得乾乾淨淨。接連好幾個月，白拉柏和他的孩子住在一個又小又髒的公寓內，連到外面找工作都沒有心情。適逢此時百業蕭條，他先是靠政府發的救濟金過活，其後則靠沿街兜賣燈泡為生。他年紀不過五十餘，但頭髮已經斑白，行動

像個老年人。他從批發商處買來燈泡，用曬衣繩子縛着兩個箱子，一前一後的揹在肩膊上。每天，他穿着破鞋子，要走上好幾里路，在每家商店門前停下來，探頭進去，以蒼涼的聲音叫着，「要買燈泡嗎？燈泡呀！」晚上回到家裏，就燒飯給兒子海米吃。海米在一間職業學校裏學做鞋子，可是一有機會就逃學。

白拉柏第一次來到這個區域，偶然進了普伯的鋪子，普伯看見他疲憊不堪的樣子，就泡了杯檸檬茶請他喝。他把肩膊上的箱子卸了下來，擺在地上。在鋪子後面，他一聲不響地大口喝着熱茶，兩隻手緊貼着玻璃杯取暖。除了現有的麻煩外，還有一件事也害得他徹夜不能成眠，那就是他身上患的皮膚癢，已有七年之久。可是他從不抱怨。十分鐘後他站起來，謝過普伯，把曬衣繩吊着的兩隻箱子放回又瘦又瘦的肩膊上，就離開了。有一天，他把他自己這一生的經過告訴了普伯，他們兩個都哭起來了。

法蘭克想，這就是他們活着的理由了——活着去受苦。哪一個心中受的苦最多，支持得最長久，就是最好的猶太人了。怪不得他們令他害怕起來。

冬天使海倫覺得內心難受。為了逃避它，她在家裏躲起來。在家裏，她向十二月報復——在日曆上把所有十二月的日子都劃去了。如果賴‧璞爾打電話來就好了，她常常這麼想。但電話老是不響。她每天晚上都夢見他，深深的愛上他，想念

着他。只要他向她略一點頭，她就會高高興興的到他溫暖的白色的床上去。但賴‧璞爾卻從不來電話。自她十一月初在地下火車與他碰頭以來，她連影子也沒有再看過他。他就住在街上的拐彎處，但離她卻像天堂那麼遠。因此她只得用一支尖尖的鉛筆把還未過去的「死日子」，一一劃去。

　　雖然法蘭克渴望和她交遊，卻很少機會跟她講話。有時他在街上遇到了她，她悄沒聲兒的跟他打個招呼，然後挾着書就走了，好像知道他的眼睛會跟着她走的樣子。有時在鋪子裏遇見了他，她會停下來跟他聊一會，好像故意要反抗她母親的監視似的。有一次，他突然提起了一本她正讀着的書，令她大感意外。他真想邀她同遊，卻一直拿不出勇氣。老太婆的眼睛露出對他們不信任的神色。他只好等機會了。他頂多是在窗口裏看她，研究她的心事，感覺她的空虛──也因此增加自己的空虛。但他實在不知道怎樣做才好。

　　十二月一點也沒有春天的氣息。她每天早上起來，面臨的盡是冰封的日子，感覺寂寞而枯燥。然後，一個星期天的下午，陽光普照，天氣回暖，她跑到外邊去散步。突然，她原諒了所有的人，所有的事。單是那一陣暖風，已夠使人生趣勃發了。她再次為自己活着而慶幸。但太陽不久西下，跟着下起雹來。她轉身回家，心情沉重得像鉛塊一樣。法蘭克站在山姆‧璞爾店子外的街角，但她走過來時，好像沒有看見他，雖然她就在他身旁擦過。他難受極了。他需要她，但是事情複雜得可

怕。她們一家是猶太人，而他不是。如果他和海倫出去，她媽媽一定會氣得昏倒。老頭子也不會例外。海倫自己呢？從她的態度看，即使在她最寂寞的時候，她仍然好像對自己的一生，已有了成竹在胸的安排。這個人不會是法蘭克‧阿爾彬。他不但一無所有，過去又不體面，而且還做了一件對不起她老頭子的事。還有，儘管他良心不安，他還是繼續偷他的錢。

要解開這個死結，只有一個辦法，那就是，向普伯承認他就是劫他鋪子的其中一人，這樣就可以減輕他心頭的負擔。那樣做實在有點可笑。搶猶太人的錢，本來沒有甚麼值得後悔的。令他想不到的是，他竟會因劫了這一個特別的猶太人——普伯——而後悔。不過現在想得到與想不到都無所謂了，要緊的是他目前的感覺。他現在為幹了這事感覺得難受極了。每當看到海倫的時候，歉意更深。

因此他得先向普伯認罪，把這根梗在喉嚨的骨頭吐了出來。那天晚上他尾隨着華德‧明諾進這家鋪子時，他就有這種難受的預感：總有一天他要把他那晚幹的事，向人和盤托出，不管多難受、多難為情也得這樣做。說來也真出奇，他未進這鋪子、未認識明諾前，甚至未到東部來以前，就好像知道會有這麼一天似的。好像這一輩子他一直就知道總有一日，他會羞愧得無地自容，向某一個王八蛋招供，我，法蘭克就是那個損害他或傷害他的人了。這個念頭，就像在他心中活動的鉗爪。或者像一種永遠不能滿足的飢渴，一種急切對人訴說自己所有經歷的願望

——因為凡是發生在他身上的事情，總是有過錯的。他要把這一切都供了出來，來滌淨心靈，換取一點安靜與和平。要改變這個錯誤的開端，先得由臭得發霉的過去開始——他要在被這種臭味窒息前改變自己的生命。

但當機會到來時——譬如說，十一月那天早上，他一個人和普伯在鋪子後面，呷着普伯給他燒的咖啡，他衝動得要向他馬上招認一切——但又極力抑制着自己，沒有說出來。因為話一說出來，就好像把他的一生，血淋淋的連根拔起。而且，他心中還有一種恐懼，他一開始講述自己所做的錯事時，他一定會把自己罵得一文不值，然後才覺得痛快。因此，他只草草的給普伯講了兩三件關於他自己多麼不中用的事。本來要講的話，結果一句也沒有提。他倒因此贏得了普伯對他的同情心，差堪告慰。但這感覺維持不了多久；因為不久他向普伯告罪的需要又回來了。他可以聽到自己痛苦的呻吟聲，但呻吟聲不是字句，他還沒有把話說出來。

他和自己爭辯起來。他認為沒有向普伯說出真相是聰明的。他話不是已說夠了麼？而且，他值得為此事而向猶太人懺悔麼？不錯，他拿了他七元五角，但不早就放回現金出納機去了麼？值得為他頭上的傷而向他認罪麼？打他的是華德·明諾，他不過是被迫跟着來而已。就算是自願來的吧，但後來發生的事，卻不是他的責任。這一點值得考慮考慮，是不是？而且，他苦口婆心的勸過那小子不要傷人，又推卻了他要去搶劫卡帕的

計劃，他們本來要劫的就是卡帕。他想洗面革心的動機，不是由此可以看出來麼？這一切先不説，除了他以外，誰會在又黑又冷的夜裏，冒着風寒在鋪外面等普伯開門，幫助他把牛奶箱拖進來？誰肯替他賣命，一天工作十二小時，好讓他在樓上躺着休息？即使現在，他還是幫着他的忙，使他不致在這鬼地方捱餓。這一切一切都值得考慮。

　　這就是他跟自己辯論的經過了。但這次辯論的結果，並沒有多大的幫助，因為他不多久又為怎樣洗脱自己的過去而煩惱了。有一天，他一定會全部招認出來——他自己答應自己説。如果普伯接受了他的解釋和道歉，那下一步就好辦多了。至於目前他從現金出納機裏偷來的錢，他決定一待把劫案事情的前後始末告訴普伯後，就馬上會拿他的薪水和銀行裏的存款來歸還。這總可把事情解決了罷？他這麼做後，海倫並不見得就會投到他的懷抱來——事實可能相反——但如果她真的會他就無愧於心了。

　　他連要對普伯説些甚麼話都默記在心了——那就是説，如果他有機會和勇氣去説的話。哪一天他若有機會和普伯在一起在鋪後聊天時，他就會像上次一樣，由他不幸的一生講起，説他怎樣錯過了許多好機會。其中有些特別好的，他已不忍再想了，想起來就難過。唉，經過了許多因陰差陽錯而造成的挫折後（大部分是他自己的過失）；經過了無數的失敗後（雖然他想盡辦法不犯過錯，但最後終歸失敗），他覺得悔恨交加。因此，過了沒多

久，他放棄了一切，乾脆就做起無業流氓來。他睡在街頭、荒地和地窖內，吃着連狗也不吃或者吃不下的東西，或者是從垃圾桶裏撿出來的東西。他找到了甚麼，就穿甚麼；在甚麼地方躺下來，就睡在那裏；找到甚麼東西可吃的，就吃甚麼。

這種生活，理應要了他的命。可是他還活着，滿身汗臭，長滿鬍子，了無希望的在苟延殘喘。這種生活一共過了多久，他無法知道。沒有人會替這種生活算日子的。可是有一天，正當他在一個地窖裏躺着的時候，忽發奇想，認為自己實在是個重要的人物。跟着就大做白日夢。他覺得他目前之所以過着這種生活，乃是由於他沒有認識到他是命中註定要過更好的生活，做一些不同的、更重要的事情的。他一直都沒有想到這一點。以往，他僅把自己看做平常人，但在這地窖內，他突然覺得自己錯了。這就是他處處失敗的原因了：因為在過往他對自己沒有真正的認識，所以把精力用在錯的地方上。於是他就問自己，究竟他應該做些甚麼東西好呢？他有另一個驚人的主意：他是註定了要做作奸犯科的事的。他過去有時偶然也想到這點，但僅想想而已。這次這主意卻抓着他，牢牢不放。犯罪會改變他的運氣，有機會給他遨遊四方，像王孫貴介一樣生活。一想到搶劫、襲擊——必要時謀殺也得幹，他快活得顫抖起來。每一次的暴力行動都可以幫助他滿足「把自己的財富建築在人家的痛苦上」的渴望。這麼一想，他覺得開心多了，深信一個有大計劃、會想到不同主意的人，成功的機會會比胸無大志的人為高。

　　這麼決定後，他就放棄了他的流浪生活。他找了份工作，租了房間住，剩下錢來買了一把手槍，然後就到東部來。他以為到東部後就可找到他要過的生活——錢、夜總會、女人。在波士頓蕩了一個禮拜後，他仍無半點頭緒，就跳上了一部開往紐約布魯克林區的貨車。兩天後，他到了那裏，並遇到了華德‧明諾。一天晚上他們在玩撞球時，華德注意到他身上攜帶着的手槍，跟着就向他提議他們合作做案。法蘭克覺得這樣來作一個開始也很不錯，但沒有馬上答應他，說要考慮一下。他跑到科尼島遊樂場去，坐在木板路上，盤算着應不應該去做時，突然覺得非常不自在，好像正有人在監視着他似的。他轉過頭來，看到華德‧明諾。華德坐下來，告訴他他想去幹的人，是個猶太人，法蘭克就答應下來跟他一道去。

　　到要動手的那天晚上，法蘭克緊張得坐臥不安。在車上，華德察覺出來，大罵他一頓。法蘭克也覺得他要做得有始有終才對，但一到了普伯的鋪子，用手絹包好了口鼻，他就覺得整個主意都是無聊的。他對此已失掉了興趣，而他整個作奸犯科的生財大計，亦到此告吹了。他心情惡劣，連呼吸也覺得困難。他要直奔出去，消失在街上，但又不能留華德一個人在那裏。在鋪子後面，看見普伯血流滿面，他感到噁心得很。同時，他又認識到，他已犯了平生最大的、最難彌補的錯誤了。自此以後，他那短暫的暴力生涯亦跟着結束了。他的另一個白日夢又結束了。而他，也因此深深的陷入了失敗的羅網。這一

切，他都打算找機會告訴普伯。他對普伯了解頗深，知道他會原諒他的。

可是，有時候，他卻想像自己把這故事全對海倫講了。他要做一些令她睜開眼睛，使她對他增加認識的事。但在雜貨店內能有甚麼逞英雄的機會呢？要對她說這些話得有勇氣，而勇氣不是容易得來的。他老是覺得，他的運氣不應該這麼壞，覺得自己如果能在適當的時間內做一件——就一件好了——應該做的事，運氣就會好轉了。要是他們能夠相聚一段短時間的話，他會讓她聽他的。起初她可能會覺得難為情，但他一開始給她講他這一生的事時，他知道她一定會聽下去的。過後怎樣呢？誰知道！女孩子的事，最要緊的是開始。

可是，當他冷靜的檢討一下自己時，他發覺他的想法，實在是自己感情用事而已——他本來是個多愁善感的人物。他知道自己又在做自我陶醉的白日夢了。一旦向她承認了他就是打劫她老子的人時，他還有甚麼希望可言？他因此覺得還是三緘其口的好。可是，另一方面，他又有一個可怕的預感：如果他現在不說出來，他很快就會有一個比現在更髒的過去要向人坦白了。

聖誕後的幾天，一個月圓的晚上，法蘭克穿了新衣服，趕着到圖書館去。圖書館離店子好幾條街，是商店改裝而成的。裏面燈光明亮，擺着一架架在冬天晚上令人特別覺得溫暖的書。架子後面，擺着幾張讀書的大桌子。冬天來這裏，是舒服不過

的地方。他猜的對了，海倫不一會就來了。她頭上圍着一條紅色的羊毛圍巾，圍巾的一端搭在肩膊上。他在書桌前看着書。他知道她一進來，在關門時一定會注意到他。他們以前在這裏匆匆的碰過頭。以前她看見他在桌子旁邊讀書時，不曉得他在看着些甚麼東西，有一次走過他身旁時，匆匆的探頭看了他手上捧着的書一眼。她起先以為他在讀的一定是甚麼《機械學入門》之類的東西，但一看之下，才知道那是一本甚麼人的傳記。今天晚上，跟往常一樣，她察覺得到他的眼睛一直在跟着她，她走到哪一個書架，他就跟到哪一個書架。一個鐘頭後，海倫離開時，他發覺到她有意無意間瞧他這邊看了一眼。法蘭克跟着站起來，借了一本書。他追上她時，她已走了半條街了。

「月色真好，」他走上前來，想行個禮，後來發覺原來沒戴帽子出來，尷尬得很。

「使人覺得像是下雪呢？」海倫回答說。

他望了她一眼，看她是不是在跟他開玩笑，然後再看看天上。天上萬里無雲，銀輝瀉地。

「也許是罷，」他們快走到拐彎的地方時，他提議道：「我們到公園走走，好不好？」

她怔了一下，然後在轉角時緊張地笑了笑，靠着他身旁走。自從那天晚上他叫她下來聽那一個假電話後，她幾乎沒有再跟他說過話。打電話來的是誰，她永遠不會知道。她現在仍為那件事迷惑不已。

他們走着時，海倫對他生出了一種比討厭還要壞的感覺。她知道原因在哪。她母親把每個非猶太人都看成危險分子，因此她與他在一起時，就潛伏着一種罪惡的可能性。她還有另外一個原因生他的氣，因為她覺得他知道她很多東西，知道得比他眼睛偶然露出來的還要多。她跟自己鬥爭着說這不是他的錯，她不能因她母親把他看成仇人而憎恨他。至於他常常盯着她呢？這最少表示她還算好看，不然的話，他幹嗎要看？她既然這麼寂寞，她該感激他才是呢。

這種不快的感覺過去後，她就小心翼翼的抬起頭來看他一眼。在月色下，他一無所覺的走着，對她剛才心裏所想的事，毫不知情。這個時候，她覺得——她以前也曾想過——這個人可能有很多她想像不到的優點。想起來，她不禁覺得難過，因為她始終沒有為他對她父親的幫忙道過謝。

在公園裏，月亮看起來比較小了——是黯淡的天空裏的一個浪遊者。他正在談論着冬天的故事。「說來真湊巧，」法蘭克說：「你剛才提到了雪。」我在圖書館時正讀着聖芳濟的傳記，你提到雪，我就想起了這個故事。一個冬天的晚上，他醒來，問他自己選擇做修士，是否選對了。天哪，假如我遇到了一個好女子，結了婚，現在我不是有了一個太太和家庭了麼？這麼一想，他難受極了，也睡不着覺。他從草床上爬了起來，走出教堂——或者是修道院或者是其他地方吧。地上鋪滿了雪。他就用雪做了個女人，說：「這不就是我的太太麼？」跟着他又做了兩

三個孩子。全部做好了以後，他就親了這些雪人一下，回到裏面在草床上躺着。他感覺舒服多了，不一會就睡着了。

這故事令她既感動，又詫異。

「你剛才讀的，就是這故事麼？」

「不是，這故事我小孩子時就知道了，我腦袋裏裝滿了一大堆諸如此類的故事，也不知為甚麼原因。以前我在孤兒院時，一個神甫常常給我們講這種故事。大概我還沒有忘掉罷。這些故事常常無緣無故的在我的思想裏出現。」

他剛理過髮，再穿上新衣服，簡直認不出他就是穿過她父親的闊褲子，在她家地窖睡了一個禮拜的雜貨店夥計了。今天晚上的他，和以前看過的他簡直前後判若兩人。他衣服選得很大方，而他看來也蠻有趣的。把圍裙一除下，他看來比較年輕了。

他們經過一張空板櫈。「我們坐一回，好不好？」

「我寧願走走。」

「抽煙麼？」

「不抽。」

他點了一根煙，趕上她。

「今兒晚上真不錯。」

「我要謝謝你幫我父親的忙，」海倫說：「你那麼好，我早就該謝謝你了。」

「你不用謝我。你爸爸幫了我不少忙，」他感到極不舒服。

「不管怎麼樣，你千萬別做雜貨生意，」她說：「雜貨店是沒有甚麼前途可言的。」

他透了一口氣，嘴角露出了笑容。「每個人都這麼勸我，別擔心，我主意多得很，不會老死這一行的，這不過是暫時的工作而已。」

「你平時不是做這個的麼？」

「不是，」他開始講老實話了：「這不過是我的一個過渡時期而已。我開始就走錯了路，迫得改弦易轍。湊巧我遇到了你的父親，但我一想通了下步該怎麼走時，我就會離開的。」

他想起了一直要對她說的話，但是覺得時機尚未成熟。因為一個人可以像陌生人那樣向人懺悔，也可以像朋友那樣向人懺悔，而他現在卻兩者都不是。

「我甚麼也試過了，」他說：「因此我得找一樣我願意從一而終的事，流離的生活，我已經厭倦了。」

「現在才開始，不遲了點麼？」

「我現在才二十五歲，到我這個年紀才開始的，大有人在，我還讀過有些比我開始得還要遲的人的故事呢。年紀沒有關係的，年紀大了點並不表示你比別人差了一點。」

「我沒這樣說過，」到了第二張空橙子時，她停了下來，說：「如果你要的話，我們可以在這裏坐一會。」

「好的，」法蘭克用手帕擦淨板橙才讓她坐下來。他又把香煙遞了過去。

「我說過我是不抽煙的。」

「對不起，我以為你只在走路時不想抽煙，有些女孩子是這樣的。」他把香煙收了起來。

她看到他手上拿着的書。「你讀的是甚麼？」

他把書給她看。

「拿破崙傳？」

「嗯。」

「為甚麼讀他的傳記呢？」

「那有甚麼不好？他是個偉人，是不是？」

「別的偉人，要比他來得正派。」

「我也讀關於他們的書。」

「你常看書麼？」

「當然，我是個好奇的人，我要知道為甚麼人家會成功，我要知道他們做這個、做那個的原因，你懂我的意思麼？」

她說她懂得。

他問她現在讀甚麼書。

「杜思托也夫斯基的《白痴》，你看過麼？」

「沒有。那是甚麼書。」

「是一本小說。」

「我寧願看些講事實的書。」

「那本書裏面講的是事實嘛。」海倫又問：「你中學畢業了沒有？」

他笑了起來。「當然畢業了，在這個國家讀書是不用錢的。」

她臉紅了。「我問得真傻。」

「我並不是在說俏皮話，」他連忙說。

「我也沒有這麼想。」

「我在三個省裏面讀過中學，最後在晚上唸完了——我是說在夜中學唸完的。我本來打算繼續唸大學的，不料碰到一個工作機會，我不想推掉，於是我便改變了主意，也就犯了一個錯誤。」

「我也沒有上大學，因為我得幫我父母的忙，」海倫說：「但我在紐約大學的夜間部選過課，大部分是文學的課程。現在我已積滿差不多一年的學分了。但晚上讀書實在困難。我對我的工作不滿意，真想在白天裏能夠全心讀書。」

他把煙蒂彈去，說：「即使在我這個年紀，我最近也常想到大學唸書去。我認識的人中，就有一個這麼做了。」

「夜校你也會去麼？」

「可能去的，但說不定我會找到一份合適的工作，譬如說，在一間通宵營業的自助餐室或類似的工作，那時，我就會在白天上課了。我剛才提到那個人就這麼做了，他是一間甚麼地方的裏理。五六年後他畢了業，就做了工程師。現在他錢賺得多得不得了，跑遍全國各地工作。」

「這實在太辛苦、太辛苦了。」

「時間雖然不好，但慢慢你就會習慣了。如果你有一件有意義的東西要做時，睡眠就是浪費時間了。」

「夜校要好多年才能畢業啊。」

「時間對我毫無關係。」

「對我卻有關係。」

「我認為甚麼事都有可能做到的。我常常想我所有過的各種機會。有一點我常常記着：那就是別為一件事絆住了，因為有別的事情，你可能做得更好。也許這就是我從來不能安定下來的理由。我不斷的探察新的環境。我現在還有不少好的計劃，希望能有一天實現。現在我知道了，要實現這些計劃的第一步，是要接受教育，好的教育。我以前不是這麼想的，可是現在我多活一天，就更加相信一天。現在我一天到晚想着的，就是這一點了。」

「我一直就這麼想的了，」海倫說。

他又點起了第二根煙，把火柴扔了。「你做的是甚麼工作？」

「我是個女秘書。」

「你喜歡不喜歡這份工作呢？」他瞇着眼睛在抽煙。她覺得他是知道她不喜歡她的工作的。她猜想他一定是聽過她父親或母親這麼說了。

過了一會，她答道：「不，我不喜歡。工作是死板板的。那些每天我要跟他們打交道的人的臉孔，如果我能夠少見幾張，那我就快活多了。你知道，我是說那些推銷員。」

「他們很沒禮貌，是不是？」

「他們太多嘴了。我想做些有意義的事情，譬如說社會工作或教書之類。我不能從我現在做的那份工作中，得到甚麼有益

人群的感覺。每天一到五點鐘，我就回家。我猜，我就是為這一點而活了。」

她開始給他講些日常的工作，但不久她就看出他並沒有留心聽。他向遠處月夜照耀下的樹木凝望着，側了半邊臉，出神的望着別的地方。

海倫打了個噴嚏，解開圍巾，然後用來緊緊的包着頭。

「我們走吧？」

「等我先抽完了這根香煙罷。」

好大的膽子，她想。

可是他的臉孔，即使塌了鼻子，在暗淡的月光下，仍然顯得非常敏感。我為甚麼變得這麼煩躁易怒了？她以前把他看錯了，但錯在自己，誰叫你離群索居了這麼久呢？

他斷斷續續的深深吸了口氣。

「沒有甚麼不對吧？」她問。

法蘭克清了清嗓子，但聲音仍是沙啞的。他回答說：「沒有甚麼，只是剛才看月亮時想起了些事情，你知道胡思亂想是怎回事了。」

「是觸景生情麼？」

「我喜歡看風景。」

「這就是我喜歡散步的原因了。」

「我喜歡晚上的天空。在西部，你可以看得到更廣闊的天空。這裏的天空太高了，高樓大廈也太多了。」

　　他用鞋跟踩熄了煙火，疲倦地站了起來，看來好像一個剛踏入中年的人一樣。

　　她站起來，和他走在一起，對他發生了好奇心。月亮在他們頭上漫無邊際的天上移動。

　　沉默了許久以後，他邊走邊對她說：「我想跟你講講我剛才在想些甚麼。」

　　「你不一定要告訴我的。」

　　「我說話的興致很好，」他說：「我剛才想着我二十一歲時在一個嘉年華會內的工作。我一找到這份工作時，就愛上了一個表演走軟索的女孩子。她身裁很像你，是纖瘦那一類型吧。起先，我想她不會對我感興趣。我想大概她不認為我是屬於嚴肅的那一類男人吧。她是個相當複雜的女孩子，愛鬧情緒，心裏積着一大堆問題不肯告人。後來，有一天，我們聊起來，她告訴我她要當修女去了。我就說：『我想修女生活不適合你。』『難道你了解我？』我沒有對她說甚麼，雖然我很會看人——但別問我為甚麼。我想有些事情是天生而來的。總之，我對她着迷了整整一個夏天，但她連看也不看我一眼，雖然我知道她並無其他男朋友。『是不是我的年紀關係？』我問她說。『不是，只是你沒有好好的生活過，』她回答我說。『如果你能看透我的心，看到我所經驗過的一切就不會這麼說了，』我說，但我懷疑她是否相信我。我們除了像上面那種談話以外，就沒有做甚麼事了。有時，我邀她出去一兩次——從沒想到她會答應的

——她都拒絕了。『算了吧！』我對自己説：『她只對自己感到興趣。』

「一天早上，正是秋日將臨的時候，你幾乎可以嗅到季節轉換的味道，我就對她説，只要節目一完就要離開了。『你要到哪裏去？』她問我説。我説我要去找更有意義的生活。她沒有答話。我又説：『你還要當修女麼？』她臉紅了起來，望到別的地方去，然後告訴我説她已不像以前那麼肯定要做了。我看出她已改變了主意，但我不會笨到去推測這是由於我的緣故。不過我想這倒是事實，因為我們的手無意間碰到時，我看到她望着我那種神情，我呼吸也變得困難起來。天哪，我想，我們在鬧戀愛了。我對她説：『今晚表演完後在這裏等我，我們到一個只有我們兩人的地方去。』她答應了，離開前還匆匆的吻了我一下。

「當天下午，她開了她父親的老爺車，要去買一件短罩衫。這件衫是她在我們上次表演過的小鎮裏的窗櫥看見的。歸途時遇着下雨。究竟實在發生了甚麼事，我不知道，不過我猜是她拐彎的時候判斷錯誤或這一類的事情。總之，車子飛出了跑道，掉下山去，她的脖子也摔斷了……這就甚麼都結束了。」

他們默默的走着。海倫深受感動。但是他為甚麼要告訴我這些傷心事呢？她想。

「我很替你難過。」

「那是多年前的事了。」

「這真是不幸的事情」

「不幸和倒霉的事對我來說，平常得很，」他説。

「人生會變的。」

「我的運氣卻一直不變。」

「照你的計劃去讀書吧。」

「那當然，」法蘭克説：「我要做的，就是這個了。」

這時他們四目交投，海倫驟覺頭皮癢了起來。

他們離開了公園，回家去了。

到了漆黑的店鋪門前，她匆匆的道過晚安。

「我還打算多留一回，」法蘭克説：「我喜歡欣賞月色。」

她上樓上去了。

在床上，她回想着他們今天晚上散步的事，不知道他跟她所説的計劃和上大學讀書的事，有多少是值得相信的。這些話留給她的印象實在太好了。但他告訴她那個「身裁像你」的女孩子的悲慘故事有甚麼目的呢？他究竟把誰看做他的走軟索女孩子了？但他把故事説得再簡單不過了，一點也看不出他要爭取她同情心的企圖。説不定這是真事，剛巧碰到他覺得寂寞才想起的。她自己也有月夜的回憶。關於法蘭克這個人，她本想給他一個不偏不倚的評價的，但結果只得一個令人越想越糊塗的形象：他既是一個長着一雙貪婪的眼睛的雜貨店夥計，以前又是一個嘉年華會的雜工，一個嚴肅的「未來」的大學生，一個有無盡可能性的人……。

　　將要入睡前，她察覺到他要把她牽入他生命裏的企圖。她以前對他的厭惡心又回來了，但這一次，她沒有費多大的勁就把這種心理消除了。這時她已完全清醒。她真惱恨自己不能從牆上的窗口看到天空，或望到街上。誰在利用雪一般的月色來找老婆呢？

雜貨店的營業數字，繼續上升，尤其是在聖誕和新年這兩個假期。在十二月的最後兩星期，普伯每週平均收入一百九十元，這是一個很例外的數目。愛德對生意的上升，有她的一套看法。鄰近幾條街上有一間新的公寓落成，新添了不少住客。此其一也。還有一點：她聽說史密斯已不像以前那樣慇懃招呼顧客了。單身漢的店商，有時難免要鬧脾氣的。普伯並不否認這個，但他仍認為這好運是他的夥計帶來的。理由他很清楚：顧客喜歡法蘭克，因此就輾轉介紹朋友。結果普伯又能應付一切的開支了。如果各方面稍為撙節一下，甚至有盈餘來付一些欠單。他對法蘭克感激之餘，打算增加他的零用錢，雖然法蘭克對生意轉旺一點也不奇怪，目前他們給他的五塊錢，少得實在不好意思。但他還是慎重的決定了等到一月再作道理，看看那一個月的生意是否能夠維持目前的水準，因為通常在一月裏生意都會清淡些。照目前情形看，即使他經常維持二百元一個星期的營業額，他也請不起夥計的，因為利潤太微薄了。在景況好轉以前，他們最少每個星期要做二百五十元或三百元的生意，才能養得起一個夥計，而這是一個不可能達到的數目。

　　可是生意既然有了轉機，普伯就叫海倫把她辛苦賺來的二十五塊錢多留着點自己用。他堅持着要她留下十五塊錢，並且說如果生意能保持現狀，他就再用不着她的幫忙了。最少他希望如此。一個禮拜能留着十五塊錢自己用，海倫實在太快樂了。她實在需要買一雙鞋子、一件大衣——她現在那件已破舊得不成樣子——和一兩套衣服。此外，她還想存一點錢，以備將來到紐約大學唸書時交學費之用。對於法蘭克，她的感覺和她父親一樣，那就是他給他們帶來了運氣。她想起那天晚上在公園時他對她所說的話，他的野心，他想唸書的願望等等。她覺得總有一天會達成願望的，因為他實在不是一個普普通通的人啊。

　　他常常在圖書館出現。幾乎每一次海倫到那裏去時，她總看見他坐在一張書檯前面，攤開書讀着。她真懷疑他是否一有空閒時就到這兒來。為此她對他非常敬佩。她自己平均一個禮拜來兩次，每次只借一兩本書，因為每次來還書借書，是她日常一種罕有的快樂。即使在她最寂寞的時候，她仍喜與書作伴，雖然有時她看到這麼多的書要讀，而且自己讀了的又是這麼少，不禁有些沮喪。她起先因為常常在圖書館裏遇到法蘭克而感到不安。他老到這裏來幹麼？但圖書館不是給人來看書的麼？他不是和她一樣的為了滿足某種需要而來的麼？他也是因為寂寞才讀這麼多書的，她想。她是在法蘭克告訴了她有關那走軟索的女孩子的事後才這麼想的。她的顧慮就逐漸消除了。

　　雖然習慣上她一離開時，他也跟着離開，可是她若是要一個人單獨回家，他從不勉強。有時他坐電車回家時，看到她在走路；有時他走路，她坐電車。但要是天氣不太壞的話，他們大多數都是一道走路回家去的，有一兩次還通過花園走回去。他還給她講了許多有關他身世的事。她所認識的人中，沒有幾個的身世與他相似的。她非常羨慕他去過這麼多地方。她自己的生活很像她父親，都是受了鋪子、他的習慣和自己的習慣所限制，她想。除了偶然一兩次外——通常是把顧客遺留在櫃檯上的東西還給客人，普伯極少離開過他住的那條街。當她還是小孩子，而伊佛雷恩還在世時，她父親在星期日下午，常常帶他們到科尼島去游泳。到了猶太節日時，他們偶然會去看一齣猶太劇，或者是乘地下火車到布隆克斯去探訪房東。可是自伊佛雷恩死後，普伯好幾年來沒去過甚麼地方了。她也沒有到過甚麼地方去，只是原因不一樣。口袋一個錢都沒有，能到甚麼地方去呢？她讀到有關遠地的故事，不禁悠然神往，可是自己的小半生，卻是在家附近過的。如果她能到查理斯頓、新奧爾良、舊金山這些聞名已久的城市一遊，要她付甚麼代價她都覺得值得的，因為她的足跡難得越過曼哈頓區。聽法蘭克講過墨西哥、德薩斯、加利福尼亞等地方後，她知道自己見識實在太少了，除週日外，每天都在地下火車裏來來往往，從自己家到三十四街，再回到自己家，此外就是每星期兩個晚上到圖書館去。夏天也是老樣子，除了兩三次例外——通常都是她假期，她就跑到曼哈

頓海灘去。如果她運氣好點，就有機會到路易遜運動場去聽一兩次音樂會。她在二十歲那年，實在累壞了，她媽媽迫着她到新澤西去了一個禮拜，參加一個費用不貴的成人露營會。在此以前，她隨着上美國史的同學到首都華盛頓去了一個週末，參觀政府大廈，那時她還在唸中學呢。她所認識的外在世界，也就到此為止了。老在她住了這一輩子的地方耽下去是一種罪惡。他的故事聽得她不耐煩起來了——她要去遊歷、去找尋經驗、去生活。

　　一天晚上，他們坐在公園廣場外幽靜處的板櫈上聊天，法蘭克對海倫說，他已決定在秋季上學了。海倫聽了以後，興奮了好幾個鐘頭，不斷的想着他可能選修的各種課程，羨慕他在班上可能認識的有趣的或值得結識的朋友，她更羨慕他在大學裏讀書的樂趣。她幻想着他穿上了漂亮的衣服，剪短了頭髮，也許他的破鼻子也補好了，說起英文來措詞遣句，會小心謹慎。他會對文學、音樂感到興趣，又會學習政治學、心理學和哲學。他學的東西越多時，要想學的也就更多，這樣，人家對他的評價和他自己對自己的信心都會增加。她又幻想到他會請她到他的學校去聽音樂會或看話劇，介紹她認識他的朋友，那些有前途的人。看完話劇或聽完音樂會後，他們在黑夜裏走過校園，法蘭克就會指給她看，他上課是哪一座房子，是哪一位名教授教的課。如果她閉起眼睛，她就會看到有一天——奇跡中的奇跡——海倫·普伯會在這裏就讀，正正式式的就讀，而非像打游

擊那樣子，今天晚上在這裏聽一兩門課，明天早上又得趕回路易斯維內衣奶罩公司去上班。最少，他的話挑起了她的夢想。

為了要幫助他準備上大學，海倫對他說他應該讀些有意義的、偉大的小說。她希望法蘭克喜歡看小說，喜歡她所喜歡的小說。因此她就幫他從圖書館裏借了《包法利夫人》、《安娜‧卡列蓮娜》和《罪與罰》出來。這些書的作者名字，他聽都沒有聽過，但她說這是很好很好的書。他注意到她捧着這幾本褪了色的舊書時的莊重神情，與捧着聖經差不多，好像裏面所記載的——照她的看法——是你非知道不可的事：生命的真諦。法蘭克把這三本書帶回房間，因為冷風從鬆了的玻璃窗縫裏吹進來，就用氈子裹着身體來取暖。這三本書，難讀得很，因為其中的人名和地名對他非常陌生，怪得又難記誦。有些句子，複雜得不得了，下半句未唸完時上半句已忘了。開頭的幾頁，就令他煩了，因為裏面描寫的行動和事情，都怪得可以。他全神貫注的望着書裏的字好幾個鐘頭，一本又一本的換着看——但到最後還是看不下去，一氣之下，便把書扔在一邊。

但是因為海倫都看過這些書，尊重這些書，他因此覺得慚愧不已，就隨手從地上拾起一本，再試讀一次。他迫着自己讀完了頭幾章後，已不像頭一次那麼引為苦事了，對書中人物的生活，漸漸發生了興趣——他們到最後總是受到了或多或少的傷害，有的甚至死亡。在開始時，他看看停停，但到後來卻狂熱起來，一口氣讀下去。沒多久，就把三本書讀完了。開始讀《包

法利夫人》時，有點好奇心，但到結尾時，他覺得厭倦了，難受得想吐，渾身發抖。他實在不明白為甚麼有人會喜歡寫那一種女人。可是，他難免覺得為她有點難過，為她所遭遇的事難過，為迫着她非死不可的情勢難過。《安娜·卡列蓮娜》比較好一點，女主角的性格比較有趣些，在床上的表現好些，他不要她在結尾時臥軌自殺。雖然法蘭克覺得這本書看不看都無所謂，他深被雷溫在林中想上吊自殺後的鉅大轉變所感動，最少他決定了要活下去。他對《罪與罰》的反應真是又喜歡，又討厭。書中每個人不論身處甚麼場合，只要一張開嘴巴，就會向人訴說一些東西，無論是罪惡也好，弱點也好，疾病也好。書中的主角，大學生拉斯哥尼可夫的種種不幸，使他很覺痛苦。起先他以為他一定是猶太人了，到發覺他不是時，大感驚訝。書中有些地方，他讀着雖然大感興奮，但總有給人按着頭在水溝裏迫着喝污水的感覺。另外一些地方呢，他看後彷彿喝醉了一個月的酒似的。雖然他很喜歡那個名叫桑妮亞的妓女，書讀完後，有好幾天他對她仍念念不忘，但看完了這本書，他覺得鬆了口氣。

　　後來，海倫還提議他再讀一些這三個作家的其他作品，這樣他對他們的了解會深些。但法蘭克沒有答應，他說他還不敢肯定自己有沒有看懂那三本。「我想你已經看懂了，」她說：「你對裏面的人物不是已經熟悉了麼？」「我想是的，」他喃喃的說。可是為了要討她喜歡，他硬着頭皮，多看了兩本，看得他有時候喉嚨發癢想吐，臉色發青，眼睛翻白，愁眉苦臉，雖然讀到結尾時

他總感覺到一種安慰。可是他實在不明白為甚麼海倫偏對這些人類的苦難感到興趣。他不禁懷疑到她一定曉得他偷看過她洗澡的事了，因此介紹他看這些書來懲罰他。但後來他覺得這是不大可能的事。總之，看完這些書後，令他難以忘懷的是：人一遇到機會時，若不能當機立斷，就永難翻身了。更令他害怕的是，一個人的一生，只要犯上一個錯誤，那麼這輩子就可能毀了。自此以後，無論他怎麼樣去做補贖都好，他都要永世受苦。有時候，法蘭克深夜坐在房裏，冷得發紅的手硬繃繃的捧着一本書，頭上雖戴着帽子，但一樣冷得麻木起來。他起了一種奇異的感覺，覺得自己漸漸遠離了書本的白紙黑字，而書中人物，變成了他自己。起先他覺得這種感覺，刺激得很，但後來使他非常沮喪了。

一天晚上，下着雨，海倫正準備到樓上法蘭克的房間去。她要送回一些他給她而她不想要的東西。剛要走時，電話響了，愛德匆匆走出門廊去叫她。法蘭克這時正躺在床上，看着雨灑到窗上來，聽到海倫走下樓梯。海倫走進鋪子時，她爸爸正招呼着客人，她媽媽則坐在鋪子後面，喝着茶。

「賴‧璞爾打來的，」愛德低聲說，身子卻動也不動。

媽媽一定會裝着不偷聽的，海倫想。

海倫的第一個反應就是不跟賴‧璞爾談話。可是他的聲音溫柔，在他說來，這是願意再續前緣的表現，而在雨夜聽到一個

溫柔的聲音，也令人覺得溫暖。她毫不費勁就可以想像得到他在電話裏説話的神情。他如果在十二月打來，那多好！那個時候，她正需要他呢。現在她發覺自己對他有點冷淡了，是甚麼原因呢，她自己也無從解釋。

「海倫，你躲到哪去了？人家都看不見你了，」賴·璞爾開始説。

「沒有呀，我不是一直都在這裏麼？」她説，一面壓制着自己微顫的聲音：「你呢？」

「是不是你講話的地方有人在旁邊？你講話好像很拘謹似的。」

「對了。」

「我早想到了。好罷，我就把話乾脆些説出來吧。海倫，我們好久沒見面了，我很想看看你，我們這個禮拜六去看一齣話劇，你説怎樣？明天我到上城去時，就可以順便買票。」

「不了，謝謝你，我不大想去。」

她聽見她媽媽在嘆着氣。

賴·璞爾清了清嗓子，説：「我真想知道一個人如果連自己被控甚麼罪都不知道時，怎去替自己辯護？我究竟犯了甚麼罪過呵？能不能夠詳細的告訴我？」

「我不是律師——我不起訴人家的罪狀。」

「那麼就説原因好了。甚麼原因呢？你今天對我還是親親密密的，明天就把我撇開，讓我一個人孤孤獨獨的。我究竟做了甚麼事情呢？告訴我可以麼？」

「我們還是別談這個罷。」

說到這裏，愛德站了起來，走進鋪子去，隨手輕輕的把門關上。謝天謝地！海倫想。她把聲音壓低，這樣她爸媽就不會從牆上的窗口聽到她說話的聲音了。

「你這個人真怪，」賴‧璞爾說：「你對某些事情的看法，價值觀念舊得不得了。我不是常對你說你不應太折磨自己嗎？在這個時代，我們幹嗎還要受良心的牽制？我們在二十世紀的人，比以前自由多了。我說的是真話，如果冒犯了你，只好請你原諒了。」

她臉紅了起來。他的眼光真的不錯。「我有我自己的看法，」她回答說。

但賴‧璞爾一點沒有放鬆的接着說：「如果我們享受了生命美好的一刻後，隨即後悔不已，那我們的生命會變成怎樣了？生活還有甚麼詩意可言？」

「你談這種問題談得這麼高興，我希望你旁邊沒有人才好，」她生氣的說。

「當然沒有人在我身旁了，唉，海倫，你竟把我看得這麼下流了？」他顯得有點頹喪，自尊心受到損害了。

「我跟你說過我這邊的情形了，我媽媽在一分鐘前還在房間裏。」

「對不起，我忘了。」

「現在她走了。」

「這樣吧，海倫，」他柔聲說：「電話不是談私事的地方。我可不可以馬上到樓上來看你？我們總得談談，取得諒解才成啊。我並不是壞人，海倫。你不喜歡那種關係，那是你的自由──請恕我直言。但即使你不喜歡那種關係，最少也讓我們做朋友，偶然出去一兩次才是。現在上來看你好不好？」

「不了，將來有機會再說罷，我現在有事忙着。」

「幾時才是將來呢？」

「將來有機會的，」她說。

「那好得很，」賴・璞爾心平氣和的說。

他掛上電話後，海倫站在電話旁，問自己究竟是否做對了。她的感覺是做錯了。

愛德走進廚房來，問：「他找你甚麼事了？」

「隨便聊聊。」

「他約你出去玩了？」

她點了點頭。

「你怎麼說呢？」

「我說看機會吧。」

「你說『看機會』是甚麼意思？」愛德尖聲說：「你這麼搞下去，海倫，想變成老太婆？天天晚上一個人在樓上守着為了甚麼？光是讀書就會發財麼？你究竟怎麼搞的？」

「沒有甚麼，媽，」說着，她就離開了鋪子，走出走廊。

「別忘了你已經二十三歲啦！」愛德在後面叫道。

「我沒有忘。」

一到了樓上，她就緊張起來，因為她想到了一件必需做但不想做卻又非做不可的事。

原來海倫和法蘭克昨天晚上又在圖書館內碰了頭，已經是八天來第三次了。他們離開時，海倫注意到法蘭克手上笨手笨腳的拿着一個盒子。她起初以為裏面不過是些襯衣或內衣褲之類的東西，但在歸途中，法蘭克扔了煙蒂，在街燈下把這包裹遞了給她，説：「這包東西是給你的。」

「給我的？是甚麼東西？」

「你慢慢就知道了。」

她勉強把東西收下，謝過他，一路就抱着這包東西回家去，兩個人都沒有再説甚麼話。這事發生得太突如其來了。如果她有一分鐘時間考慮的話，她就不會接受的。她會説他們還是保持朋友關係的好，因為她覺得他們兩人認識實在不深。但東西一接到手上時，她就提不起勇氣去叫他收回。那是一個不大不小的盒子，裏面裝着的東西沉甸甸的，她猜是一本書，但是書卻好像沒有那麼大。她抱着這個盒子，抵着胸部，心中突然感到一種對法蘭克的衝動之情。這使她害怕起來了。走到離鋪子還有一條街時，她緊張地向他道過晚安，就先走了。每逢他們回來看到鋪子燈火還亮時，他們就這樣分手的。

海倫上樓時，普伯和愛德還在樓下，因此就沒有人問她甚麼話。她坐在床上打開盒子，顫抖了一下，她準備一聽到樓梯腳

步聲響起時，就把盒子收起來。打開了盒子的蓋子，她看到了兩個包裹，每個都用白紙包好，用紅絲帶綁着，結子打得歪歪斜斜的，顯然是法蘭克自己結的。她屏住呼吸把第一個包裹打開來看——原來是一條長的手織黑絨圍巾，毛織柔潤，以金線交織而成。第二件禮物更令她看得目瞪口呆，因為裏面包着的是一本紅皮面的莎氏戲劇集。盒子內沒有放卡片。

　　她軟弱的坐在床上。我不能接受的，她對自己說。這些都是貴重的東西，他大概把準備上大學用的、辛苦賺來的錢都用光了。即使他有這個錢吧，她也不能接受他的禮物的。這不對，尤其是他給的禮物，更不能接受。

　　當天晚上，她本來馬上想到他的房間去，附上字條把禮物留在門外。但她實在不忍這麼做。

　　第二天晚上，擔心了一日之後，她覺得非把禮物送還給法蘭克不可。她真希望在賴‧璞爾打電話來前就還了給他，這樣她和賴‧璞爾說話時態度就會自然多了。

　　海倫跪在地上，彎身伸手到床底去把法蘭克送的盒子摸了出來。他送這麼好的東西給她，真叫她感動——從來沒有人送過這麼好的東西給她的。賴‧璞爾頂多送過半打小玫瑰給她而已。

　　人家送你禮物，你就得付代價，海倫想。她深深的吸了一口氣，拿了盒子靜靜的上樓。她躊躇了一會，然後輕輕的叩着法蘭克的門。他在她上樓梯時就認得她的腳步聲，因此老早就在門後面等着，握着拳，指甲刺得手心發痛。

　　他開了門，看到她手上拿着的東西時，皺了皺眉頭，好像臉上給人揍了一下似的。

　　海倫笨拙地進了他的房間，跟着急忙地把房門關上。看到房子這麼狹小，這麼簡陋，她幾乎忍不住叫了出來。在他凌亂的床上擺着一雙他剛要縫補的襪子。

　　「費蘇夫婦在不在？」她低聲問。

　　「他們出去了，」他毫無表情的說，失望的眼睛老是盯着他送給她的東西。

　　海倫為難的把禮物的盒子交還給他。「謝謝你，法蘭克，」她說，一面裝出笑容：「我想我實在不應該接受這禮物，因為到了秋天你就要交學費，你會很需要錢用的。」

　　「你言不由衷，」他說。

　　她臉紅了起來。她本想對他解釋，說她母親要是看見這些禮物，一定會鬧起來的，但她僅說：「我實在不能要。」

　　「為甚麼？」

　　這不是容易回答的問話——而他也沒有把話問得使她容易回答。他粗大的手捧着退回來的禮物，好像是捧着一些剛死去的沒有生命的東西一樣。

　　「我不能要，」她終於說了：「你挑的東西很好，但我不能要，很對不起。」

　　「好吧，」他懊喪的說，隨着把盒子往床上一丟，那本莎氏戲劇集也滑到地板上去了。她彎身把書拾起來，看了一眼，不覺

洩氣，原來攤開的那一個劇本，竟是《羅密歐與朱麗葉》。

「晚安。」離開他的房間後，她就匆匆下樓。在房內，她好像聽到從遠處傳來一陣男人的哭聲。她用手按着跳動的喉頭，緊張地聽着，但再也聽不到甚麼了。

海倫洗了個澡來鬆弛一下神經，然後穿上睡衣和長浴衣，拿起一本書來看，但是看不下去。她以前就看出他愛上她的徵象了，經過這次以後，她更肯定了。昨天晚上他拿着那盒子和她一道走回來時，他好像不再是法蘭克了，雖然帽子和外衣還是一樣。昨天晚上的他，好像潛伏着一種她從所未見過的形象和力量。他未向她提過愛字，但他是愛上她了。當她一體悟到，這幾乎就是在法蘭克交那盒子給她時發生的，她渾身覺得不自在。事情鬧到這個地步，實在是她的錯。她早已提醒過自己不要跟他搞在一起，但卻沒有做到。她因為自己寂寞，所以間接鼓勵了他。但除此以外，還有甚麼解釋呢？她明知他在圖書館，而自己卻去得那麼頻繁。從圖書館回家時，她還常應他之邀，到館子去吃義大利烤餅和喝咖啡。她還聽過他談身世，跟他談過上大學的計劃，詳細的跟他討論過他所讀過的書。而這一切一切，她都瞞着父母親。他知道這點，難怪他心裏存着希望了。

奇怪的是，有時她覺得很喜歡他。在很多方面來講，他都是個非常有用的人，而當一個男人對你用真感情時，自己是否該像機器一樣的關起來呢？可是在另一方面，她極不願意對他用情，因為一用情，麻煩就跟着來了。麻煩她已經受夠了；她要

的是和平的日子，無憂無慮的日子。他們可以做朋友，做個普通朋友！甚至在月下攜手漫步，但僅此而已。這種話，她早該講了，這樣他大可以省掉買禮物的錢，留着作學費用，而她現在也不會因傷了他的心而覺得難過了。可是令她覺得驚異的，是他對她的情感，竟然如此深厚。她沒想到事情發展得這麼快，因為以她過去的經驗，事情往往是反過來發生的。那就是說，通常是她先愛上了男的，然後男的——如果他不是賴‧璞爾，就會有反應。現在轉了方向，由男的來追她，也是好的，她巴不得這種事多發生——但一定是她自己喜歡的人才好。她決定少去圖書館。如果他現在還不明白她的心意，到那時他就會明白了，就會放棄得到她的愛的念頭。當他了解到事情就是這麼一回事時，他的痛苦——如果他真的感到痛苦的話——就會消失了。但她思潮起伏，無法平靜下來，雖然多次想專心看書，但一樣看不下去。普伯和愛德走過她房間時，她已關了燈，好像已睡了。

第二天早上上班時，她嚇了一跳。原來法蘭克把送給她的禮物，放在路邊垃圾桶內一個油膩的盛垃圾的牛皮紙袋上。看樣子，一定有人用垃圾桶的蓋子往盒子的上面壓下去。蓋子已掉下來，落在行人道上。海倫揭開了紙盒的蓋子，兩件禮物還在裏面，包裝的皺紙鬆散的蓋在上面。看到東西這樣浪費，海倫大為生氣。她把書和圍巾從硬皮紙盒拿了出來，匆匆的進入走廊。她知道如果把東西拿上去的話，愛德一定會問話，因此

決定藏到地窖裏去。她亮了燈，靜靜的走下去，盡量不讓高跟鞋在樓梯上發出聲音。她拆開皺紙，把禮物（幸好一點兒也沒有弄壞）藏在地下室一個爛梳妝樓最下面的抽屜內。她找了一張舊報紙，把皺紙和絲帶都包在裏面，然後拿上樓丟在垃圾桶內。她看到她父親站在窗口，懶洋洋的看着她，就走進店內，道過早安，洗過手後就上班去了。一到了地下火車，她就覺得懊喪起來。

當天晚飯後，趁着愛德正在洗碗，她就溜到地窖裏，拿了書和圍巾到法蘭克的房間去。她敲了門，但沒有人應。她本想把東西留在門前，但又因未先跟他說好，恐怕他又把東西丟了。

苔絲開了門，說：「海倫，我聽見他出去好一會了。」她眼睛盯着她手上拿着的東西。

海倫紅着臉說：「謝謝。」

「要留個話麼？」

「不必了。」她回到自己房去，又把東西塞到床底下，隨後又改變了主意，把書和圍巾再拿出來，分別放在梳妝樓的抽屜裏，用內衣褲蓋着。愛德上來時，海倫在聽收音機。

「海倫，今晚要出去嗎？」

「也許，現在我還不知道，也許會到圖書館去。」

「你前天才去過，又去那裏幹嗎？」

「我到那裏去會克拉克・蓋博啊，媽媽。」

「別那麼放肆，海倫。」

她嘆了口氣，道了歉。

愛德也嘆了口氣，說：「別人鼓勵自己的兒女多讀書，我卻希望你少唸一點。」

「結果還是嫁不出去。」

愛德打着毛線，但不一會就坐立不安起來，下樓到鋪子裏去了。海倫把東西拿出來，用回家時買回來的厚紙包好紮好，乘電車到圖書館去。但法蘭克不在那裏。

第二天晚上她先到他房裏去，不在；然後一有機會溜出屋子時，又到圖書館去。但他又不在那裏。

「法蘭克還在不在這兒工作？」早上她問她父親說。

「在呀。」

「好久沒看過他了，」她說：「所以我以為他已經走了。」

「他到夏天才走。」

「他說的？」

「媽媽說的。」

「他自己知不知道？」

「知道的。你問這幹嗎？」

她說她只不過是為了好奇。

晚上她一進走廊時，就聽見法蘭克下樓的聲音。她在樓下等着他。她剛要跟他講話時，他脫了帽子行了禮，就想走了。

「法蘭克，你幹嗎把東西丟到垃圾桶去？」

「我留着有甚麼用？」

「那浪費得很嘛，你可以把錢退回來。」

他咧着嘴角笑了笑說：「容易賺來容易去。」

「別開玩笑了，我已經從垃圾桶拿回來了，放在我房間內，東西沒壞，你拿回去好了。」

「謝謝你。」

「你拿回去退錢吧，秋天你很需要用錢呢。」

「我從小就討厭退東西。」

「那把發票交給我吧，我午飯時替你退錢回來。」

「我都丟了，」他答道。

她溫柔的說：「法蘭克，有時事與願違是難免的，別因此難過。」

「到我不再為事情感到難過時，我就該入土為安了。」

說完，他走了。她也跟着上樓。

到了週末，海倫又恢復了塗劃日曆的習慣。她發覺到自己自新年以來沒有劃過一天了。於是她便拿起筆來大塗一番。星期日那天，天氣很好，她越坐越不耐煩了，心中又開始希望賴·璞爾打電話來。他沒有打，可是他姐姐打來了，於是她和碧蒂下午便到公園路去散步。

碧蒂二十七歲，長得很像山姆·璞爾，身材高大，相貌平平，但是本性純良，一頭紅髮，漂亮動人。只是她的見識，在

海倫看來，非常平庸。她們間沒有甚麼共同的地方，也不常見面，但偶然一次，也喜歡在一起聊聊，或一同去看一場電影。最近碧蒂跟她辦公室內一位會計師訂了婚，常常和他在一起。現在她手指上戴了一隻很有氣派的鑽石戒指，海倫看了，第一次對她羨慕起來。碧蒂好像看出她的心事似的，對她說：

「願你也早日找到如意郎君。」

「謝謝你，碧蒂。」

她們走了幾條街，碧蒂就說：「海倫，我不喜歡管人家的私事，但是我好久就想問你一句話：你和我弟弟的事究竟怎麼了？我有一次問他，他卻不肯給我說真話。」

「你知道男女間的事就是這個樣子的。」

「我還以為你喜歡他的呢。」

「我是喜歡他呀！」

「那麼為甚麼你不跟他見面呢？你們是不是吵架了？」

「沒有吵架，只是我們的想法不同而已。」

碧蒂沒有再問下去。後來，她又說：「海倫，甚麼時候就再給他一個機會吧。我弟弟人實在是蠻不錯的，我的男朋友薛璞也這麼想。他最大的缺點就是以為自己的腦筋這麼好，就應該享有某種特權。你等着看吧，他慢慢就會改過來的。」

「也許我會的，」海倫說：「我們走着瞧好了。」

她們回到了糖果店。碧蒂那個身裁健碩、戴着眼鏡的未婚夫薛璞已經等在那裏，等着帶碧蒂去坐他那輛龐狄克牌汽車兜風了。

「跟我們一道來吧，海倫，」碧蒂説。

「來吧，很歡迎你，」薛璞説。

「去吧，海倫，」碧蒂的媽媽也插嘴説。

「謝謝，真的非常非常謝謝你們的好意，」海倫説：「可是我有些內衣褲等着要熨。」

在樓上，她靠窗而立，眺望着後院。地上仍存上個禮拜的髒雪。她放眼看不到一草一木，或任何賞心悅目的東西。她感覺心中好像重重的打了一個死結，在苦悶之餘，就披上了大衣，在頭上繫着一條黃頭巾，又離開了屋子，也不知要到哪裏去。她慢步走向草木凋零的公園。

靠公園的大門，有一個三角形的安全島，是混凝土造的石臺，三條道路都在此滙合。在白天，這兒的板樐坐滿了人，拋着麵包屑或花生米來餵鴿子。這兒的鴿子，到處都是，吱吱喳喳的吵個不停。到了那裏，海倫看到一個人蹲在一張板樐旁邊，餵着鴿子。除了這個人外，再無人蹤了。這個人一站起來，鴿子也跟着飛起來，有幾隻落在他的手臂和肩膊上。有一隻歇在他的手指上，啄着他手心的花生米。另有一隻肥肥大大的停在他的帽子上。花生吃完後，他拍了拍手，鴿子也振翼飛去，各散東西了。

海倫這時認出這個人就是法蘭克，就停了步，因為這個時候沒心情見他。可是她又想起還擺在她抽屜內的東西，便決定這一次無論如何都要把問題解決才成。因此走到街尾時，便朝法蘭克的方向走去。

　　法蘭克看到她走來，沒有表示甚麼，反正他甚麼也不在乎了。自從把禮物退回後，他的希望也就幻滅了。他本來想到，如果她也愛他的話，那就改變他的生命，雖然他一想到「改變」二字，即使是依着自己意思的改變，心中就害怕起來。可是話又說回來，跟這樣一個女子結婚又有甚麼好處呢？一跟她結了婚，這一輩子就會與猶太人混在一起了。這麼一想，他就覺得海倫喜不喜歡他都無所謂了。

　　「真巧啊，」海倫說。

　　法蘭克點了點帽子跟她招呼。他滿臉倦容，但眼神清晰，目光穩定，好像經歷過一番苦難似的。她為她給他帶來了煩惱而感到難過。

　　「我受了涼，」法蘭克說。

　　「你該多曬太陽才是。」

　　海倫坐在板櫈的邊上，生怕多佔些地方，法蘭克就會收她租錢似的。他也坐了下來，保持一點距離。兩隻鴿子兜着圈子追逐着，其中一隻跳到另一隻的背上。海倫別過面去，但法蘭克懶洋洋的看着，直看到牠們飛去。

　　「法蘭克，」她說：「我很不願意老提起這件事，可是我實在是個不喜歡浪費東西的人。我知你也不是甚麼百萬富翁，你可不可以告訴我你的東西在哪買的？我給你去退錢回來好了。雖然沒有發票，我想他們也會退給我的。」

　　他注意到她的眼睛是藍色的，藍得非常固執。想起來雖然

有點可笑，可是他實在有點怕她，怕她太固執，太嚴肅，使他受不了。但他覺得還是喜歡她的。他起先沒有這麼想，現在兩人在一起時，他又覺得他喜歡她了。從某一角度看來，這可以說是一種絕望的情感，雖然他並沒有完全感到絕望。現在坐在她旁邊，看着她憔悴而憂鬱的臉，他覺得還有點機會。

　　法蘭克一個接一個屈自己的手指關節，然後轉向她說：「好罷，海倫，你且聽我說，我做事也許性急了點。如果是這樣，那我很感抱歉。我這種人，喜歡了誰，就要表示出來，我要送她東西，你懂不懂我的意思？當然，我也知道並不是每個人都喜歡受人家的禮物。但這不是我管得了的事情。我的脾氣就是喜歡給人家東西，要改也改不來，你懂麼？還有一點得請你原諒的，就是我發了脾氣，把你的禮物丟在垃圾桶裏，害得你要撿起來。我要講的話是：你就把我送給你兩件東西留下一件，好不好？你就留下來做個紀念，紀念一個要感謝你介紹他看這麼多好書的人。你不用擔心我送了你東西就會對你有甚麼要求。」

　　「法蘭克……」她說，臉都漲紅起來了。

　　「讓我先講完吧。你看這樣做好不好？如果你答應留下一件東西，我就把另外一件拿去退錢。你說呢？」

　　她不知道該怎樣回答他才好，但既然她急着要把這件心事了結，只好點頭贊同了。

　　「那就好了，」法蘭克說：「你最喜歡的是哪一樣？」

「圍巾我是很喜歡的，可是我還是留着那本書好。」

「那就把書留下來吧，」他說：「你甚麼時候方便就把圍巾還我好了，我一定會退掉它的。」

他點了根煙，深深的吸了一口。

現在事已了結，她考慮着應不應該就此分手，自己繼續散步去。

「你現在有空麼？」他問。

她猜他一定邀自己去散步，就說：「有的。」

「看一場電影好不好？」

她遲疑了好一會。他是不是捲土重來了？她覺得她該馬上劃清界線，以防他又犯走得太接近的錯誤。可是，為了尊重他受了傷的自尊心，她覺得在未對他說前，最好還是先想好要說甚麼話，以及怎樣說話才好。

「我得早點回去的。」

「那我們現在就走吧，」他說着，站了起來。

海倫慢慢的將頭巾解下，再結上，然後才和法蘭克一道離去。

她一邊走，一邊就想，接受了他那本書，究竟有沒有犯錯誤？儘管他說毫無企圖，但人家送了你禮，對你就多多少少有點權利，這是她不想發生的事。可是，當她再一次問自己（幾乎毫不自覺的）是否喜歡他時，她不得不承認確是有點喜歡他。但喜歡的程度，還不至於令自己擔心，因為她對他，僅是喜歡而已，並沒有準備要進一步發展的打算。他不是她要愛的人。這一

點，她自己分得很清楚。除了其他不足的條件，他還有些問題，那就是，他老是有些鬼鬼祟祟，不可告人的樣子。有時，他看來好像是個非常有作為的人，非池中物，但有時則恰巧相反。他跟她所説的有關將來的計劃的憧憬，好像與他平常所表現出來的真正的法蘭克有點不配合。那就是説，與沒有裝模作樣或不太裝模作樣時的法蘭克有點不配合。而法蘭克總是「裝」的時候居多。她自己也不曉得怎樣解釋這個才好，因為要是他能夠把自己「裝」得聰明些，淵博些，那麼他肚裏面必得有這種東西。沒有的話，怎裝得出來？他一定有許多她在外表看不出來的優點。可是，不論優點也好，缺點也好，他一概都掩藏起來。他好像是個魔術師，一隻手露了紙牌，第二隻手將它化為煙霧。就在他對你透露他身世的當兒，他就令你懷疑他究竟是不是在講真話。這情形恍如你往鏡子裏瞧，但不敢相信在鏡子裏反射出來的，是不是真的自己。漸漸地，她禁不住這麼想：他裝得這麼坦白，對她説了這麼多過去的經驗，會不會僅是一種把真正的自己躲藏起來的手法呢？也許他不是故意的——説不定他還不知道他真正的目標是這樣呢。她還懷疑他是否已經結過婚。而且，有關那位吻過他的走軟索的女孩子的事，真的沒有其他枝節了麼？他説過沒有。如果沒有的話，那麼她為甚麼老覺得他做過一些她猜也猜不出來的事？

　　快到戲院時，她想到了自己的母親，禁不住説了一聲：「別忘了，我是猶太人。」

「那又怎樣？」法蘭克説。

在戲院內，想起他剛才答她的話，他覺得非常得意，好像頭部剛與一道磚牆相撞，而一點傷也沒有受到的樣子。

她咬了咬舌頭，沒有答腔。反正他暑假就離開了。

愛德在生自己的氣，怪自己不在最容易把法蘭克遣走的時候打發了他，卻把他留了下來。這都是她的錯，因此她擔心極了。雖然沒有甚麼證據，但她實在懷疑海倫對法蘭克發生了興趣。他們間一定有些秘密了，她想。她沒有問海倫是否確有其事，因為要是海倫否認了，她就會難為情了。而且，儘管她極力壓制自己不要這麼想，她覺得實在不能相信法蘭克。對的，他幫了他們很大忙，但他們要付多少代價呢？有時她偶然走進鋪子，碰到他單獨一個人的，就覺得他的表情有點鬼鬼祟祟的。他常常長吁短嘆，自言自語，看到人家注意他時，馬上又裝出若無其事的樣子。不管他做着甚麼東西也好，他總給人一種「別有用心」的感覺。他好像是一個三心兩意的人，有時候想着這個，又想着那個。即使他在看書時，他的心也會忙着別的事去。他的沉默是種語言，説的是甚麼呢，就非她所能懂的了。他現在為某些事心煩，而愛德也就懷疑這必與她女兒有關。因為他只有看到海倫偶然進鋪子來才顯得自然點，精神也才能集中。總之，愛德感到非常不安就是，雖然她沒有發覺海倫對他有甚麼反應的跡象。法蘭克在時，海倫不大講話，甚至可以說對他非常

冷漠。他眼睛老是溜來溜去的看着她，但她卻一點也沒有表示
甚麼。可是愛德也正為這一點擔心。

　　一天晚上，海倫外出不久，愛德就聽到法蘭克下樓的腳步
聲。她匆匆披上外衣，用圍巾裹着頭，冒着雪跟着他走。他走
了幾條街，到了一家戲院，買了票，就進去了。愛德相信海倫
一定在裏面等着他了。回家時，她心如刀割——可是她女兒卻
好好的在樓上熨着衣服。還有一個晚上，她尾隨着海倫到圖書
館，在對面瑟縮的站了差不多一個鐘頭，等着海倫出來，然後又
隨着她回家。她責怪自己疑神疑鬼，但還是沒辦法，心中老是
擺不平這件事。有一次，在鋪子後面，她聽到她女兒和法蘭克
在討論一本書。這令她很不高興。後來海倫跟她談起法蘭克秋
天上學的計劃，她卻認為法蘭克不過是在討她的歡心。

　　她跟普伯談起來時，就很慎重地問他有沒有注意到海倫和法
蘭克之間有沒有發生甚麼事。

　　「別傻啦，」普伯說。他自己也曾經想過這可不可能，有時
甚至耽心過，但一想到他們間差異這麼大，就沒有再掛在心
上。

　　「莫理士，我擔心。」

　　「你甚麼都擔心，不存在的東西也擔心。」

　　「叫他走吧，生意現在好些了。」

　　「那又怎樣？」他咕噥着說：「誰曉得下個禮拜又怎樣？我們
不是說好了他到夏天時再走的麼？」

「莫理士，他會給我們帶來麻煩呢！」

「甚麼麻煩？」

「你等着吧，」她叉着手說：「你等着看好了。」

她的話，他聽了起先很氣，但不久也令他擔心起來。

第二天早上，普伯和法蘭克靠着桌子在剝熟馬鈴薯的皮。鍋子裏的水已倒乾了，擱在一旁。他們彎着腰，緊靠着面前一堆熱騰騰的馬鈴薯坐着，用小刀剝着用鹽水浸過的皮。法蘭克有點坐立不安。他沒有刮鬍子，眼皮下有黑色的斑點。普伯猜想他一定是喝了酒，但他身上一點酒味也聞不到。他們默默地工作着，各自冥想。

半小時後，法蘭克不耐煩的坐在椅子上，終於說：

「莫理士，如果有人問你，猶太人究竟相信甚麼東西，你怎麼答呢？」

普伯停了下來，一時不知如何回答。

「我想知道究竟甚麼是猶太人呢？」

普伯受的教育少，常常為此感到慚愧，對這類問題，尤其感覺難以啟齒。但這問題他卻覺得非答不可。

「我父親以前對我說，做猶太人很簡單，心腸好就成了。」

「那你怎說呢？」

「最重要的是律法，做猶太人一定得篤信律法。」

「讓我問你一句話，」法蘭克跟着問下去：「你認不認為你是個真正的猶太人呢？」

普伯吃了一驚，問：「你這是甚麼意思？我不是猶太人？」

「別生氣，」法蘭克說：「且聽我說你不是猶太人的原因。第一，你不去教堂，最少我沒看見你去過。你廚房不合猶太教清潔的規矩，你也不吃『清潔』的東西。你甚至連那種黑色的小帽也沒有帶——我以前在南芝加哥認識的一個裁縫，他就戴這種小帽子。他每天還禱告三次。我聽你太太說，你連在猶太節日也開門，不管她怎樣反對，你總是充耳不聞。」

「有時候為了要吃飯，」普伯紅着臉說：「你不得不在假期也開門。但在贖罪日那天，我就沒有開店。但我是不太注重猶太教吃的規矩的，因為我覺得這種規矩不合時宜。我擔心的倒是有沒有好好的遵守律法。」

「但那些規矩也是律法的一部分，是不是？律法裏不是說你不能吃豬肉麼？我就看過你吃火腿肉！」

「吃不吃豬肉對我沒有甚麼關係，雖然對某些猶太人非常重要。沒有人因為我偶然吃了一塊火腿肉而否定我是猶太人。但如果我違背了律法，而別人因此而說我不是猶太人時，那我就無話可說了。因為律法要我們做正當的事，要我們誠實，做好人。這對信徒就有意義了。我們的生命已夠苦的了，為甚麼我們還要傷害別人呢？每個人應得到最好的東西，不應只有你和我

得到。我們不是禽獸，這就是我們需要律法的理由了。猶太人相信的，就是這個。」

「我想別的宗教也有這種律法的，」法蘭克說：「但請你告訴我，莫理士，為甚麼猶太人受這麼多的苦？他們好像是喜歡受苦的，是不是？」

「你喜不喜歡受苦呢？猶太人受苦，因為他們是猶太人的緣故。」

「這就是我的意思了，他們受的苦，有時是不必要的。」

「人活着就會受苦。有人比別人多受一些苦，倒不是他們喜歡受苦，可是我想如果一個猶太人不是為律法而受苦，那麼，他受的苦就沒意義了。」

「那你為甚麼而受苦呢，莫理士？」法蘭克問。

「為你，」普伯心平氣和的說。

法蘭克把小刀放在桌上，嘴巴歪了一歪：「你是甚麼意思？」

「我是說你為我而受苦。」

法蘭克也就沒有再問下去了。

「如果一個猶太人忘了律法，」普伯作了結論說：「他就不是個好人。」

法蘭克拿起了小刀，又開始剝皮。普伯再沒有做聲，兩人又默默的工作起來。

馬鈴薯在冷卻的時候，普伯想起了剛才的談話，心中很覺不

安。法蘭克為甚麼要問起這種事情呢？突然間，為了某種原因，他想起了海倫。

「説真的，」他説：「你幹嗎問起這些事情來？」

法蘭克在椅上動了一下，慢吞吞的説：「莫理士，老實給你説罷，我以前是不大喜歡猶太人的。」

普伯動也不動的瞪着眼望他。

「但那是很久以前的事了。」法蘭克説：「在我認識猶太人是怎麼回事以前。那個時候，我對他們沒有甚麼了解。」

他的額頭滿是汗水。

「這是常有的事，」普伯説。

可是這次自白，並沒有使法蘭克快樂些。

一天下午，剛吃過午飯，普伯偶然往鏡子裏一望，看到自己頭髮很長，脖子後面更是長得濃濃密密，覺得有點兒不好意思了。他就對法蘭克說要到對門去理髮。法蘭克正在讀報紙上的賽馬消息，就點了點頭。普伯解下圍裙，掛了起來，到鋪子前面的現金出納機去拿了點零錢。他拿了幾枚二角五分的硬幣出來後，趁便看了看當天的營業數字，覺得很是滿意，跟着離開鋪子，橫過電車路軌，到理髮店去。

理髮店裏沒有別的客人。吉安羅拉渾身散着橄欖味，一邊剪，一邊跟普伯聊天。普伯雖然為了自己的長頭髮覺得在吉安

羅拉面前不好意思，但他想着的，仍是和店裏有關的事情。如果生意能繼續保持着這個樣子就好了。我不想與卡帕的店子相比，但最少得夠餬口才成啊！只要不像幾個月前那麼可怕，我就滿足了。愛德到現在還是吵着要賣，但在景況未好轉，在未找到自己有信心的去處前，賣了店又有甚麼用？阿爾‧馬卡斯、白拉柏，和所有跟他談過話的送貨的司機，至今還是埋怨生意不好。目前最好的辦法就是不要輕舉妄動，自招麻煩。到夏天法蘭克離開後再作道理罷，到時再找別的地方看看。

普伯坐在理髮椅上，眼睛望出窗外，看着自己的鋪子。他高興的看見，自他坐下來以後，最少有三個客人去光顧過。一個捧了個大紙袋出來，普伯猜想最少是六瓶啤酒。此外是兩位女顧客，都是滿滿的捧着一大紙袋離開，其中一個還拎着一個盛得滿滿的菜籃。每位顧客就以兩塊錢算吧，他估計最少也做了五塊錢的生意，理髮的錢，也就賺回來了。理完了髮，吉安羅拉給普伯除下了圍着他脖子的白布，普伯就回到店裏。他擦了根火柴，急不及待的往現金出納機的營業數字照了照。數字僅比他去理髮時多了三塊多錢，令他大為震驚。他嚇得發呆了。東西裝得滿滿的，怎會僅得三塊錢的呢？會不會是袋子裏面的東西，都是大盒子裝的，如玉蜀黍片之類？這一點實在難以相信，因此難受得幾乎要昏倒。

他到後面去掛好大衣，抖着手把圍裙繫好。

法蘭克本來看着賽馬消息，這時抬起頭來看看他，笑了笑

說：「剪了頭髮以後，你整個人都變了樣子，你現在像隻刮光了毛的羊。」

普伯臉色蒼白，點了點頭。

「你怎麼啦？臉色蒼白得很哩。」

「我不舒服。」

「上去休息一下吧。」

「等一下再去。」

他倒了杯咖啡，手直在發抖。

「生意怎樣？」他背向着法蘭克問。

「馬馬虎虎，」法蘭克說。

「我去理髮到現在，有多少客人來過？」

「兩三個吧。」

普伯不想看法蘭克的眼睛，便走到鋪面，站在窗前，呆呆的望着對面的理髮店，思潮起伏，焦灼不堪。這意大利人是不是從現金出納機偷了錢了？顧客滿滿的拿着東西出來，但三塊錢怎可以買這麼多東西？是不是有顧客賒了賬呢？可是他和愛德都吩咐過他不要賒賬。那還有甚麼原因呢？

有人進來買東西，普伯自己招呼了他，做了四毛錢的生意。他在現金出納機按了四毛錢進賬，算出來的總數與剛才他看的數字相符，因此機器並沒有出毛病。現在他相信錢是法蘭克偷的了。偷了多久呢？一想到這點，他呆了。

法蘭克也跑了出來，看見普伯站在窗前，怔怔的出了神。

「覺得好些了麼？」

「一下子就會過去的。」

「小心呀，你不能再生病的。」

普伯舐了舐嘴唇，但沒有說話。那一天，他就在鋪子裏面走來走去，心情沉重極了。他一個字也沒向愛德說，他也不敢說。

以後幾天，他專心細意的看守着法蘭克。他決定給法蘭克一個機會，到他查出真相為止。有時他坐在裏面，裝着看報，事實上卻是靜心聽着顧客要的每一樣東西。他記下貨物的價錢，一到法蘭克把東西包起來時，就連忙把估計的總數加起來。客人去後，他就懶洋洋的跑到現金出納機前，偷偷的把法蘭克登記的數字加起來。結果往往是與他估計的數目差不多，頂多是三四分錢的差異。跟着普伯就說他要到樓上去一下。但事實上他不過跑到走廊去，站在門後面，透過門縫往店子裏面看。就在這裏他把客人要的東西一一在心裏記下，心算起來。十五分鐘後，他裝得漫不經意的樣子，把現金出納機的數目加起來。結果又與他所估計的差不多。他開始猶豫了，到底自己是否疑心生暗鬼呢？在理髮店的時候，他可能對客人捧着出來的東西，估計錯誤。但他仍然不相信只做了三塊錢的生意。說不定法蘭克已察覺他的疑心，所以小心了。

因此普伯就想，即使法蘭克偷了他的錢，但過錯是出在自己身上。他是個成年人，自然有成年人的需要，而他每個禮拜給他的薪水，包括佣金在內，才不過六七塊錢。不錯，他吃的和

住的都不花錢，還有免費香煙。但在這個時候，一個禮拜拿六七塊錢有甚麼用啊，連一雙過得去的鞋子也要十元八塊才成。因此這實在是他的錯。他用給奴隸的酬勞去換取一個工人的勞力。法蘭克給他做的額外工作還沒有算進去呢。就拿上個星期來說吧，地窖內的下水管塞住了，法蘭克用了一條長鐵線把它通了。若是叫人來修，恐怕也要花十元八塊的。但即使法蘭克沒做這些，單是他人在鋪裏，也帶來了不少生意。

為此原因，雖然他自己入僅敷出，還是決定加法蘭克的薪水。一天傍晚時分，剛到了幾箱新貨，普伯和法蘭克忙着把箱子打開，普伯就對正站在短梯上的法蘭克說：「法蘭克，從現在到夏天為止，我把你的週薪加至十五元，沒有佣金。我本想多給一些，但你是知道我們這裏的生意情形的。」

法蘭克居高臨下，說：「為甚麼呢？以你目前的生意，你實在不能多給我的了。如果我拿十五塊，你的利錢就馬上降低了。還是照老辦法好了，我已經滿足了。」

「年輕人花錢多，因此也需要多點錢。」

「我夠用了。」

「就依我的話去做吧。」

「我不要你的錢，」法蘭克說，有點氣了。

「你就拿吧，」普伯也不讓步。

法蘭克把自己的東西擺好後，就走下矮梯來，說是要到山姆‧璞爾處一轉。走過普伯身邊時，他別過了頭。

　　普伯繼續工作，把罐頭擺在架子上。他決定不把法蘭克薪水的事告訴愛德，免得她又吵又鬧。為了不引起她注意，他每天在收錢機內一點一點的把這筆錢扣下來，然後在愛德發他固定的薪水前，找個機會在禮拜六交給他。

儘管她自己也不肯相信，但海倫慢慢發覺，她已經愛上法蘭克了。這支曲子舞步實在太快，容易暈眩，她不想跳。這個月很冷，常常下雪，日子實在不好過，她常要跟自己的疑慮作戰，怕犯下大錯。有一晚她做夢夢見她的房子被火燒掉，令到她的爸媽無家可歸。他們僅穿了內衣褲，站在人行道上哭着。醒來時，她以往對法蘭克的不信任的感覺又回來了，她極力不去想它，但沒有甚麼效果。這個破鼻子的陌生人已變了，變得不陌生了。這就是現在發生在她身上的事情的緣由了。今天他看來仍然是個陌生人，躲在黑沉沉的地窖一角；可是第二天，他已站在陽光下，面露笑容，好像她所認識的他和她所不認識的他已合成為一體。如果他對我隱瞞過甚麼，她想，那無非是他過去的痛苦，他做孤兒時所受的苦難。他眼睛已穩定多了，聰明多了。他的勾鼻子很配他的臉，而他的臉又很配合他，可說是異常相稱。他人又溫柔，無論等着甚麼東西都顯出他的風度。這一點，她非常敬重他。她感覺到她已經改變了他，這令她非常感動。以前她故意躲開他，但現在沒有關係了。她對他柔情漸生，需要他在她身邊。她認為自己改變了他，但自己也因他而改變了。

自她接受了他送給她那本書以後，他們的關係漸漸改變了。那還用說麼？她拿起莎氏戲劇來讀時，想起法蘭克，甚至聽到他在劇中的說話。不管她讀的是甚麼，他都潛進她的思想裏。他埋藏在每本書的字句內。他是每一個故事的必然角色，好像所有的情節只有一個結局似的。總之，他無所不在。因此，事前雖然沒有經過約定，他們又在圖書館見面了。他們在圖書館裏見面令她非常放心，因為她相信在書堆中見面不會出甚麼亂子的。在這裏能傷害到我甚麼呢？

他也覺得在圖書館裏見面自在點，雖然有一次在回家途中，他變得很冷淡，很有點提心吊膽的樣子，常常回過頭來看是否有人跟蹤他們。但誰會跟蹤他們呢？他從不送她到家，因為說好了到街口時她先走一步。他在街上繞個圈子，然後從另外一個方向走進走廊，如此可免經過鋪子前面的窗口，更避免給人看到他和海倫從另一個方向回來。海倫對他這麼小心謹慎的解釋是，他已感覺到自己勝算在握，不想毀掉機會。這也表示說，他把她看得很重，很寶貴，連她自己也不知道她是否希望他這麼寶貝她。

一天晚上，他們走過公園的草地時，突然不約而同的面對着對方。她提醒自己，危險近了，但危險瞬即在他的臂彎裏消逝了。她緊緊的貼着他，摟着他，驟覺寒意漸退，一絲絲的溫暖跟着傳了過來。她嘴唇張着，從他的熱吻裏得到了她渴求已久的滿足。可是即使在最甜蜜的一刹那，她仍感覺她對法蘭克的

疑慮，幾乎可說是嫌惡的存在。這實在是可悲的事，但這是她的過錯。這等於說她尚未能毫無保留的接受他；她心中仍亮着危險的訊號，只要一想起來，就受到折磨。在回家的路上，她老是想着她們初吻的快樂。但為甚麼接一個吻就緊張起來呢？她看了他一眼，看到他憂傷的眼睛，在他未注意到時，輕輕的哭了出來。難道春天永不來麼？

　　她舉出理由來跟自己辯論，來制止對法蘭克的愛情滋生。令她驚異的是，這些理論，一下子就不成理論了──她已不能像以前一樣的能夠控制自己的理智了。以前的顧慮已煙消雲散，就好像一些東西改變了重量、價值和經驗似的。就拿他不是猶太人這一點來說吧。不久以前，這是他們間最大的障礙，也就是她用來防止自己愛上他的保障。可是現在連這個都不見得那麼重要了──在這個時代有甚麼比愛情和滿足更重要？最近她發現到，她最先擔心法蘭克不是猶太人的原因，不是為了自己，而是為了她的父母。海倫並非在甚麼「正統」的猶太環境長大。可是她對猶太人卻非常忠心，雖然這僅是她對自己祖先過去苦難的一種承擔，而非由於她對猶太人的歷史或宗教有甚麼了解。她愛猶太人這個民族，因自己是猶太人一分子而覺得驕傲。她從未想到會嫁一個非猶太人。但她最近卻認為，在這個苦難的時代裏，個人的快樂往往受到種種的挫折，能夠找到真愛實近奇跡。對兩個鬧戀愛的人說來，在這方面最要緊的是怎樣能使愛情開花結果。要是他們兩人相愛，是法蘭克的宗教信仰（如果這

是宗教問題的話）與她的完全一致重要呢？還是他們間有共同的
理想重要？共同相親相愛廝守一輩子的願望重要？和共同努力保
持他們原有的優點重要？人與人之間相處，相同之點越多越好。
這麼想着，她就下定決心了。可是她仍不滿意，因為她不能為
其他人解決這問題。

　　可是她父母要是一旦發現他們間的事，一定不會被她這種邏
輯（如果這算得是邏輯的話）說服的。不錯，法蘭克進了大學，
愛德對他的價值可能有新的估計，但大學不是猶太教堂，而學士
學位不是律師執業資格。她母親──甚至連她開通的父親也包
括在內──一定會堅持要法蘭克變為猶太人。如果一定要向父
母攤牌的話，海倫也不知道自己能否應付得了。她怕和他們辯
論，怕看到他們淚水汪汪的向她懇求。她更怕干擾到他們在這
世界僅有的一點點和平的生活，怕增加他們的痛苦。他們實在
也受夠了。可是，另一方面，人生這麼短，年輕的時日更短，
因此人不能不有所選擇，不管這選擇帶來多大的痛苦，她預料到
自己到時會寧願忍受痛苦，卻要堅持立場。普伯和愛德自然會
傷心不已，但不久痛苦就會減少，或者甚至完全消失。可是她
自己卻禁不住的希望她的兒女將來嫁給猶太人。

　　如果法蘭克和她真的結了婚，她第一件要做的事便是幫他完
成志願。賴·璞爾也有他的「志願」，但在他說來，這不是多賺
幾個錢，使他能夠像他法學院內一些有錢朋友那樣生活。法蘭
克極力要做的，是實現他堂堂正正做一個人的願望。這是一個

比賴・璞爾更有價值的願望。賴・璞爾雖然受的是最佳的正統
教育，但法蘭克人生經驗豐富，給人的印象因此更有深度，更有
潛力。為了要幫助他達成他的願望，她已想到了一個幫他完成
學業的計劃。一旦他確知自己真正興趣所在時，她甚至可幫他
完成碩士學位。她知道計劃一旦實現，她自己上大學的事也就
不用再提了。但她想她會接受這事實：那就是法蘭克最少得到
了她得不到的東西，説不定到他出來做事時（這時他大概是工程
師或化學家），她會到大學去選一年課過過癮。到那時她快三十
歲了，但能夠給他一個家，使他順利開始，同時也能夠使自己領
略一下她日夕盼望的家庭溫暖，晚一點上大學也是值得的。她
還希望離開紐約，到國內各地方去走走。而且，要是一切順
利，她爸媽還可以把鋪子賣掉，搬到他們附近住。説不定他們
都搬到加州去住，讓她父母安安靜靜的住在自己的小屋子裏，含
飴弄孫，以娛晚年。海倫這麼想：如果一個人敢冒險，成功的
可能性也越大。但問題是：她敢不敢冒險呢？

　　但她沒有馬上作任何重要的決定。她要拖一下，因為她害
怕要跟自己妥協。她已見過不少人向現實低了頭，接受了與自
己原來理想差了一大段的東西。她怕被迫選擇了她不想要的東
西，被迫接受並不是她夢寐以求的美好的生活，被迫與一種跟她
理想相去甚遠的命運相連在一起。這種事一定不能發生，即使
代價是要犧牲了法蘭克她也不能讓這種事發生。她最怕的事情
就是將來的生活與自己的希望相去甚遠。她願意改變，願意適

應新環境，但她就是不肯放棄她夢想的內容。不過，反正她夏天就知道該怎辦了。在目前這段時期，法蘭克每隔三天就到圖書館去一次，而她總在那裏。但當那裏一位老處女的圖書管理員神秘的對他們笑了笑時，海倫就覺得不好意思起來，就改了會面的地方。他們在公共食堂會面，在電影院會面，在吃意大利烤餅的地方會面——但這些都不是談話的地方，更不用說要擁抱了。他們要談話時，只好走路，要接吻，只好躲起來。

法蘭克說他已收到大學給他寄來的入學章程了。五月時，他畢業的中學就會把成績表寄到他們為他選好的大學去。他對她這麼說，好像是對她表示他知道她心中的計劃似的。他話說得不多，因為他怕話一說多了，他霉運又來了。

起先，他耐心的等着。還有甚麼辦法呢？他已經等了這麼久了，只有等下去，他出生以來就已經習慣等待了。可是沒多久，他漸漸覺得生理上的寂寞了，雖然他沒有表現出來。他實在厭倦了在人家的走廊親吻和在公園裏坐冷板櫈的滋味。現在他想到的海倫，是他在浴室中所見的海倫。這個印象現在變成了他沉重的負擔，他日夜受着這種饑渴的折磨。他想她成狂，想盡辦法要她到他房間裏來，到他的床上去。他要滿足，要安慰，要拿前途作賭注。除非她獻身給你，否則她也不是你的，他想。事情就是這樣子的，雖然有時也有例外，但通常是如此的。他要爽爽快快的結束這種折磨；他要全部佔有她。

　　他們現在比以前更常見面了。會面的地方是公園道街角的
一張板橙，不蔽風雨。碰到下雨或下雪時，他們就走到人家的
走廊裏或是回家。

　　一天晚上他抱怨說：「真笑話，我們離開了溫暖的房子，卻
跑到這冷地方來受罪。」

　　她沒有接腔。

　　「算了吧，」法蘭克說，一面看着她困惑的眼睛：「我們就隨
遇而安好了。」

　　「這就是我們的青春了，」她微帶點辛酸的說。

　　他當時就想叫她到他房裏去，但知道她不會肯的，所以也沒
有開口。

　　一天晚上，天氣很冷，寒星點點，海倫帶着他在公園他們通
常坐的地方，穿過樹林，通到一片夏天晚上男女戀人都在那裏消
磨時光的草地上。

　　「我們就在地上坐一下罷，」法蘭克說：「現在沒人了。」

　　但海倫不肯。

　　「為甚麼？」他問。

　　「現在不要，」她說。

　　她了解雖然後來他否認有其事，這種情勢弄得他不耐煩了，
因為有時他不言不語，鬱鬱不歡好半天。她不禁為他擔心，擔
心這種不安定的愛情生活會做成可怕的後果。

　　一天晚上，他們又坐在公園道的板橙上，法蘭克摟着海倫。

但是因為離家近，所以一遇到有人經過，海倫就嚇得抖了抖，連忙挪開身子。

這種情形在第三次發生時，法蘭克就說：「海倫，這不成的，有一天晚上我們總得找一個我們可躲在裏面的地方。」

「哪裏？」她問。

「你說呢？」

「我有甚麼好說的，我甚麼都不知道。」

「這種情形，要維持多久呢？」

「我們喜歡多久就多久，」她說，輕輕的笑了笑：「或者，我們互相喜歡多久就多久。」

「我不是那個意思，我只是說，我們沒有一處我們可以單獨相處的地方可去。」

她一句話也不說。

「或者晚上你偷偷的跑到我房間來，怎樣？」他提議說：「這很容易辦到的！我不是說今晚。但禮拜五晚上，尼克和苔絲去看電影後，你媽媽又在鋪子裏面，這個時候來不是很好麼？我買了一個新的電暖爐，房子現在不冷了。沒有人會知道你在我那裏的，這樣子，我們最少可以單獨在一起一次了，我們從來沒單獨相處過。」

「不成，」海倫說。

「為甚麼？」

「法蘭克，不成的。」

「究竟甚麼時候我才不用提心吊膽的摟着你一次？」

「法蘭克，」海倫説：「有件事情我想跟你説清楚。我不會跟你睡覺，如果你心裏是想着這種事的話。我的意思是要等到我確知我愛你才成，説不定要等到我們婚後，如果我們真的能結婚的話。」

「我從來沒有要你跟我睡覺，」法蘭克説：「我所説的，不過是希望你到我房間來，使我們坐也坐得舒服一些，你更用不着一看到人影經過時就把我推開。」

他點了根香煙，默默地抽着。

「很對不起，」隔了一會後她説：「我覺得我要告訴你我對這問題的感覺，即使今天不説，早晚也會説的。」

他們站起來，走着，法蘭克默默的撫着心中的創傷。

冷雨把溝渠上的黃泥沖得一乾二淨。一連兩天下着悶雨。海倫答應了星期五跟法蘭克出去，但現在下了雨，她又不想到外面去了。她下班回來後，覷準了一個機會，把一塊紙條塞在法蘭克門下去，然後才走下來。紙條上寫着：如果尼克和苔絲晚上真的去看電影，那麼她就會到他房間來一下。

七點半，尼克來敲門，問法蘭克要不要同去看電影。法蘭克説不要，因為他可能已看過他要去看的那部電影了。尼克説過再見後，就跟苔絲穿上雨衣，拿着雨傘去了。海倫現在等愛德下樓，但愛德卻説腳痛，需要休息一下。海倫因此自己走了下去，知道法蘭克憑她的腳步聲就可猜到事情有了變化了。只要有人在樓上聽得到她的聲音，她就不能上去，這一點，法蘭克該明白的。

　　可是幾分鐘後，愛德就說在樓上坐不下去，就走了下樓。海倫說她要去看碧蒂，說不定還會陪她到做結婚禮服的裁縫店去一趟。

　　「正下雨呢，」愛德說。

　　「我知道了，媽，」海倫答道，真恨自己說謊。

　　回到房裏，拿了外衣、帽子、橡皮套鞋和雨傘，就走下樓來，砰的一聲關上門，好像要人知道她剛出去似的。跟着她又輕輕的開了門，尖起腳走了上樓。

　　法蘭克早已猜到這是甚麼一回事，因此她只輕輕的敲了一下，門就開了。她面色蒼白，顯是驚惶異常，但是可愛極了。他緊緊的摟着她，感覺到她的心砰砰的跳着。

　　今天晚上她一定肯了，他對自己這麼說。

　　海倫的情緒，仍然不安。她對母親說了謊話，良心極覺難過，過了好一會才平伏過來。法蘭克把燈關了，收音機傳出輕音樂，他躺在床上，抽着煙。她怯怯地坐在椅上，看着他煙頭那點火光，有時也看看飄落在玻璃窗上晶瑩的雨點，反映着街上的燈光。但法蘭克把煙蒂在地板上的煙灰缸弄熄後，海倫就脫掉鞋子，在他旁邊躺下。床很窄小，法蘭克就移近牆邊去。

　　「現在像話多了，」法蘭克嘆了口氣說。

　　她閉上眼睛躺在他的臂彎裏。電暖爐的熱氣傳來，好像是撫着她背部的一隻手。她迷迷糊糊的打了一下盹，然後就被他吻醒了。她動也不動的躺着，起先有點緊張，但他一停止吻她

時，就放下心來。她傾聽着街上靜靜的雨聲，在自己的心中把
冷雨幻化成春雨，雖然現在離春天還有一段日子。在春雨中綻
開了許多奇花異卉，而在春花怒放中，而在春夜良宵中，她跟他
一同躺在曠野星光之下——想至此，她喉嚨一涼，他再親她時，
她的反應出奇的熱烈。

「啊，法蘭克！」

「我愛你，海倫，你是我的人了。」

他們吻得透不過氣來。他替她解下衣鈕。她坐了起來，解
開奶罩的扣子，突然覺得他的手已伸進她的裙下了。

海倫一把抓住他的手，説：「法蘭克，別這樣，我們別弄到
不可收拾的田地。」

「我們還等甚麼呢？」他的手還想向上移，但她挾緊了兩條
腿，一轉身就落在地上。

他按着她的肩膊，把她拉回來。她感覺到他的身體在發
抖，不覺心頭一顫，想到他也許會傷害自己。但他沒有。

她硬挺挺的躺在床上，全無反應。他再吻她時，她動也不
動。隔了好一會他才躺下去。從暖爐的反光中，她看出他難受
得不得了。

海倫坐在床沿上，扣好衣服。

他雙手遮臉，雖然他一句話也沒有說，但她可以感覺到他的
身體在床上顫抖着。

「唉，天曉得，」他咕嚕着説。

　　「對不起，」她輕輕的說：「我不是跟你講過了麼？」

　　五分鐘過後，法蘭克終於慢慢的坐起來：「你是處女麼？你擔心的就是這個原因麼？」

　　「我不是，」她說。

　　「我還以為你是呢，」他說，有點詫異：「你舉動好像是處女似的。」

　　「我講過我不是了。」

　　「那你為甚麼扭扭捏捏得像個處女呢？你知道這令人多麼難受？」

　　「我也是人。」

　　「那你為甚麼要這樣做？」

　　「因為我相信我這樣做是對的。」

　　「你剛才不是說你不是處女麼？」

　　「除處女外，難道就沒有人能對性有自己的看法麼？」

　　「我不明白，既然你以前來過了，現在我們再來，有甚麼分別？」

　　「我不能因為跟別人來過就跟你來啊，」她說，一邊把頭髮掠到後面去：「這就是問題之所在了。正因為我跟別人來過，我就不能跟你來了。那天晚上在公園道上不早就跟你講過了麼？」

　　「我就不明白，」法蘭克說。

　　「有了愛情才能發生關係啊。」

　　「我說過我愛你，海倫，你不是聽過我講的麼？」

　　「但要我也愛你才成啊。有時我想我是愛你的，但有時又不敢肯定了。」

　　他又沉默起來。她心不在焉的聽着收音機的跳舞音樂，但已沒有人在跳舞了。

　　「別難過，法蘭克。」

　　「我受夠了，」他粗暴的說。

　　「法蘭克，」海倫說：「我說過我跟別人睡過。你如果想知道的話，我不妨跟你說，事後我很後悔。我得承認當時我得到點快感，但後來我覺得這實在不值得，只是當時我不知道我要的是甚麼東西。我想大概我要的是自由，因此便在性方面追求。但沒有愛情的話，即使得到了性也得不到自由，因此我答應自己，除非我真的愛上一個人，否則我不會再犯錯誤了。我不想恨自己。我要約束自己，而且，我也要你約束自己。我要你這麼做，無非是有朝一日我愛上你時，我可以毫無保留的去愛你。」

　　「廢話，」法蘭克說，但沒多久，他就詫異起來，因為剛才海倫說的話，深深吸引了他。他想到受到約束後的自己，希望真能受到約束。這個念頭雖然有點熟悉，但已好久好久沒想起來了。於是他想到他以前多希望能夠約制自己的，但是一直都沒有做到，他想着想着，不禁悔恨交集。

　　他說：「海倫，剛才的話，不是我有心講的。」

　　「我知道，」她說。

　　「海倫，」他聲音沙啞的說：「我希望你知道我心腸不錯。」

「我一直就這麼想。」

「即使我做壞事時,我也是個好人。」

她說她大概懂得他話的意思。

他們一次又一次的熱吻起來。他想,如果所期待的東西是有價值的話,那麼多等一下有甚麼關係?比等待還要難受的東西多着呢。

海倫躺在床上打起盹來,直到尼克和苔絲回到他們睡房時才醒來。他們還在談着剛才看完的電影。那是個愛情故事,苔絲喜歡極了。他們寬衣上床後,他們的雙人床就傳來嘰嘰的聲音。海倫很替法蘭克難受,但法蘭克自己倒不在乎似的。不久,尼克和苔絲睡着了。海倫屏息來聽他們沉重的呼吸聲,一面擔心着怎樣走下去,因為如果愛德還醒着的話,她一定聽得到她走在樓梯的聲音。這時法蘭克低聲向她說,他會抱着她到門廊去,在那裏等幾分鐘後她才上去,裝着剛從外面回來的樣子。

她把大衣、帽子和橡皮套鞋穿好,離開時還沒有忘記拿雨傘。法蘭克抱着她走下樓來,只聽見他一個人沉重、遲緩步伐的聲音。他們道過晚安吻別後,他冒雨到外面去散步,海倫開了走廊的門上樓去。

愛德這才安心入睡。

自此以後,海倫和法蘭克在外面會面。

一天下午，下着雪，前門突然打開，探員明諾推着一個身裁魁梧滿面鬍子，戴着手銬，穿着褪了色的綠色皮上衣和粗棉布褲的傢伙進來。他年約二十七歲，沒戴帽子，眼神疲乏。進來後，他用上了手銬的手擦去頭上的雪。

「莫理士在哪？」明諾問法蘭克道。

「在後面。」

「進去吧，」明諾對那上了手銬的傢伙說。

他們跑到裏面去，看到莫理士坐在長沙發上，偷偷的抽着煙。他連忙把煙蒂弄熄，丟進了垃圾桶。

「莫理士，」明諾說：「我想我已找到了打得你頭破血流的人了。」

普伯的臉色，馬上變得蒼白如紙。他瞪着那傢伙，但沒有走近他。

過了一會後，他喃喃的說：「我不知道這是不是他。那傢伙臉上蒙了手帕。」

「那打你的王八，長得很高大，是不是？」明諾說。

「他塊頭大，」普伯說：「另外一個才是長得高大的。」

法蘭克站在門口看着。

明諾轉過頭來看他，問：「你是誰？」

「他是我夥計，」普伯說。

明諾解開了大衣鈕子，從西裝口袋裏取出一條乾淨手帕來，對法蘭克說：「請幫個忙，綁着他嘴巴。」

「我不想幹，」法蘭克答道。

「就算是幫我的忙好了，我不想他用手銬打在我頭上。」

法蘭克接着手帕，心中雖不願意，卻依他的話做了。疑犯身體站得挺直的。

「現在怎樣，莫理士？」

「我還是看不出來，」普伯說，有點不好意思。他要坐下來了。

「你要喝點水麼，莫理士？」法蘭克問他。

「不要了。」

「慢慢來吧，」明諾說：「好好的看他一眼。」

「我認不出來。打我的傢伙兇得很，聲音粗暴，不好聽。」

「你就說一兩句話罷，」明諾對疑犯說。

「我沒有搶他的東西，」那疑犯說，聲音呆呆滯滯的。

「是不是這種聲音了，莫理士？」

「不是。」

「他像不像那大塊頭的同夥？」

「不像。」

「你怎能這麼肯定？」

「他同夥是個神經緊張的人，比他高大。而且，他的手小，而那傢伙的手卻很大。」

「你真沒弄錯？昨晚他偷東西時我們抓着他的，他劫的也是間雜貨店，同夥的人卻跑了。」

明諾解下了那人臉上的手帕。

「我不認識他，」普伯肯定的說。

明諾把手帕摺好，塞進了口袋，又把眼鏡除下，插進皮袋子去。「莫理士，我記得我問過你有沒有看過我的兒子華德・明諾。怎樣，最近見過他嗎？」

「沒有，」普伯說。

法蘭克跑到水槽，盛了一杯水漱口。

「也許你認識他吧？」明諾問他。

「不認識，」法蘭克答道。

「好吧，」明諾解開他的大衣鈕：「對了，莫理士，你有沒有找出誰偷你的牛奶？」

「再沒有人偷了，」普伯說。

「走吧，」明諾對疑犯說。

疑犯走出鋪子，外面下着雪。明諾跟着他。

法蘭克看着他們上了警車，很為那上了手銬的傢伙感到難過。如果他們現在抓我怎辦呢？他想，雖然我現在已經不是原來的人了。

普伯想起了那些偷去的牛奶和麵包，歉意地看着法蘭克。

法蘭克這時注意到自己粗大的手，就上廁所去。

晚飯後，他躺在床上，正在思前想後，忽聽見樓梯傳來腳步聲，跟着有人敲他的門。一下子他變得驚惶失措起來，但他還是站了起來，勉強走去開門。原來笑嘻嘻站在門口的是華德・明諾。他戴着呢帽，眯着油黃眼，看來瘦了許多，更不似人形了。

法蘭克開了收音機，讓他進來。華德坐在床上，鞋子上的雪水，一滴滴的滲了出來。

「誰告訴你我住這裏的？」法蘭克問。

「我看着你走進走廊，開了門，又聽見你上樓梯的聲音，」華德說。

我怎摔得掉這王八呢？法蘭克想。

「你最好離開這裏，」他心情沉重的說：「如果莫理士認得你這頂哭喪帽，我們就得進牢房了。」

「我來看我的金魚眼朋友路易・卡帕，」華德說：「我要拿一瓶酒，可是他說我沒錢，不肯給我，因此我才來跟我英俊瀟灑、勤奮誠實的朋友法蘭克商量商量，借點錢用。」

「你找錯人了，我沒錢。」

華德狡猾地望着他，說：「我知道你一定從猶太人身上刮了不少。」

法蘭克瞪眼望着他，但沒有答話。

華德的目光移到別處去。「你即使偷了他東西，也不關我的事。我今天來的目的是找你合夥做一樁生意。我找到個新戶頭，可以不費吹灰之力就到手。」

「我早就告訴過你，我對你的事不感興趣了。」

「我還以為你想要回你的手槍呢，你不拿回去的話，說不定哪一天意外的丟了，上面刻着你的名字呢。」

法蘭克搓着手。

「你只要開車子就成了，」華德很和氣的說：「這生意是灣景道一間酒鋪，舉手之勞而已，因為過了九點鐘後他們只留一個人在那裏。包管可拿三百塊錢以上。」

「華德，我看你的氣色不像是做案的人，你看來該躺在醫院裏才是。」

「我只不過是胃氣痛而已。」

「你最好小心的好。」

「你快叫我哭出來了。」

「你為甚麼不做好人呢？」

「你呢？」

「我正在這麼做。」

「你的猶太妞一定給你幫了好多忙。」

「華德，別把她拉進我們的話題裏。」

「上週你帶她到公園去時，我一直跟着你們。她貨色真好，你多久才能嚐一次？」

「滾你媽的蛋！」

華德搖搖晃晃地站起來。「乖乖的拿五十元來，不然的話，你和猶太人、猶太妞的關係就會完蛋。我會寫信去告訴他們，十一月的劫案是誰幹的。」

法蘭克站起來，臉色難看得很。他從口袋裏掏出錢包，把裏面的錢全倒在床上，一共有八張一元的鈔票。「這就是我全部所有了。」

　　華德一手把鈔票抓在手上，説：「我還會來再拿的。」

　　「華德，」法蘭克咬牙切齒的説：「如果你再進來找麻煩，如果你再跟蹤我和我的女朋友，如果你對莫理士透露半句話，我馬上就會打電話到警察局找你老頭子，告訴他在哪裏可以找到你。他今天就來過問起你，好像是要找你揍一頓似的。」

　　華德哼了一聲，向法蘭克臉上吐了一口痰。法蘭克躲過，痰塊在牆上慢慢流下來。

　　「你這臭猶太人，」華德咆哮着，奪門而逃，幾乎是連跑帶滾的下了樓梯，直奔到走廊。

　　普伯和愛德聞聲跑出來看，但華德已跑遠了。

　　法蘭克躺在床上，閉上了眼。

　　一個月黑風高的晚上，愛德看見海倫離家，就尾隨着她，穿過了冰冷的街道，經過廣場，進入荒涼的公園。在那裏，她看到了海倫與法蘭克相會。他們相會的地方，介乎一排作半圓形狀的高大紫丁香叢和一排黑楓木之間，裏面有幾張板櫈，燈光暗淡，幽靜異常，每逢他們想單獨相處時，他們就到這兒來。愛德看着他們在其中一張櫈上坐下來，相擁吻着。她拖着身子回家，上了樓，人已半死。普伯已睡，她不想叫他起來，就獨坐在廚房飲泣。

　　海倫回來時，看到她媽媽坐在廚房餐桌旁邊哭着，馬上知道愛德已經曉得她和法蘭克的事了。她既感動，又害怕。

在憐憫心的驅使下，她問：「媽，你哭甚麼？」

愛德終於抬起頭來，淚流滿面，絕望的說：「我哭甚麼？我為全世界而哭，為我自己虛度了的一生而哭，為你而哭！」

「我幹了甚麼事啦？」

「你傷透我的心了。」

「我沒做錯事呀，沒有做過甚麼令我慚愧的事呀！」

「你吻了外教人，難道還不慚愧麼？」

海倫嚇得口都呆了，問：「媽，你跟蹤我了？」

「是的，」愛德哭着說。

「你怎可以這樣做？」

「你怎可以跟異教人親嘴？」

她還是希望不要吵架。她和法蘭克的事，仍未解決，一切言之過早。

「如果嫁這樣一個人的話，你的一生就完了。」

「媽，你聽我說，我說過的話就算數：我目前沒有和任何人結婚的計劃。」

「那你在公園裏別人連看都看不見的地方跟人親嘴，這又算是甚麼計劃了？」

「我以前也跟人親過嘴的。」

「但這個是外教人，是個意大利人啊，海倫！」

「意大利人也是人，跟我們沒有甚麼分別。」

「也是一個人還不夠，猶太女孩子得嫁給猶太人。」

「媽，晚了，我不想跟你再講道理了，我們不要把爸爸吵醒了。」

「法蘭克不是你要的男人。我不喜歡他，你跟他說話時，他眼睛不看你的。」

「他的眼神憂鬱。他是苦過來的人。」

「就讓他走吧，他到甚麼地方去找甚麼女人都好，就是別找猶太女人。」

「我早上還得上班，要先睡了。」

愛德安靜了下來，但在海倫換衣服的時候，她又跑到房裏來。「海倫，」她說，含着淚水：「我是為你好着想。別犯我的錯誤。千萬別跟這窮小子，毀了你自己一生。他不過是個雜貨店員，我們對他又一無所知。找個受過大學教育的專業人才嫁吧，這種人才會給你比較合理的生活。別跟陌生人搞在一起。海倫，我講的都是事實，你得相信我，我比你懂。」她又哭起來了。

「我會盡力的，」海倫說。

愛德用手帕擦了擦眼睛，說：「海倫，我求你一件事。」

「甚麼事？我累得很呢。」

「明天打個電話給賴·璞爾吧，跟他聊聊，問候問候他，如果他邀你出去的話，就答應他吧，給他一個機會。」

「我以前給過了。」

「去年夏天你們玩得蠻開心嘛，你們到沙灘去，又去聽音樂會。後來發生甚麼事了？」

「我們興趣不同，」海倫有點厭煩的說。

「可是那時你不是說過你們興趣相同麼？」

「後來我才知道不是那麼回事。」

「他是猶太人，又是個大學畢業生，海倫，就再給他一個機會吧。」

「好吧，」海倫說：「那你現在去睡覺，好不好？」

「還有，別再跟法蘭克出去了，別讓他親你了，這不好的。」

「這可不能答應你。」

「求求你，海倫。」

「我說過我會打電話給賴‧璞爾，我們暫時就說到這裏吧，好不好？晚安，媽。」

「晚安，」愛德傷心地說。

雖然愛德的提議令海倫很不開心，第二天上班後，她還是打了電話給賴‧璞爾。他很客氣，對她說他跟未來的姐夫買了部舊車子，要邀她去兜風。

她說她改天會去的。

「禮拜五晚上怎樣?」賴‧璞爾問。

她和法蘭克約好了在禮拜五見面。「禮拜六可不可以？」她說。

「禮拜六湊巧我有應酬，禮拜四也不成，法學院裏有點事。」

「那就禮拜五吧，」她勉強答應了，想想最好還是跟法蘭克調調時間，討討愛德的歡心。

那天午後普伯上來睡午覺時，愛德就纏着他，要他立刻遣走法蘭克。

「現在別提這事，讓我清靜一下，好不好？」

「莫理士，」她説：「昨晚我跟着海倫出去，看到他們在公園裏會面，親嘴。」

普伯皺了皺眉頭，問：「他親她？」

「嗯。」

「她也親他？」

「我親眼見的。」

但普伯想了想後，厭倦的説：「親了就親了，親親嘴算甚麼？」

她氣沖沖的問：「你瘋了？」

「他快走了，」他提醒她説：「不是説好在夏天走的麼？」

她眼淚湧了出來，説：「到夏天時，這裏不知發生了多少悲劇了。」

「甚麼悲劇？謀殺麼？」

「比謀殺還要壞！」她哭着説。

他的心變得冰冷，再控制不住脾氣了：「別再跟我說這個了，發發慈悲好不好？」

「你等着瞧好了，」她警告他説。

那個禮拜的禮拜四，卡帕把店子留給路易看管，自己跑了出來，站在普伯雜貨店窗子前面偷偷看了一眼，看普伯是否一個人

在裏面。自從普伯遇劫後，卡帕從未來過，因此他有點擔心現在走進去會得到甚麼待遇。通常他們鬧過意見互相不說話後，總是普伯妥協，第一個先說話，因為他天性不記舊恨。但這一次，他根本沒想要找卡帕重建他們這種無謂的關係。上次躺在床上養病時，他多次想到了卡帕（既不願意去想，想起來又傷心的事），結果發現自己比想像中還要討厭他。想到這個昏庸無能的人，不知交了甚麼鬼運而發了大財，他心中就生氣。他交了好運，就給人帶來壞運，好像這世界就只有這麼一點點運氣，卡帕得了他那一份後，剩下來的就連吃飯也不夠。令普伯忿忿不平的是，他苦了這麼多年，卻一點報酬都沒有。雖然這不是卡帕的錯，但是他把對面的鋪子租給人開熟食店，這不是令窮者更窮麼？普伯也不能原諒他使自己做了他的代罪羔羊，論健康，論經濟能力，卡帕理應去捱那劫匪的槍柄的。但是他卻替他受了。因此，他決定不再跟卡帕來往後，雖然他就住在隔壁，心理上覺得愉快了些。

但卡帕卻沒想到去找普伯，一心只等着他先來。他想像普伯會怎樣放棄他那種不理不睬的態度，自己則靜靜的欣賞着這種高傲態度崩潰前的徵兆。現在呢，他對這位猶太同胞所交的霉運，極感可憐。有些人生來就是這樣子。以卡帕的運氣來說，他真是點石成金，而普伯呢，即使在街上拾得一隻壞蛋，也是早已裂了開來的。這樣一個人實在需要一個有經驗的人來給他提供意見，告訴他怎樣趨吉避兇。但是普伯對卡帕的態度，不管

他知道卡帕對他的感覺也好，不知道也好，總是那麼一副老死不相往來的樣子。他每天到街口買報紙時，看到卡帕站在店子前面或從前窗玻璃偷看，頭也不回的就走過去，好像完全不認識他的樣子。這樣子過了一個月。現在，快到四點鐘的時分，卡帕突然找到了一個令他非常不安的結論。那就是，雖然愛德對他還算友善，但這一次普伯卻不會讓步了。他對這個剛才得到的結論反應非常冷靜。既然這樣，就你來我往吧，大家不說話就不說話罷。可是人家對他的冷淡實在不是卡帕習慣得來的事。為了一個連他自己也解釋不了的原因，卡帕需要普伯喜歡他，而這個他一直沒放在眼內的鄰居竟然對他這麼疏遠，實在使他憤怒不已。好罷，就算你現在還為挨打被劫那件事生氣，但這是我的錯麼？我既然小心防備了，為甚麼你這個大笨蛋不這樣做？當我警告你對面有兩個劫匪時，為甚麼你不動動腦筋，先鎖門，再報警？為甚麼？為甚麼？因為你腦筋遲鈍，因為你倒霉透了。

因為普伯腦筋遲鈍，又走霉運，所以麻煩接踵而來，先是受傷的頭部傷口復發，後又請了法蘭克來店裏幫忙。卡帕不是笨蛋，看形勢若有甚麼不對時，他馬上就可察覺出來。他自跟法蘭克認識後，就認為他不過是個游手好閒的傢伙，隨時會招來麻煩。這一點，他認為自己看得很清楚。普伯的破店所做的芝麻綠豆生意，賺的根本不夠雇用半個夥計，真想不到他病好後，居然會把法蘭克留着，這樣浪費，根本有點開玩笑。沒多久，卡帕就從他兒子路易處得到點消息，證明他對普伯的壞形勢，估計得不

錯。路易告訴他法蘭克不時跑來買酒，選的都是上好牌子，付的
是現款——誰的現款？山姆‧璞爾——又是另一飯桶——還跟他
說，法蘭克常常押兩元賭注在一些不中用的馬身上，結果當然輸
光了。法蘭克的收入不用說也是微不足道，而他卻花得起這些
錢，除了偷，還有甚麼辦法？他偷誰的？自然是鬧窮的普伯了，
還有誰？洛克菲勒家財百萬，自己知道怎麼管理，但是普伯呢，
如果賺了一毛錢的話，他準會在放進破袋子前丟了這毛錢。做夥
計的偷老闆的東西，天經地義。卡帕自己年輕時，就從他老闆
——一個半瞎的皮鞋批發商身上賺過不少外快。他知道自己的兒
子路易，在他背後也偷他的錢，但既然路易是自己兒子，他也懶
得管了，反正他現在幫着自己做生意，將來總有一天這生意是他
的，可是他希望這一天別來得太快。而且，他對路易嚴重的警告
過，有時更乘着出其不意檢點存貨的機會，大大的責罵他一頓。
但由一個陌生人來偷他的錢可全不是這回事了。要是法蘭克是我
的夥計，那怎樣？卡帕一想起來就毛骨悚然。

　　而且，既然普伯交的是霉運，法蘭克可偷的也更多。有女
兒在家的猶太人實不應該雇用非猶太人，尤其是年輕人，那太危
險了。如果卡帕和普伯不是鬧着彆扭的話，他一定會告訴他
的，告訴他這是不變的法律，可以替他避免許多可怕的麻煩。
這「麻煩」他上個禮拜已親眼看到兩次了。一次法蘭克和海倫走
在公園道的樹蔭下，給他看到了。第二次他開車回家，經過本
區的戲院門口，看到他們散場後手牽着手的走出來。自那兩次

後，他常常想着這件事，為此煩心，覺得他總得找個方法去幫助倒霉的普伯。

普伯把法蘭克留下來，助自己一臂之力，毫無疑問是想不用自己那麼辛苦。但普伯就是普伯，他大概從不會想到他背後發生的事。既然這樣，卡帕就會警告他海倫面對的危機，機巧地向他說明事實的真相。然後呢，他就會替自己兒子說幾句好話。他是知道路易一向喜歡海倫的，只是不大相信自己有甚麼機會而已。這個人只要一有挫折，就只曉得躲在一角啃指頭。在某些事情上，他真要給人在後面推一把才成。卡帕覺得若是他把擱在心中差不多有一年的主意對普伯說出來，也許會幫他兒子一點忙。他會向普伯提及路易婚後所得到的錢和其他好處，因此建議普伯對海倫說說，要他跟路易做個朋友。如果他們兩人相處兩個月（路易一定會讓她玩個痛快）不鬧翻的話，那麼不但海倫有好處，普伯自己也有好處，因為到時卡帕會把他的破店接收過來，裝修擴充一下，使它成為最現代化的自助市場。至於史密茲的鋪子，租約滿後，就不續約。這是個犧牲，但也是值得的。這市場開張後，他只做個幕後合夥人，提供些實際意見而已。而除非有甚麼特別的天災人禍，普伯靠着這個鋪子，也就可以安度晚年了。

卡帕可以想像得出，這計劃的最大阻力一定來自海倫。這女孩子性格儘管獨立得有點倔強，儘管一天念念不忘的要嫁「專門人才」，雖然她在賴・璞爾的心中並無地位，但不失為一個好

女孩子。因此，他覺得在海倫對賴‧璞爾還是那麼入迷的時候（這是他從山姆‧璞爾處得來的消息）輕輕的點破她的迷津，實在是做好事。在另一方面，他兒子路易實在用得着海倫，因為海倫的聰慧和獨立性格，對路易會有所幫助。卡帕因此決定時機一至，他將會以叔伯輩身分，好好的跟她坦白談一下。他會耐心向她分析，告訴她說她若嫁給法蘭克的話，將會為社會擯棄，不但無前途可言，而且過的生活，比她父親還要苦。嫁給他兒子就不同了。她要甚麼就有甚麼──相信她公公好了。卡帕認為，只要法蘭克一離開，她就會聽人家的話了，也會賞識他要她接受的美好生活。二十三四歲對單身女子來說是個危險的年齡，因為一過這年紀後，女人就青春不再了。在這個時候，即使異教徒也是好的。

卡帕看着法蘭克先進山姆‧璞爾的店後，知道普伯現在一個人在鋪子後面，就咳了一聲，清清嗓子，走進了普伯的店子。普伯從裏面走了出來，看到來人時，心頭不禁湧起一陣勝利的感覺。但跟着又覺得煩惱起來，因為這討厭鬼又重新出現在他的生活了。令他更不安的是，他記得卡帕除非不來，一來一定帶着壞消息來。因此他不做聲，等着卡帕先開口。只見卡帕披着名貴運動短外衣，穿着嗶嘰絨褲──可惜這些東西一樣無法掩蓋着他的蠢樣，或是遮蓋着他那突起來的肚子。他凝視着普伯頭上那塊不復存在的疤痕，想起了上次他來訪後的結果，感到尷尬不已。這一次，一向說慣了話的卡帕，竟然例外的說不出話來。

「近來好罷，卡帕？」普伯覺得他可憐，先說話了，語氣之親切，出乎自己意料之外。

「謝謝關心了。我還有甚麼可抱怨的？」一高興起來，他就把一隻肥手擱在櫃檯上，露出了鑽戒。普伯情難自禁的看了一眼，估計着它的重量。

卡帕覺得實不應該在跟普伯和解後，不到一分鐘，就馬上告訴他有關他女兒大難臨頭的消息。因此他想來想去，要找話說，最後只講了一句：「生意怎樣？」

普伯就希望他問這句話，因此就答道：「不錯，而且天天好下去呢。」

卡帕皺起眉頭，但隨後想到，普伯的生意確有可能比自己所想像的好。他有時偶然心血來潮，探首往雜貨店的窗子望進去，總看到一兩個客人，不像以前那麼死寂。他現在注意到，鋪子的一切確比他幾個月前所見到的條理多了。架子上也滿滿的擺了貨物。如果生意真的好轉了，這理由他馬上猜得出來。

可是他仍隨意的說了一句：「這怎可能？你是不是在報紙上登了廣告？」

這玩笑開得令人傷心。聰明不是錢所能買得到的。但他還是答了：「靠顧客宣傳。那是最好的廣告。」

「你是說靠顧客口頭的宣傳？」

「那就是說，」普伯一點也不覺害羞的說：「我用了個得力的夥計，我的生意不但沒有走下坡，而且還蒸蒸日上。」

「都是因為你夥計的緣故？」卡帕說，一邊沉思着，一邊抓着一邊屁股。

「客人喜歡他，這樣一傳十，十傳百就傳出去了。」

「新的客人？」

「新舊都有。」

「或者還有別的因素吧？」

「那間在十二月開門的新公寓也幫了點忙。」

「沒有了麼？」卡帕問。

普伯聳聳肩，說：「沒有了罷。我聽說你那個史密茲最近不舒服，招呼已沒以前那麼周到了，因此有幾個老顧客回到我這邊來。但我想幫助我最大的是法蘭克。」

卡帕覺得詫異了。難道這傢伙真的一點也不知道就在自己鼻子前面發生的事麼？就在這一剎那，他看準了一個把法蘭克轟走的大好機會。

「幫助你改善生意的，不是法蘭克，」卡帕極有把握的說：「還有其他因素。」

普伯微笑了一下，一如往常一樣，這通天曉對每件事的因因果果，必有一番見解。

但卡帕一點也不放鬆的問下去，「他在這裏幹了多久了？」

「你是知道他甚麼時候來的——十一月。」

「生意馬上就好起來了？」

「一天天好起來的。」

　　「你生意好轉，」卡帕興奮地宣佈：「並不是因為這異教徒來了的緣故。他懂甚麼雜貨生意？你生意有轉機，乃是因為我的房客史密茲生了病，不能全天做生意。這點你知不知道？」

　　「我是聽説他病了，」普伯答説，他鼻子有點發酸：「但送貨的説他父親來幫他的忙。」

　　「對呀，」卡帕説：「但在十二月中旬時他每天早上要看醫生。起先他爸爸留在鋪子給他照顧生意，但後來他累壞了，所以史密茲拖到九點甚至十點鐘才開鋪，再不是七點鐘了。而且，他還把關門時間從十點鐘提早到八點鐘。這情況一直維持到上個月。這個月他拖到十一點鐘才開門，平空不見了半天的生意。他試過找買主，但當時沒有人要。昨天他一天都沒有開門，有沒有人告訴過你呢？」

　　「有個客人提過了，」普伯説，覺得很難過：「但我當時還以為是暫時性的。」

　　「他病得很重，」卡帕正色説：「不會再開門了。」

　　天哪，普伯想。那鋪子在空着時和裝修時，他天天都去看它，但自開始營業以來，他從來沒有去看過一次。他實在不敢看。但那鋪子半天營業了兩個多月了，為甚麼卻沒有人跟他説一聲呢？愛德沒有，海倫也沒有。説不定她們經過時從沒有注意到那鋪子是有時關着的。她們的想法跟他的一樣：他的門是永遠開着做生意的。

「我並不是説你的夥計沒有幫你的忙，」卡帕説：「但你生意好轉的真正原因是史密茲。他既然關了門，他的一些顧客只好到這兒來了。自然，法蘭克不會告訴你這些。」

普伯心中馬上起了不幸的預感，一面想着卡帕剛才對他説的話。「史密茲究竟生了甚麼病？」

「他患了壞血病，現在躺在醫院裏。」

「可憐，」普伯嘆了口氣。希望和慚愧在他心中交戰着。他問：「他會把鋪子拍賣麼？」

卡帕的答話一點也不客氣：「拍賣？甚麼意思！這店才好得很呢！星期三已賣了給兩個非常有現代頭腦的挪威股東了，他們將會在那裏辦一間現代化的雜貨店和熟食店，下個禮拜就開張了，到時你就會知道你的生意從哪兒來的了。」

普伯的眼睛濕潤起來，慢慢的死了心。

卡帕嚇了一跳，知道自己射錯目標了。他要轟走法蘭克，結果卻傷了普伯。他因此趕忙辯白説：「我有甚麼辦法？他有機會賣出去時，我不能叫他拍賣呀！」

普伯沒有聽見他説甚麼。他在想着法蘭克，覺得被騙了，氣不過來。

「你聽着，莫理士，」卡帕急急地説：「關於你的生意，我有一個建議。首先，把這個騙你的意大利人趕走，然後告訴海倫，我的路易……」

　　但他一聽到站在櫃檯後面的普伯用一種不像是他慣常的口氣
詛咒他，説他從不帶好消息來時，他連忙退了出來，趕回自己的
店裏。

　　普伯做了一夜惡夢，第二天早上五點鐘就爬起來到鋪子去，
一個人去面對和負擔這沉重的一天。卡帕帶來的消息，折磨了
他一個晚上，他在床上像燒紅的煤塊般翻來覆去，想不通為甚麼
沒有人告訴他那德國人生病的事。白拉栢，送貨來的，或者是
顧客中的任何一個都可以告訴他的。或許他們都覺得這算不了
甚麼一回事吧，因為他鋪子直到昨天還是每天開着的。不錯，
史密茲生了病，但不是早有人告訴過他了麼？如果他們認為人生
病後總會好過來的，那又何必向他再提此事呢？他自己也不是生
過病麼？這附近的人誰又提過他生病的事？大概沒有人罷？各人
有各人自己的煩惱事啊！至於史密茲把鋪子賣了的事，他覺得自
己沒有甚麼怨可抱的了，因為卡帕馬上就把消息告訴他，突然得
像一塊迎空而來的石塊，跌在他的頭上。
　　至於法蘭克的事，起初他一聽卡帕説，他確以為法蘭克在行
動上處處表現出他是他們生意的救星似的。但經過一番考慮
後，他斷定法蘭克沒有騙他們相信店裏的好運是他帶來的。普
伯猜想法蘭克大概跟自己一樣，對營業額上升的真正理由，一無
所知。説起來他不應該這樣的，因為他最少在白天跑出去到別
的地方串門子，跟別人嚼舌頭，照理説該知情的。但普伯卻覺

得他不知道，這可能是他要繼續相信他是他們的恩人吧。這大概也是為甚麼他一直沒有看到自己應看到的事情，聽到自己應聽到的話了。事情有這種可能。

　　經過了一番困惑和恐懼後，普伯決定要賣店子了，他八點鐘時已把這消息告訴了兩個送貨來的，要他們把消息傳出去。但在店子未賣出前，他無論如何不能讓法蘭克離開。他要他留下來幫忙，盡量不讓新店子開張後，那兩個挪威人又把他從史密茲手上搶過來的客人搶回去。他實在不能相信法蘭克沒有幫他的忙。卡帕雖然說過因為那德國人生了病，所以他的生意才見好轉。但這一點尚未經最高法院證實過，而且，卡帕幾時開始代表上帝發言的？法蘭克當然幫過他們的忙，雖然在程度上沒有他們當初想像的那麼大。這一點，愛德可能說對了。法蘭克可能留住幾個熟客的，普伯自己就難說了。他既沒有精神，又沒有勇氣一個人對付店子面臨的第二個厄運。他的精力已在這幾年中消磨殆盡了。

　　法蘭克下來後，馬上發覺普伯與平日有異，但他心中正為自己的事煩着，沒閒情去問他究竟了。自上次海倫進過他房間後，他一直就想着她對他說過的話：約束自己。他自己也感到奇怪，為甚麼這句話令他這麼感動？為甚麼這句話一直盤繞着他的腦海？隨着自我約束這主意而來的是一種很美的情感。很美，因為他想到自己有能力控制自己，做自己要做的事。甚至可以做好人，如果他自己願意的話。但這種很美的情感隨後又

夾雜着一絲絲悔意，悔恨讓自己墮落了這麼久，一直都沒想到去約束自己。但今天在刮鬍子時，他決定了要把他在此地工作以來所偷的一百四十多塊錢，一點一點的還給普伯。為了這個原因，他一直把偷來的錢記在卡片上，收藏在鞋子裏。

　　為了把舊賬一筆勾銷，他又想告訴普伯他在劫案中所演的角色。一個禮拜前，他的話已溜到嘴邊，大聲叫了普伯的名字，但當普伯一抬起頭來，他又覺得多此一舉，對普伯說沒有甚麼事情了。他覺得自己的良心，天生就常為各種事情煩惱着，對自己實在沒有甚麼好處，雖然有時他倒喜歡這種沉重的感情負擔，因為最少這會令他覺得與人不同。這令他想要改過自新，使他與海倫間的愛情有個正當的開始，也正當的維持下去。

　　可是他一想到，自己懺悔時猶太人豎起耳朵來聽的情形，就不願意想下去了。他煩惱不是已夠多了麼？為甚麼還要再惹新的呢？而且，這可能會破壞他改過自新的計劃！過去就過去了，管它做甚麼呢！他曾勉強的參加了劫案，但他自己還不是和普伯一樣，做了華德‧明諾的犧牲品？他一個人的話，決不會做出這種事來的。這自然不能洗刷他的罪過，但最少表示了他的真感情。因此，如果整件事故出於意外的話，那還有甚麼可懺悔的？過去的就讓它過去吧。既然他不能改變過去，那只好在目前好自為之，其餘的事情，不提也罷。從今開始，他只想着將來的日子，而他對將來的日子，比現在的生活重視多了。他要改變自己，過一種有意義的生活。

他等着這個開始等得不耐煩了。他等着機會去把皮夾子裏的錢放回現金出納機裏。他打算在普伯午睡時就放進去。可是不知道為了甚麼怪理由，愛德竟然跑下來跟他一起坐在後面，雖然今天並沒有甚麼要她做的事情。她精神沮喪，臉孔拉得長長，不時長吁短嘆，但一句話也沒有説，雖然顯得看見他就討厭的樣子。他知道這是甚麼回事，因為海倫已告訴過他了。他覺得很不舒服，好像身上穿了濕衣服而她不准他脱下一樣。如今之計最好還是甚麼也不説，讓海倫來處理她的家事罷。

愛德還是不走，因此他雖然越等越不耐煩，還是沒法把口袋裏的錢放回現金出納機去。顧客一走進來，她就搶着上前去招呼。但最後她終於走了進來，對躺在沙發上抽煙的法蘭克説，她覺得有點不舒服，要上樓休息去了。

「好好的休息一下吧，」他説着，坐了起來。但她一句話也沒有説就走了。一聽清楚她已離開後，他馬上就走到前面來。他皮夾子裏放着一張五元的鈔票，一張一元的鈔票。他想把這六塊錢全丟進去，這樣他口袋裏就只剩下幾個銅板了。不過，反正明天就發薪水了。但一次就做了六塊錢的生意是不大可能的事，為了免引起懷疑，他乾脆就在收錢機上按了「無銷數」的字碼。錢放進去後，他心頭突然湧起一陣歡愉之情，眼睛都濕潤了。他走到鋪子後面，脱下鞋，把卡片拿出來，在欠款的總數上減去六元。他估計他在兩三個月內就可清還了。先從銀行裏把大約八十元的存款提出來，一點一點的歸還。到這八十元

還清時，他就從自己的週薪扣出來，直至全部清還為止。傷腦筋的是，他歸還這些錢時不能引起普伯或愛德的懷疑。因此怎樣把錢放進去而不使其超過實際的營業類呢？這當然是很大的技術問題。

他對自己所做的得意事興猶未盡之際，海倫的電話來了。

「法蘭克，」她說：「你是不是一個人？如果不是，説打錯了就掛上吧。」

「我一個人。」

「你有沒有注意到今天天氣多好？午飯時我到外面散步，覺得好像春天已經來了。」

「還是二月天呢，別這麼快脫下大衣。」

「華盛頓生辰過後，冬天好像是過盡了。你聞到空氣的香味麼？」

「現在不會聞到。」

「跑出來曬曬陽光吧，」她說：「又暖又舒服。」

「你打電話來幹嗎？」

「我找你一定得有原因的麼？」她柔聲的問。

「你從來沒跟我打過電話。」

「我只不過想告訴你，如果今天晚上我看的是你，不是賴‧璞爾就好了。」

「你如果不想見他，大可以不去的。」

「我還是去的好——為了媽媽。」

「那就另改時間吧。」

她想了一會，最被説還是把這樁事了結的好。

「那隨便你吧。」

「法蘭克，我們在我看了賴‧璞爾後能見面嗎？十一點半或最遲十二點？你想不想見我？」

「當然，但有甚麼事沒有？」

「見了面再告訴你，」她輕輕的笑着説：「我們在哪見面好呢？在公園道還是在我們的老地方，紫丁香樹前邊。」

「你説好了。公園也好。」

「我真討厭去那裏，我媽媽上次就跟着我們到那裏呢。」

「別擔心這個了，」法蘭克説：「你是不是有很好的消息要對我説？」

「很好的，」海倫説。

我知道是甚麼東西了，他想。他想自己會把她像新娘子一般的抱到自己房間去，過後他就會抱她下來，然後再由她一個人上樓，這樣她媽媽就不會懷疑她到那裏去過了。

這時普伯跑了進來，他就掛上了電話。

普伯跑到現金出納機去看了一看，收入的數字令他滿意得嘆了口氣。到了星期六，他們一定會有八十元到一百元的收入，但挪威人的鋪子一開張，生意就再不會這麼好了。

看見普伯用火柴照着現金出納機的數字，法蘭克想起自己口袋裏僅剩下七毛錢左右的零錢。如果海倫在他未把那六塊錢放

回去前來電話就好了，他想。因為如果遇着大雨，他們可能要從公園坐車回來。或者他們在房裏完事後，她會覺得肚子餓，要吃烤餅。不過需要時可向她借一塊錢。他想過要跟路易·卡帕借點錢，但又覺得不願意。

　　普伯到外面買了報紙回來，攤在桌子上，但他並不在看。他正為前途而煩心。未下樓時，他在床上想着各種節省開支的方法。他想到每個禮拜要付給法蘭克的十五塊錢，很為這麼大的一個數目擔心。他又想到法蘭克吻過海倫的事和愛德的警告——這一切都令他煩燥不已。這一次他認真的考慮要法蘭克走，可是又拿不定主意。如果早打發他走了就好了，他想。

　　法蘭克決定不跟海倫借錢。跟一個你喜歡的女孩子借錢實在不好。他想最好還是從現金出納機裏，在他剛才放回去的錢中，拿出一塊錢來。他覺得真不該把六塊錢全放進去。如果剛才留下一塊錢就好了。

　　普伯偷偷的看了他坐在長沙發上的夥計一眼。一想到那次他坐在理髮椅上，看着顧客捧着一大袋的東西走出來，他就覺得不舒服了。不知他有沒有偷我的錢，他想。這問題一想起來就怕，因為他已經問過自己好幾次了，但每次都找不到肯定的答覆。

　　他從牆洞中看到一個女顧客走了進來。法蘭克從長沙發上站起來，說：「我來招呼這個吧。」

　　普伯對着報紙說話。「好罷，反正我要到地窖去清理一下東西。」

「你那裏有甚麼東西？」

「瑣碎的東西。」

法蘭克到了櫃機後，普伯就走下地窖，但沒有留在那裏。他放輕腳步跑回來，站在側門後，透過木縫窺看着鋪子裏面。他清清楚楚的看見那女人，更清清楚楚的聽見她要的東西。他把她所要的東西的價目加起來。

數目應該是一元八角一分錢。法蘭克在現金出納機上記了賬後，普伯深深的吸了一口氣後，才走進去。

那客人抱着一大包東西，正要從前門出去。法蘭克的手在圍裙底下，插在褲子的口袋裏。他張皇失措的望着普伯。現金出納機上的數字是八角一分。

普伯的內心痛苦得要炸。

法蘭克雖然羞愧得無地自容，但表面卻裝得若無其事。這令普伯更光火了。「分明賣了一元八角一分的東西，為甚麼你少按了一塊錢？」

法蘭克悶了好久後，答普伯說：「是我搞錯了。」

「你沒有搞錯，」普伯大叫道：「我在側門後聽見你賣了多少錢東西給她，別以為我不知你幹了這種事多少次了！」

法蘭克沒有話說。

「把那塊錢拿回來！」普伯命令他說，一邊伸出了顫巍巍的手。

雖然法蘭克痛苦極了，但他還作了最後的掙扎，說了謊話：「你搞錯了。這機器欠我一塊錢。我們沒有五分錢的零錢找換，

所以我就跑到山姆‧璞爾處換了一塊錢——用我自己的錢。後來把錢放到現金出納機時,在該按『無銷數』的地方錯按了一塊錢的。這就是我為甚麼要這樣子取回一塊錢的原因了。我沒騙你的。」

「你說謊!」普伯叫道:「我特地留了一捲五分錢做找換用!」說着,他大步走到櫃檯後面,按了「無銷數」,拿出一捲五分錢的銅板來。「快說真話!」

法蘭克想,這種事不應再發生在我身上了,因我已經洗心革面了。

「我要錢用,莫理士,」他說了真話:「這是事實了。我打算明天拿到薪水後就還給你的。」他從褲袋裏拿出那張皺皺的一元鈔票。普伯一手搶了過去。

「你可以跟我借呀,幹嗎要偷呢?」

法蘭克這時才覺得,從來就沒有想到跟普伯借錢。理由簡單極了:他從來不用借,他從來都是偷。

「我沒想到,我錯了。」

「錯了,錯了,一天到晚都是錯了,」普伯氣憤憤的說。

「一生都是錯,」法蘭克嘆氣說。

「從我看見你那天開始,你就偷我東西。」

「這個我承認,」法蘭克說:「但是莫理士,我敢對天發誓,我一點一點的在還你。即使今天,我也還了你六塊錢。這就是為甚麼你上樓睡覺到現在做了這麼多生意。去問問太太,你在

樓上時我們做了多少生意，不到兩塊錢。其餘的都是我放進去的。」

他想脫下鞋子，給普伯看他多小心的記下他偷來的錢。但他不想這麼做，因為數目太大了，可能令普伯更生氣。

「你放進去的，都是我的，」普伯叫道：「我不要留一個賊在這裏。」他從現金出納機裏取出十五塊錢。「這是一個禮拜的薪水——最後一次了。現在請你離開這裏。」

他的憤怒消失了。他說話的聲調憂傷，擔心着明日。

「給我一個最後的機會吧，」法蘭克懇求說：「莫理士，求求你。」他神色憔悴，眼睛迷惘。

普伯雖然覺得他可憐，但一想到海倫，就說：「不。」

法蘭克凝視着這個心力交瘁的猶太人，發覺他雖然含着淚水，但是不會再讓步的了，就把圍裙掛在鈎上，走了。

海倫在十二點半左右，走進了燈光照耀下的公園。那天晚上的夜色迷人，使海倫倍增惆悵失落之感。早上出來時，她舊大衣下穿了件新衣服。空氣清新的香味，使她感動得流下淚來。她覺得她真的愛上法蘭克了。不管將來怎樣，她現在得到的滿足和自由，其快樂真不可言喻。後來，她和賴·璞爾在一起時，他們在公路旁邊一間酒吧喝了點酒，繼後他堅持開車到長島去兜風。但她的心一直想着法蘭克，急着要和他在一起。

賴·璞爾還是賴·璞爾。今夜，他出盡法寶，談笑間盡量

露出他巧言令色的本事，但卻因巧言令色碰了釘子。海倫跟他已有好幾個月沒見面了，可是他一點也沒有變。他把車停在昏暗的岸邊，望着對岸，可是剛說了幾句討人喜歡的應酬話時，他就伸手摟着海倫說：「你怎可以忘記以前我們在一起時的快樂？」

她推開了他，生氣的說：「事情已經過去了，我也忘了。如果你是個君子的話，你也該忘記這件事的。難道跟你睡了兩次就要把我的終身抵押給你麼？」

「海倫，別把我看做一個陌生人那樣說話，好不好？把我看做個人啊！」

「我也是人，別忘了。」

「我們以前是好朋友。我要求的也不過是友情而已。」

「為甚麼你不承認你對友誼另有一番解釋？」

「海倫……」

「不。」

他坐到輪盤的後面來，說：「唉，你變得疑神疑鬼了。」

她說：「你得明白，一切已經變了。」

「為誰變了？」他繃着面問：「為那個我聽說你常跟他在一起的意大利佬？」

海倫冷冷的一語不發。

在回家的途中，他想收回他說的話，但海倫只跟他匆匆的道了晚安。離開他後，她鬆了口氣，深為浪費了那天晚上的一切而覺惋惜。

　　海倫擔心法蘭克等得太久了，就匆匆跑過燈光明亮的廣場，沿着兩旁植着紫丁香叢的石子路，朝着他們相會的地點走。她還沒有到，心中就有一種他不在那兒的預感。她不肯相信，但到了那裏，發覺雖然有別人在那兒，他卻不在。她又失望，又痛苦，但這是真的，他不在那裏。

　　他會不會已經走了呢？不大可能，他一向是先等她的，不管她來多晚他都等她。而且，她已跟他講過有重要的話對他說，除了說她現在知道自己深愛他外，還有甚麼話說呢？他一定想知道是甚麼話的。她坐下來，擔心他出了甚麼意外。

　　平常他們來這個地方，並沒有旁人，但二月底溫暖如春的天氣，帶來了一些新的遊人。在海倫斜對面的一張板櫈上，在黑暗中，在新綻的樹苗下，一對戀人交頸擁吻多時。她左邊的櫈子空着，但再隔一張，上面躺着一個人，在暗淡的燈光下打着盹。一隻貓經過，嗅了嗅他的影子後就走了。那人咕噥一聲醒來，瞟了海倫一眼，打了個呵欠，又睡去了。那雙戀人最後終於放開了手，靜靜的走了，男的笨手笨腳的跟着女的走。海倫對她不勝羨慕。帶着這種情緒回去睡覺真不是味道。

　　看看手錶，過了一點鐘了。她冷得發抖，站起來，又坐下去再等五分鐘。她覺得遠處的星星在她頭上集結起來，重重的壓在她頭上。一個人在這裏寂寞得發慌，面對眼前風月，倍增惆悵之情。如此良宵，卻在她手裏溜走了。白白的等了一晚，她覺得煩了，厭倦了。

　　一個男人搖搖晃晃的站在她前面，大塊頭，髒髒的，身上傳來強烈的威士忌酒味。海倫半站起來，嚇呆了。

　　他一手把帽子扯下，沙啞的說：「海倫，別怕，我是好人，爸爸做警察的。你還記不記得我？我叫華德‧明諾，跟你同過學的。我爸爸有一次在女廁內打過我呢。」

　　雖然多年沒見，但海倫卻認得華德，並且馬上記得那一次他跟着一個女孩子走入女廁的事。她本能地舉起手來護衛自己，但她控制着自己，沒有叫出來，怕他會抓她。等了一個晚上，等來這個結果，多聰明的事啊，她想。

　　「我記得你的，華德。」

　　「我可以坐下來嗎？」

　　她猶豫了一會，說：「好吧。」

　　海倫盡量不靠近他坐。他看來半醉半醒的。如果他稍動一下，她就拔足飛奔，大聲呼喊。

　　「光線這麼暗，你怎認得出我？」她裝得非常自然的說，但眼睛卻偷偷的四面打量，找最佳的脫身道路。如果她能走過樹林，她還要沿着紫丁香叢圍着的石子路走二十尺才到廣場，在那裏，她就可以向人呼救了。

　　上天保佑我，她想。

　　「我最近看見你兩次，」華德答道，用手慢慢的揉着胸口。

　　「在哪裏？」

　　「在附近。有一次我看見一個女子從你父親的店裏走出來，

就猜想準是你。你還是跟以前一樣好看啊，」他咧着嘴説。

「謝謝。你覺得不舒服？」

「我有胃氣痛和頭痛。」

「要是你要的話，我手袋裏有阿士匹靈。」

「不要，吃了我會吐。」她注意到他眼睛往樹林的方向瞧，更覺焦急了。只要他不碰她的話，她就會把手袋給他。

「你的男朋友法蘭克怎樣了？」他問。潤濕的眼睛霎了一下。

「你認識法蘭克？」她有點吃驚的説。

「他是我老朋友了，」他答道：「他來過這裏找你。」

「他——他沒事情吧？」

「不大舒服呢。」華德説：「他回家去了。」

她站起來。「我得走了。」

但他也站起來。

「晚安，」海倫走開了。

「他要我給你這個，」華德伸手到大衣袋去。

她不相信他，但卻站住了，使他有時間向她走來。他出手極快，一下子就抓着她，並伸出另一隻臭手來堵住她的嘴，不讓她叫喊，一面把她抱着到林中去。

「我只不過要你給我和那傢伙同等的待遇而已，」華德氣呼呼的説。

她踢他、抓他，咬他的手，擺脱了他。但他抓住她的大衣領，一把撕破了。她大叫了一聲，向前走，但他撲向她，用手

臂壓着她的口。他死命把她向一顆樹撞去，撞得她氣都喘不過來。他一手緊緊的握着她喉嚨，另一隻手拉開她的大衣，把裏面的衣服都撕破，露出了肩膊和奶罩。

她掙扎着，瘋狂地踢着，用膝蓋抵着他兩腿之間的部分。他大叫一聲，用力摑她的臉。她覺得氣力逐漸消失了，但竭力支持下去，不使自己昏倒。她大聲叫喊，但聽不見聲音。

海倫覺得他顫抖的身體壓着她。我受辱了，她想。可是很奇怪的，她一點也不覺得他的存在，好像他已幻化為一罐污物，她已一腳把它踢走了似的。她腳一彎，身子就落到地上。「我昏了，我昏了，」她心裏想道，雖然她覺得自己還在掙扎着。

曚曨間，她意識到她身旁有人在打架。她聽到重重一擊的聲音，跟着華德‧明諾苦叫一聲，蹣跚地走了。

法蘭克！她想着，高興得發起抖來。跟着有人把她輕輕的抱起。她知道自己已在他臂彎裏。她心頭放下了一塊大石塊，哭了。他吻她的眼睛、嘴唇和她半裸的胸膛。她雙手緊緊的抱着他，哭泣着，笑着，低聲的跟他說她是來告訴他她愛他的。

他放了她下來，然後兩人在樹下擁吻着。她覺得他舌頭有威士忌的酒味，使她一下子擔心起來。

「我愛你啊，海倫，」他喃喃的說，笨手笨腳的想用撕破了的衣服來遮蓋她的乳房。他抱着她走入更暗的地方，然後由樹林底下走出空曠地方。

他們在冬天的泥土上跪了下來。海倫急忙低聲對他說：「現

在不成啊，法蘭克。」但他不斷的對她說他多愛她，想得他多苦，等得他多難受。即使他在對她說話時，他還是把她看作一個他永遠觸不到的女人，一如他在浴室偷窺她時一樣。因此他以吻來堵住她的懇求。……

　　之後，她就號哭道：「狗——你這條不割包皮的狗。」

第二天早上，普伯一個人坐在鋪子後面，一個小孩走進來，放了一張紅色的招紙在櫃檯上就走了。普伯拿起來一看，原來是史密茲雜貨店易主的廣告。具名者是那兩個挪威人塔斯和比得遜，說他們的店——雜貨店和熟食店——在週一就開始營業。隨後就用大號字印出第一週特價品的名字。這些特價品售價之廉，普伯是永遠跟不上的了，因為他不能像那兩個挪威人一樣負擔這種損失。普伯感到身上有陣陣冷風吹來，好像是來自店中一個隱蔽的洞穴似的。在廚房裏，雖然他的屁股和腿緊緊的靠着煤氣暖爐，但那股入骨的寒氣，久久不退。

　　整天早上，他就對着那張招紙發呆，自言自語。呷着咖啡，思前想後，偶爾也想到法蘭克。法蘭克昨天走時，沒有拿那十五元工資。普伯以為他今早會來拿的，但等了幾個鐘頭還未見他來，就知道他是不會來的了。說不定他把這錢留下來作為補償一部分他偷去的錢。但這也難說得很。普伯已問了自己多次他把法蘭克遣走是否做對了。不錯，他偷他的錢，但他把錢還給他也是事實。他所說的放了六塊錢在現金出納機後，發覺自己短了零錢用也許是事實，因為普伯後來點過現金出納機內

的存款，數目確是比平常他上樓睡午覺時那段清淡的時間收入為多。法蘭克真是個運氣不好的人，但普伯對此事的感覺真是矛盾，既高興，又難過，他高興的是他終於遣走他了。為了海倫的緣故，他只得這麼做。為了安愛德的心和自己的心，他也得這麼做。可是另一方面，他很為失了這麼一個助手而難過，因為現在他要單獨應付這兩個挪威人了。

愛德下來，眼睛浮腫，顯是睡得不好。她對整個世界生着氣。海倫怎辦了？她問自己，指節在胸前捏得嚦啪作響。但當普伯一抬起頭來聽她抱怨時，她就不敢說甚麼了。半小時後，她覺得鋪子好像有點甚麼不同，就想起了法蘭克來。

「他在哪裏？」她問。

「走了，」普伯答道。

「甚麼時候走的？」她有點吃驚的說。

「一去不回了。」

她注視着他。「莫理士，發生了甚麼事情？告訴我！」

「沒有甚麼事情，」他說，有點窘：「我叫他走的。」

「為甚麼這麼突然呢？」

「你不是說不要他在這裏麼？」

「我從第一天開始就這麼說的了，但你老反對。」

「現在我不反對了。」

「那就天下太平了，」但她仍不滿意：「他搬走了沒有？」

「不知道。」

「我上去問苔絲。」

「別煩人家啦，他走時我們自然知道。」

「你甚麼時候叫他走的？」

「昨天晚上。」

「那你昨天晚上為甚麼不告訴我？」她生氣道：「你幹嗎說他早點下班去看電影了？」

「我有點緊張。」

「莫理士，」她驚惶地問道：「究竟發生甚麼事了？海倫有沒有——」

「沒有。」

「她知不知道他走了呢？」

「我沒告訴她。她今天早上為甚麼那麼早去上班？」

「她上得早？」

「嗯。」

「我不知道，」愛德不安的說。

他拿出那張紅色的招紙來。「我難過的是為了這個。」

她望了一眼，不懂。

「兩個挪威人買了德國人的店，」他解釋說。

她嚇得透不過氣來：「幾時買的？」

「這個禮拜。史密茲病了，現在在醫院裏。」

「我跟你講過了。」

「你講過？」

　　「聖誕後我就對你說過，那時生意逐漸好轉。我對你說送貨的跟我講那個德國佬的客人越來越少了。你說不是德國佬的關係，是法蘭克給我們帶來的生意。你還說一個非猶太人會帶第二個非猶太人來。我哪有這麼好氣力來跟你吵？」

　　「你有沒有提到他早上不開門的事？」

　　「誰說的？我不知道。」

　　「卡帕說。」

　　「他來過？」

　　「他星期四來給我報告好消息。」

　　「甚麼好消息？」

　　「史密茲把店賣了。」

　　「這就是好消息？」

　　「對他來說也許是，但對我就不是了。」

　　「你沒對我說他來過了。」

　　「我現在告訴你，」他不耐煩的說：「史密茲賣了店。兩個挪威人辦的新店子禮拜一開張。我們的生意又會完蛋了。我們會在這裏餓死的。」

　　「你的夥計真是個好幫手，」她有點挖苦說：「我叫你趕他走時，你幹嗎不聽我的話？」

　　「我聽了，」他有氣無力的說。

　　她沉默了一會，又問道：「卡帕告訴你史密茲賣了店後多久你才叫法蘭克走的？」

「第二天。」

「謝天謝地。」

「看看下個禮拜你還說不說『謝天謝地』。」

「這跟法蘭克有甚麼關係？他不是幫過我們的忙麼？」

「我不知道。」

「你不知道！」她尖聲地說：「你剛說過你一發覺我們的生意是哪裏來時就叫他走的。」

「我不知道，」他可憐巴巴的說：「我不知道從哪兒來的。」

「總之不是由他那裏來就是。」

「以往的生意怎樣來的我已經不擔心了。我擔心的是下個禮拜生意從哪裏來。」他把那兩個挪威人賣的特價貨品一一朗誦出來。

她發急的捏着自己的手，捏得發白，說：「莫理士。我們非賣掉這鋪子不可。」

「那就賣吧，」莫理士嘆着氣，解下圍裙：「我也要休息一下了。」

「才十一點半呢。」

「我覺得冷，」他神情極為沮喪。

「先吃點東西吧——吃點湯。」

「沒有心情吃了。」

「那喝杯熱茶吧。」

「不喝。」

「莫理士，」她平靜的說：「別發愁啦，事情總會有轉機，我們總得吃飯呀。」

他沒答話，把那張紅色招紙摺成小塊，帶了上樓。

房間冷得很。愛德常在自己下樓前把煤氣暖爐關上，然後在海倫下班前半個鐘頭再開。現在房子太冷了。普伯把睡房裏的煤氣爐開關開了，發覺身上沒有火柴。他在廚房裏找到一盒。

雖然蓋着東西，他仍然覺得冷。他蓋着兩張氈子，一張棉被，一樣冷得發抖。他怕自己病了，但沒多久就睡着了。這麼快就睡着令他非常高興，雖然一覺醒來天就黑了。但除非你不睡，一睡就是這個樣子的。那天晚上，從街上向自己的鋪子望去，他看見塔斯和比得遜。一個蓄着金黃色的短鬍子。另一個半禿了頭，頭上閃閃發光，居然站在他的櫃檯後面，探頭進去看他的現金出納機！他馬上衝上前去，但他們嘰哩咕嚕的講着德文，根本沒有理會他結結巴巴的說着猶太話。這時法蘭克和海倫從裏面跑了出來。雖然法蘭克講着好聽的意大利話，但普伯聽出一兩句粗話來。他刮了他的夥計一個耳光，於是他們就在地板上扭打起來。海倫尖聲的大叫着。法蘭克把他重重的摔在地上，坐在他的胸前。他覺得自己的肺快要爆炸了。他用力想叫喊，但聲音到喉嚨時就沙啞了，叫不出。誰也沒有給他援手。他想這次可能就此死去了。他也希望就此死去算了。

　　苔絲・費蘇夢到一顆樹被雷轟倒。她夢中聽到一個人大聲的呻吟着，驚醒了，傾耳細聽一下，又倒頭入睡了。法蘭克經過了不清不白的一夜後，大喊一聲醒來，呻吟着。他衝動得想馬上跳下床來跑到樓下去。但他想起普伯已經趕走他了。這是一個灰黯、陰沉的冬天早晨。尼克已去上班；苔絲穿着浴衣坐在廚房喝咖啡。她聽到了法蘭克第二次的呼喊，但馬上想起自己懷了孕，所以除了懷疑他究竟做了甚麼惡夢外，她還是動也不動的坐着。

　　他躺在床上，用氈子蓋着頭，希望平伏自己的思潮。但他越想靜下來思想越亂，越難受。他在床上聞到垃圾的味道，卻不能把臭味驅除，因為臭味來自他的破鼻子。你做了臭事，自然就聞到臭味。他再受不了，把鋪蓋踢開，掙扎着出來穿衣服，但沒有成功。他看見自己的赤腳就噁心。他好想抽一口香煙，但為了怕看見自己的手，不敢點煙。最後只得閉起了眼睛擦火柴。火柴灼傷了他的鼻子。他把火柴丟在地上，光着腳去踩熄它，痛得跳起來。

　　啊，老天爺，為甚麼我會這樣做？我為甚麼竟會這樣做？為甚麼？

　　這些思想把他折磨死了。他受不了。他坐在床緣上，捧着頭，覺得頭隨時會炸開來。他要跑出去——而實際上他的一部分已飛了出去，雖然飛到哪他還不知道。他只要走開。但逃的時候，他要回來，回來陪海倫，求她寬恕。這並不是甚麼苛求啊，你原諒別人，別人也原諒你。如果她肯聽的話，他會向她解釋。

向受了你傷害的人解釋是接近他們的一種好辦法，好像是你傷害
他們的原因無非是給他們一個理由來愛你。他會對她說，他到公
園去等她，聽她有甚麼東西告訴他的。他預感到她會說她愛他；
這等於她很快就會跟他睡覺了。他坐在公園裏等她來時，這思念
一直盤繞着他心中。同時，他為一種她永不會體驗出來的苦惱所
折磨着：那就是，她一查出她父親為甚麼趕走他時，他就會失去
她了。他該怎樣對她說呢？他坐在公園內一直想着怎樣對她講
話，想得肚子都餓了。十二點左右，他打算去吃意大利烤餅，但
結果卻走到酒吧裏去。在那裏，他在鏡子裏看見自己的臉，對自
己感到噁心得想吐出來。「你到哪兒去了？」他對鏡自問：「除了
在園子裏轉了一轉外，你到過哪兒去了？除了老犯錯誤外，你究
竟做了甚麼事？」他回到公園時，正遇到華德・明諾向她施暴。
他幾乎把他打死。他把海倫抱在手上時，她哭着對他說她終於愛
上他了。就在這個時候，他覺得非常灰心，相信從此以後不會再
看到她了。於是他便想在失去她前一定要佔有她。她說不可以，
但他不相信，因為她剛才還在說她多愛他的。他想，我一開始
後，她就會順從我了。於是他真的幹了。他真心真意的愛着她。
她該知道的。她不應該野起來，用拳頭打他的臉，用粗話罵他，
離他而去，不聽他的解釋和懇求。也不管他多傷心。

　　啊，老天，我究竟做了甚麼事了？

　　他痛苦得呻吟起來。真想不到得來的是如此慘淡的收場。
他多希望能把這事一筆勾銷。但大錯已成，非他能力所能挽回

的了。這件醜事，將鑄在他心中，磨滅不了，一想起來，就令他窒息。他又在許多次失敗中加多一次了。他早該停止他所走的路子，改變他自己以及自己的運氣，停止憎恨世界，接受良好的教育，找一份工作和一個好女子。但他有生以來，毫無意志力，糟蹋別人對他的一番好意。他有沒有向普伯承認他在劫案中所扮的角色呢？他不是一直的偷他的錢麼？在公園裏，那可怕的一剎那間，他不是摧毀了自己最後一個希望麼？摧毀了他等了這麼久的愛情和他開拓將來的機會？這輩子他只跟着生命飄流，從沒有主動的依着自己的主意去活過。他隨波逐流的生活着，一無所有，別人是受一分痛苦，增一分經驗，但他顯然連這種經驗都沒有得到。如果你有經驗的話，你最少知道甚麼事情要適可而止。但他只會把事情越弄越糟。他曾經私自以為自己是個有價值的人，但現在照情形看，他不過是隻死老鼠，臭不可當。

這一次他的叫聲嚇壞了苔絲。法蘭克起來想走，但他甚麼地方都走過了。他已無地可逃。房間收縮着，床墊騰空而起。他有一種被困的感覺，悶得要哭，但哭不出來。他想要自殺，但剎那間看出了自己的真面目：那就是，他過去所做的事，都不是他的真我做的。他實在是個非常有嚴肅的道德感的人。

愛德晚上醒來，聽到她女兒的哭聲。「一定是賴‧璞爾幹的好事了，」她胡思亂想。但她不敢去問海倫真相，因為她為此事慚愧

得很。她想他一定動了粗，怪不得海倫不肯見他了。那天晚上，整整一夜她不斷的怪責自己迫女兒去約見他。那一夜睡得不安極了。

天上曙光一露，普伯就下樓了。海倫勉強拖着身子起來，眼睛紅紅的坐在洗手間裏縫補大衣領。一到辦公地方附近，她就會拿去裁縫店修補，務使破口看不出來。那件撕破的新衣服她就一點辦法都沒有了。她把它捲成一團，放在梳粧檯下面的抽屜裏，一些零碎的東西的底下。到了禮拜一，她就會買一件一模一樣的掛在壁櫥內。脫衣服洗澡時——在短短的幾個鐘頭內這是第三次了——她看着自己的身體哭了出來。每一個接近過她的男人都髒過她的身體。她怎可以鼓勵他的呢？她恨自己相信他。在開始時她明明曉得他是不可靠的了。她怎會讓自己愛上一個像他這樣子的人？她恨透了自己給他製造出來的空中樓閣，把他幻化成一個不是他的他——把他看作一個有上進心的，可造就的，仁慈忠厚的人。實際上他只是個不務正業的人。她的聰明到哪去了？她基本的自衛感到哪去了？

在淋浴時，她拼命的在身上擦肥皂，一邊擦一邊哭。七點鐘，在她母親醒來前，她已穿好衣服，早餐也不吃就走了。她真樂得在睡眠中把自己忘去，但卻不敢躲在家裏，怕她父母問起來。她下班回家，要是他仍在的話，她就會叫他走，或是大叫大嚷嚇走他。

從車房下班回到家裏，尼克聞到門廊內有煤氣味。他到自己那層房子去檢查煤氣爐，發覺火還是點着的，就去敲法蘭克的門。

半晌，法蘭克的門開了一條縫。

「你聞到甚麼氣味沒有？」尼克盯着門縫內那隻眼睛説。

「你少管他媽的閒事。」

「你發瘋了？我聞到煤氣味，這很危險的。」

「煤氣？」法蘭克砰的打開了門。他穿着睡衣，顏容憔悴。

「你怎麼啦？生病了？」

「你在哪裏聞到煤氣味？」

「難道你聞不到？」

「我有重傷風，」法蘭克粗暴的説。

「説不定是由地窖來的，」尼克説。

他們走下一層樓，法蘭克馬上聞到一陣煤臭味，氣味很濃。

「是從這層樓來的，」尼克説。

法蘭克大力敲着門，叫道：「海倫，煤氣漏了，開門讓我進來。」

「撞開罷，」尼克説。

法蘭克用肩膊撞門。門沒有鎖，他摔了一交。尼克馬上打開廚房窗門，法蘭克則光着腳在屋內走來走去。海倫不在，但普伯躺在床上。

法蘭克一面咳嗽，一面把普伯從床上抱起來，抱到客廳去，放在地上。尼克把睡房煤氣暖爐的開關關上，打開了室內每一面窗子。法蘭克跑了下來，彎身向着普伯，抓着他雙手，一上一下的替他施行人工呼吸。

苔絲慌慌張張的跑進來。尼克叫她請愛德上來。

愛德東搖西倒的跑了上來，苦哼着，「啊，天呀！天呀！」

她看到普伯躺在地上，內衣褲濕透，面紅得像塊煮熟了的甜蘿蔔，口角流着白沫，不禁尖聲大叫。

海倫呆呆滯滯的走入門廳，聽到了她母親的哭聲。她嗅到了煤氣味，慌忙的走上樓，心想一定有人死去了。

她看到法蘭克穿着睡衣彎伏在她父親的背部時，厭惡得喉嚨發癢，想吐出來。她半是害怕半是憎恨的大叫一聲。

法蘭克不敢看她，他也害怕了。

「他眼珠剛動了動，」尼克說。

普伯醒來，胸中痛得厲害。他的頭像一塊腐蝕了的金屬品，口乾得要命，肚中痛得好像有東西在裏面抓的樣子。發覺自己躺在地上，只穿着長內衣褲，覺得很不好意思。

「莫理士，」愛德哭着說。

法蘭克站了起來，為自己穿着睡衣，光着腳而感到不好意思。

「爸爸，爸爸，」海倫跪下。

「你幹嗎要這樣做？」愛德在普伯耳邊嚷道。

「甚麼事？」他喘着氣問。

「你幹嗎要這樣做？」愛德哭着問。

「你瘋了嗎？」他喃喃的說：「我忘了點火，這不過是一時之失而已。」

海倫飲泣着，嘴也哭得歪了。法蘭克別過了頭。

「幸好還有點空氣透進來，」尼克說：「你運氣很好，莫理士，要是你房子裝了防風設備，那你就完了。」

苔絲冷得發抖。「冷得很哩，把他蓋起來罷，他在冒汗呢。」

「把他抬到床上去，」愛德說。

法蘭克和尼克合力把普伯抬起來，放回床上去。愛德和海倫則替他蓋上氈子和棉被。

「謝謝了，」普伯對他們說。他注視着法蘭克。法蘭克別過頭去望着門。

「關上窗門罷，」苔絲說：「已經沒有氣味了。」

「再等一下，」法蘭克說。他望了海倫一眼，但海倫的背向着他。她還在哭。

「他幹嗎要這樣做呢？」愛德嗚咽着說。

普伯凝望着她許久，然後閉上眼睛。

「讓他休息一下吧，」尼克勸道。

「一個鐘頭內別點火柴，」法蘭克告訴愛德。

苔絲除了讓一面窗子開着外，關上了所有的窗子，跟着就走了。愛德和海倫留在睡房內陪普伯。

法蘭克在海倫的房內盤桓了一會，但沒有人對他表示歡迎。

後來他穿了衣服走下樓。生意清淡得很。愛德跟着也下來，把店門關了，雖然法蘭克苦苦哀求她不要這樣做。

那天下午，普伯發了高燒，醫生說他得進醫院。一部救傷車開來接了普伯去，愛德和海倫也跟着去了。

法蘭克從自己的窗口看着他們離開。

星期日早上，鋪門仍然關着。雖然他心裏有點怕，但他想去敲愛德的門，問她要鑰匙。但開門給他的，可能是海倫。他實在不知要對她講些甚麼東西才好。因此他走到地窖，攀着送菜的升降機，鑽過豎坑內開着的小窗，跳到店裏的洗手間去。一到了裏面，他就刮鬍子，喝咖啡。他決定留在店內，直到普伯他們趕他走為止。即使他們要趕他走，他也會盡量拖延下去。因為那是他唯一的希望，假如他還有甚麼希望的話。他打開了前門，把牛奶麵包都拿了進來，準備開始營業。現金出納機內空空如也，他只得向山姆‧璞爾借了五塊零錢找換，答應他一有生意就還給他。山姆問他普伯怎麼了，法蘭克答說他不知道。

八點半剛過，法蘭克站在前窗看着愛德和海倫離家。海倫憔悴得像去年的花朵，使他看了，有悔恨、慚愧和失落之感。那種失落的感覺尤其使他受不了：昨天他還擁有世上最可貴的東西，今天已經失去了，剩下來的只是痛苦的回憶。每逢一想到這種幾乎可以說是得而復失的東西時，他就變得瘋狂起來。他真想衝出去，把她拉到一家門口處，告訴她說他多珍惜他對她的愛情。但他沒有這樣做。他雖沒有躲起來，但也沒有故意露面。不久愛德和海倫就到了地下車站了。

後來他想，一等她們回家，從她們那裏查出普伯住那一間醫院後，他也該去看他一下。但她們到十二點才回來。那時店門

已關，他從自己的房間看到她們從一部計程車裏走出來。禮拜一，那兩個挪威人的店開張了。愛德早上七點鐘走下來，貼了張紙在門上，說普伯生了病，要到禮拜二或禮拜三才能開門。令她大吃一驚的是，法蘭克穿着圍裙，已站在櫃檯後面。她氣沖沖的走進來。

法蘭克緊張得要命，怕的是普伯或海倫，或者是兩個人都對愛德說了他的不是。如果他們講了，那他就完了。

「你怎麼進來的？」她怒不可遏的問。

他說是從豎坑的小窗爬進來的。「我知道你已夠煩的了，太太，所以我不想再煩你拿鑰匙。」

她嚴厲的禁止他再從那裏進來。她臉上盡是深深的皺紋，眼睛疲倦，嘴角露出憤世嫉俗的神色，可是他可以看得出來——雖然這幾乎難以相信——她仍未知道他對她丈夫和女兒所做出的事。

法蘭克從褲袋裏取出一疊一元鈔和一小袋零錢，放在櫃檯。「昨天我做了四十一塊錢的生意。」

「昨天你在這裏？」

「就是用我剛才跟你講的方法進來的。昨天從四點鐘到六點鐘左右生意好得很，我們馬鈴薯沙律賣光了。」

她眼睛含着淚。他問普伯現在怎樣。

她用手帕擦了擦潤濕的眼皮，說：「他得了肺炎。」

「唉，真是，替我問候他。他好一點了麼？」

「他病得很重，肺很弱。」

「我想到醫院去看看他。」

「現在不要去，」愛德説。

「那就等他好一點再説罷。他在醫院裏要耽多久？」

「我不知道。醫生今天會打電話來。」

「太太，這樣吧，」法蘭克説：「莫理士不舒服一天，我就替你管這鋪子一天。你不必為此擔心了，你知道我沒有甚麼要求。」

「我丈夫已經叫你離開這裏的了。」

他偷偷的看了她的臉色一眼，看不出她有責備自己之意。

「我不會耽多久的，」他答道：「這一點你不用擔心。莫理士病一好我就走。你要付醫院的賬，能多賺一分錢也有一分錢的用處。我自己一個錢也不要你的。」

「莫理士跟你講過沒有，他為甚麼要你走？」

他的心跳個不停。她知不知道呢？如果她知道，就會説那是個誤會，他根本沒有碰過現金出納機裏一分錢。現在擺在她眼前那一堆鈔票不是最好的證據麼？但他這樣的答覆她：「當然説了，他不要我再纏着海倫。」

「對了，她是個猶太女孩子。你找別的女孩子吧。但他同時發現了一件事，那就是自去年十二月以來，史密茲一直就生病，因此早上不開門，晚上早打烊。這就是我們生意好轉的理由，而不是由於你的關係。」

然後她告訴法蘭克，史密茲把鋪子賣了，賣給兩個挪威人，今天開業。

　　法蘭克漲紅了臉：「我知道史密茲病了，也知道他有時不開門，但這不是你們生意好起來的原因。你們的生意好轉，是因為我工作賣力。我敢說即使來了兩個挪威人或三個希臘佬，我一樣可以維持目前的生意。這還不止，我有把握把營業額更提高些。」

　　雖然她已有一半相信了他，但她卻不能相信他。

　　「你等着瞧吧，瞧你多能幹罷。」

　　「那就給我一個機會讓我證明罷。不用給我甚麼，單是吃的和住的就夠了。」

　　「你究竟想要我們甚麼東西？」她急起來，就這樣問他說。

　　「只想幫你們一個忙。我欠了莫理士的情。」

　　「你欠他甚麼。他倒是欠你的情，你救了他的命。」

　　「是尼克先聞到的。總之，我欠他情就是，他給我做了這麼多的事。我要感謝人家時，我一定要做到，這是我的性格。」

　　「你別再惹海倫。她不是你的。」

　　「我不會的。」

　　她讓他留下來。人窮時還有甚麼選擇呢？

　　塔斯和比得遜的鋪子開張那天，窗門上掛着一串春花結成的馬蹄型花籃。他們發的紅色招紙給他們源源不絕的帶來生意。法蘭克閒着沒事做。白天時，只有幾個熟客進來光顧。晚上挪威人關門後，客人就馬上多起來。但法蘭克十一點左右打烊時，現金出納機裏只得十五塊錢。但他倒不太擔心。禮拜一平

日都很清淡的，而且，有便宜貨時，誰都會趕去討個便宜。他認為這兩個挪威人的鋪子，會不會影響普伯店裏的生意，現在難說得很。非要等兩個禮拜後，等附近一帶的人對他們熟習了，而他們的價格也回復正常，那個時候才可以看出究竟來。沒有人能夠天天賣特價貨的。雜貨店不是慈善機構。到他們停止大贈送時，他就可以服務精神和價格跟他們比較比較了。他的舊顧客也會在這個時候回來的。

　　禮拜二的生意，照樣是清淡的。禮拜三好一些，但禮拜四又不成了。禮拜五有了轉機。禮拜六是一個禮拜以來最好的一天，雖然不能和挪威人的鋪子未開張前的禮拜六相比。週末結算時，收入比平時的平均數目少了一百元左右。法蘭克料到這一點，所以在禮拜四那天關了半個鐘頭的門，坐電車到銀行，從他的戶頭提了二十五元存款出來，放在現金出納機裏。禮拜四他放五塊錢，禮拜五和禮拜六各放十塊錢，這樣愛德每晚把賬目登記在小本子時就不會太難過了。一個禮拜少做七十五元生意總比少做一百元好受得多。

　　普伯在醫院裏躺了十天後，愛德和海倫雇了計程車，接他回家休養。法蘭克想提起勇氣上樓去看他。這一次，他要有一個正確的開始，馬上就開始。他想給他帶點新烤的東西，如乳酪蘋果餅之類普伯喜歡吃的東西。但他又怕操之過急了，萬一普伯問他，哪裏來的錢買這些東西怎辦？說不定他會叫出來，「你

這個賊！你仍留在這裏，唯一理由是我在樓上生病，看不見你。」可是普伯如果真的這麼想的話，他就會對愛德講了。因此法蘭克可以肯定普伯沒有對他太太説，否則她老早就會扭着他耳朵攆他出去了。他常常想到普伯是個不太願意把心事告訴別人的人。一個人要是不太敢肯定自己所估計的事物是絕對正確時，就會有這種態度。説不定過些日子他對法蘭克的看法就變了。法蘭克用盡心機去替普伯找一旦他病癒後要留自己在店裏幫忙的理由。只要能留在這裏，法蘭克準備答應任何條件。「莫理士，別擔心我會偷你的或其他人的東西。如果我再犯這個錯誤，天殺雷劈。」他希望這個諾言，加上他幫他管理店務這個忙，會令普伯相信他的誠意。可是他還是決定再多等一下才上去見他。

　　海倫也沒有向任何人提及他的事。這當然不難理解。他所做的對不起她的事，他時刻掛在心中。他並沒有想這樣做的，可是他做了。現在他想改變過來。無論她要他做甚麼，他都會答應。如果她甚麼也不要，他就會自己做些東西，自己應做的東西。他會自動自發的去做，不受任何人所驅使。他將為愛情而做，為約束自己而做。

　　自事情發生以來，他只偶然看到她一兩次，雖然他心裏積着不知多少話要跟她説。他只能透過玻璃窗板去看她。玻璃窗板是綠色的，他和她好像隔了一大道海。她樣子雖然憔悴不堪。可是天哪，在他看來她從未如此漂亮過。他對她又憐又愛之

餘，更為自己把她折磨得這個樣子而慚愧。一次她下班回家，眼光偶然與他相接，馬上就現出厭惡的神色。你這次完了，他想，她一定會進來叫我滾蛋。但她沒有進來，只是不再看他而已。他深為與她分離得這麼遠而感到痛苦。看不見她的人，只能對着她的影子和留下來的芬芳的氣息道歉，對自己懺悔。這就是要命的地方了：要向人懺悔時卻沒有人肯聽。有時候他真想痛哭一場，但覺得那太孩子氣了。他不想這麼做。

　　一次他在門廊碰到她。不待他開口，她人已走了。他覺得他對她的愛意，滿得要從心坎裏湧出來。她走後，他覺得絕望是他的懲罰。他本來以為她對他的懲罰會來得快，來得猛烈，沒想到竟來得這麼慢，甚至可說從來沒來過。但陰影卻潛伏在那裏。

　　沒有甚麼辦法接觸她了。自那事發生後，她已走進了另外一個世界。他不能進去的世界。

　　一天清早，他站在門廊內等她下來。

　　「海倫，」他說，脫下了他在店內戴着的布帽：「我心裏很難受，我要向你道歉。」

　　她嘴唇顫動了一下。「別跟我講，」她說，聲音裏充滿了輕蔑：「我不要你的道歉，我不要見你，我不要認識你。我父親病好了，請你走吧。你幫了我父母親的忙，我非常感激你。但你不會幫我甚麼忙的，見到你我就心煩。」

　　她砰的一聲關了門。

　　那天晚上他夢到自己站在她窗前。天下着雪，他雖赤着腳，但不覺冷。他在雪下等了很久了。雪飄在他頭上，臉上幾乎結冰。但他還是等着。她終於心動，開了窗子，拋了一些東西出來，飄然而下。他想這一定是一張字條了。但拾起來一看，卻是一朵白花，令他驚奇不已，因為這在冬天不容易看到。法蘭克拿在手上。在她半開着窗子把花擲下來的一剎那，他只看見她的手指。但他看到她房間裏的光線，甚至感覺到它傳出來的溫暖。他再抬頭看時，窗子已關上，緊緊的被冰封住了。雖然在夢中，他也知道這窗子從未開過，因為根本沒有這樣一面窗子。他低下頭來看手上那朵白花，還未看清楚它在不在那裏時，人已經醒來了。

　　第二天他站在樓梯下面等她。燈光照在他沒有戴帽子的頭上。

　　她走下來，一看見他，就別過了冰霜似的臉。

　　「海倫，我對你的愛情改變不了。」

　　「到你嘴巴上就說成了骯髒的字眼。」

　　「人犯了錯，難道就要一輩子受苦麼？」

　　「我對你的死活實在不感興趣。」

　　不管甚麼時候他在樓下等她，她都一言不發的就走過，好像他不存在似的。他實在不存在。

　　如果鋪子某一夜炸為灰燼，我也不如死了的好，法蘭克想。他想盡辦法維持下去。生意實在壞透了。他實在不知道這鋪子

能維持多久，也不知普伯和愛德會讓他留多久。如果鋪子倒閉，一切就完蛋了。但如果他能撐下去，說不定有轉變的機會。鋪子若能轉變，別的事也可能跟着轉變的。如果鋪子能維持到普伯病好，他最少有兩個禮拜可以改變目前的狀況。兩三個禮拜實在沒有甚麼用，但這也無所謂，因為他要做的事，非要幾年不可。

塔斯和比得遜一個禮拜接一個禮拜的在賣特價品。他們的新主意層出不窮，拼命的爭取顧客買東西。法蘭克的顧客一個個的不見了。有些在街上碰見他時，連招呼也不打。有些則越過電車路到對面街走，避免看他的愁眉苦臉。他從銀行裏把所有的存款都提了出來，每個禮拜都貼一點。但愛德知道情勢不妙了。她沮喪失望之餘，提到要把鋪子拍賣。這令法蘭克焦急透了。他覺得這次非拼命不可。

他試盡各式各樣的辦法，如准許顧客賒賬買特價品就是一例。這辦法果然把貨物賣了一半。那兩個挪威人看見這樣，也把價錢更降低一點。如此一來，法蘭克另外一半的東西只好又擱在架子上不動了。有兩天晚上，他通宵營業，但收入還不夠付電費。既然閒着沒事做，他就想到要裝修門面。他把銀行存款裏最後的五塊錢拿了出來，買了幾加侖廉價油漆，然後把一邊架子的貨物搬了下來，撕下了發霉的牆紙，漆上一層漂亮的黃色。一邊漆好後，他再漆第二邊。牆上漆好了，他就借了一把長梯，一小塊一小塊的把天花板的舊漆刮掉，漆上白顏色。他

還換了幾個板架，漆得光彩奪目。但最後他不得不承認，這一番功夫並沒有把舊客人引回來。

看來雖然不大可能，但店裏的生意卻越來越壞了。

「關於生意，你怎麼跟莫理士說？」法蘭克問愛德道。

「他沒問，所以我也沒說，」她木然的說。

「他現在怎樣了？」

「還很弱，醫生說他的肺像紙一樣脆弱。他不是讀些東西就是睡覺，有時聽聽收音機。」

「讓他休息吧，這對他好。」

她重新問：「你幹嗎不要報酬在這裏工作？你為甚麼留在這裏？」

為了愛情，他想說，但沒有這個膽子。「為了莫理士，」他說。

他騙不了她。如果她不是老早知道海倫已經不理他了，她可能已經叫他捲鋪蓋走了，雖然現在要不是有了他的幫忙，他們也許淪落街頭了。說不定他犯了甚麼愚蠢的錯誤，惹她生氣。或者是因為她父親病了，所以她變得對她和普伯特別關心。她為她擔心實在太傻了。可是海倫現在有一個新的問題令她擔心：在她的年紀說來，她不應對男人這麼不感興趣。賴‧璞爾打過電話來，但她連電話都不接。

法蘭克極力節省開支。他得到愛德的同意，就把電話拆了。他極不願意這樣做，因為他想海倫有時會下來接電話。為了節省煤氣，他在店內只點一個暖氣爐。他只用前面的，因為

不能讓顧客捱冷，但廚房那個他已經不用了。在圍裙下，他穿了一件法蘭絨襯衣，一件背心和一件厚厚的毛線衣，頭上戴着帽子。愛德雖然穿上大衣，但生意的冷落和後面的寒冷，常常使她受不了，只好跑回樓上去。一天午飯時，她跑到廚房去，看見他在一盤煮馬鈴薯上面撒鹽，她忍不住哭起來了。

他常常想念海倫。她怎會曉得他現在所過的生活？如果她再看見他時，在外面她不會看出他有甚麼分別。沒有人可以看到別人的內心。

碧蒂·璞爾結婚那天，海倫沒去參加婚禮。婚禮前的一天，她非常不好意思地向碧蒂道歉，説自己不舒服，把過錯推到父親的病痛上。碧蒂説她明白。她知道這一定是為了她弟弟的關係。「下次罷，」她笑着對海倫説。但海倫知道她自尊心受損了，覺得很難過。她想改變主意，決定去參加她的婚禮，去聽長篇大論的廢話，去面對親戚朋友，甚至面對賴·璞爾也無所謂。但想是這麼想，結果還是沒有去。她不是婚禮中理想的裝飾品。他們會對她説：「你這副嘴臉，最好去參加葬禮。」為了法蘭克的事她已不知哭了多少個晚上。這種可怕的經驗使她硬起心腸來。傻女人，她怎會愛上這樣一個男子？她怎可以想到嫁給一個非猶太人？一個完全陌生的、完全無價值的人？上天可憐了她，把她從這麼可怕的一個危難中拯救了出來。她心中老想着這些，難怪她失掉了對婚姻的興趣了。

　　她睡不安枕，每天就怕黑夜來臨。從睡在床上到天亮，她
只能半睡半醒的睡幾小時。她夢到自己就快醒來時，真的就醒
來了。一醒來後，她就為自己覺得傷心，而傷心不是麻醉劑，
傷心是會傳染的，因此她越想越傷心。她腦海中盡是煩惱事。
她父親的健康就是其中之一。他對自己能否復元這件事，好像
全無興趣似的。鋪子裏的生意，仍無起色。愛德在廚房低聲飲
泣說：「別對爸爸說。」但他們早晚總得告訴他的。她因此咒罵
了所有雜貨店。她又為沒有朋友而擔心，為前途沒有計劃而擔
心。每天早上她在日曆上劃去了將要失眠的一天。這些可怕的
日子！

　　雖然海倫除了留着四塊錢自己用外，把全部收入都交給了她
媽媽，她媽媽把這些錢都用到鋪子裏去了，他們還是常常入不敷
出。一天，法蘭克突然想到一個賺錢的主意，他去跟瑞典油漆
匠嘉爾討舊債。他知道嘉爾欠了普伯七十塊錢以上的債。他每
天都在指望他來，但他從沒有來過。
　　一天早上，法蘭克站在窗前，看見嘉爾離開卡帕的酒鋪，口
袋裏裝着一個包着的瓶子。
　　法蘭克走出去，提醒他欠普伯的舊賬，要他先付一點。
　　「我老早已跟莫理士交代清楚了，」嘉爾答道：「你少管閒
事。」
　　「他病了，要錢用，」法蘭克說。

嘉爾把法蘭克推在一邊，繼續走。

法蘭克火起來了。「你這個酒鬼，我一定要收你的爛賬。」

愛德剛巧在鋪子裏，他就對她說他一下子就會回來。他掛起圍裙，穿上大衣，跟着嘉爾到他家去。他把地址抄下來後，就回到鋪子裏來。他一想起他向嘉爾收賬時他對他的態度就生氣。

那天晚上，他又回到那家破舊的四層樓公寓，踏着嘰嘰嘎嘎作響的樓梯到頂樓找嘉爾。一個黑髮的瘦女人懶洋洋的走來開門。一眼望去，他還以為她是個老太婆，直到看清楚時，才知道她是個年青的女人，不過顯得蒼老而已。

「你是不是嘉爾太太？」

「嗯。」

「我能跟他談談嗎？」

「是不是有關工作的事？」她滿懷希望的說。

「不是，是別的事情。」

她又變得老起來了。「他好幾個月沒做事了。」

「我只想跟他談談。」

她把他帶進一間大房。那是廚房和客廳連在一起的大房，本來有一張帳幔隔開，但帳幔沒有拉上。在客廳的部分有一個煤油暖爐，氣味難聞得很，因為這煤油味和正煮着的包心菜酸味混在一起。他的四個孩子——一個年約十二歲的男孩子和三個較年輕的女孩子——都在客廳裏面，或在紙上塗畫着東西，或是

做着紙工。他們望了法蘭克一眼，就默不作聲的繼續他們的工作。法蘭克渾身覺得不舒服。他靠窗站着，望着燈光昏暗的街道。他現在想，如果嘉爾肯付的話，他願意五折收賬。

嘉爾太太用蓋子把鍋裏煮得唧唧作響的東西蓋好後，走入了睡房。她回來後，說她丈夫在睡覺。

「我等一下好了，」法蘭克說。

她繼續煮她的東西。年紀最大的女孩擺好桌子後，他們便坐下來吃晚餐。法蘭克注意到他們空了個位子給他們的父親。看來他就快會爬起來了。嘉爾太太沒坐下來，而且一點也不理會法蘭克。她給每個孩子倒了一杯脫脂奶，給了每人一個包在麵包裏炸的熱狗。另外每人還分了一調羹酸泡菜。

孩子們狼吞虎嚥的吃着，一句話也沒說。年紀最大的那一個女孩子看見法蘭克望着她，也看了他一眼，然後又看着自己的盤子。

盤子裏的東西都吃光了後，她就問：「媽，還有麼？」

「睡覺去吧，」她媽媽說。

法蘭克聞了煤油爐的氣味後，頭痛得很。

「我過些日子再來看嘉爾好了，」他說。

「真不好意思，他還沒有起來。」

他急忙的跑回鋪子，從床墊下取出了最後的三塊錢，趕着跑回嘉爾家。但在途中，他遇到了華德‧明諾，面黃飢瘦，好像剛從陳屍所裏走出來的樣子。

「我一直在找你，」他說，跟着把法蘭克的手槍從一個紙袋裏掏出來：「這個你看值多少錢？」

「去你媽的。」

「我生病了，」華德哭着說。

法蘭克把那三塊錢給了他，跟着把手槍丟在陰溝裏。

他讀了一本猶太人的簡史。他在圖書館的書架上已看見這本書多次了，但從沒有取下來看過。一天，為了滿足好奇心，他便借了出來。開始時，他讀得蠻有興趣的，但過了十字軍東征和宗教審判以後，那就是說，到了猶太人開始受苦受難之後，他就要迫着自己讀下去了。他跳過那些血淋淋的片段不讀，但有關猶太人的成就和文化的幾章，他卻讀得特別用心。他也讀到「猶太人村」的故事。在那裏，那些滿臉鬍子，餓得半死的猶太人，花了一生的心血去尋找為甚麼他們是「天之選民」的原因。他自己也想知道為甚麼，但卻想不出來。這本書沒有看完他就還給圖書館了。

有時，在晚上，他跑去窺探那兩個挪威人開的鋪子。他脫下圍裙，走到街口，站在山姆‧璞爾迴廊的石階上，隔街望進這家雜貨店和熟食店去。窗櫥裏面擺着各式各樣的精美的罐頭食物。鋪子裏面，燈光照耀如同白日。架子上堆滿了令他看了也覺得肚子餓的食品。雖然他的店常常空着，這家卻一直有客

人在裏面買東西。有時，等着這兩個挪威人打烊回家後，法蘭克就走過對街，從窗門看進這黑沉沉的店子裏面，好像看過了就會學到他們生意興隆的祕密，以便改變自己的運氣和一生。

一天晚上關門後，他走出來散步，終於走進了「咖啡座」，一間他以前來過一兩次的專做夜市生意的地方。

法蘭克問那店東晚上要不要人幫忙。

「我要一個管櫃檯的，倒咖啡，賣零食和洗洗盤子。」

「那我就是你的夥計了。」

工作時間是晚上十時至第二天早上六時，週薪三十五元。在那裏下班後，法蘭克再回來開門。第一個禮拜發薪後，他連記賬也沒有記，就把三十五元放在現金出納機裏。這點錢，再加上海倫的薪水，使他們可以活下去。

白天裏，法蘭克睡在裏面的沙發上。他裝了一個電鈴，客人一進門就會把他吵醒，因此沒有睡眠不足之苦。

他住在這個監牢內，常常懊惱不已，悔恨自己把一件美好的事情糟蹋了。這雖然是過去的事了，但一想起來，心中感到創痛猶新。他做的都是惡夢，夢中的地點，是晚上的公園。垃圾的臭味仍留在他鼻孔中。他這輩子都在嘆息中過去。他嘴裏塞滿難以說出來的話。每天早上他站在窗口，看着海倫上班。她下午回來時他也站在那裏。她向着門廊走來，腳微彎，眼下垂，對他的存在全不注意。他心中湧起千言萬語，有些是很特

別的，但都塞在喉頭，不能說出來，隨着湮沒了。他常常想逃走，但最後的結果總會像上次一樣。算了吧。這一次他要留下來。他們得要用棺材抬他走了。牆塌下來時，他們要用鏟子掘他出來了。

有一次他在地窖裏找到一塊松木，就鋸下了一小塊，用小刀在上面試着刻出一些東西。雕出來的結果令他自己也驚奇不已，那是一隻飛翔的鳥，形狀雖不大對稱，但卻有一種美感。他想把它送給海倫，但這是他雕的第一件東西，雕得似乎太粗糙了。因此他又試刻別的東西。他要刻一朵花給她，後來就雕出一朵含苞待放的玫瑰。刻成後的玫瑰纖巧異常：花瓣初開，堅挺秀麗，好像真花一樣。他本想把它漆成紅色後，才送給她的，但後來決定不加油漆。他用包裝紙把木花包好，在上面寫上海倫的名字，在她下班回家前的幾分鐘，把這包裹擺在門廳郵箱的前面。他看着她進去，聽着她上樓梯的聲音，然後往門廳一望：她已把花拿走了。

這朵木花，觸起了海倫的傷心事。為了不聽從自己的判斷力，愛上法蘭克，海倫生活在自恨自責的生活中。她知道，她是以鬧戀愛來逃避當時的窘境的。她現在更覺得自己是環境的犧牲品了。她做惡夢時也看到這些代表惡夢的東西——樓下的店鋪和那個詭計多端、死纏着不肯走的夥計。她老早就該把他叱走的，但為了自私，沒有這樣做。

早上，法蘭克把垃圾倒在路邊的垃圾桶時，看見了那朵木花在桶子底下。

普伯從醫院回到家裏那天，真想立即穿上褲子，下樓到鋪子裏去。但是醫生聽了聽他的肺後，用毛茸茸的手指節敲敲他胸腔，說：「你的病蠻有進展，忙甚麼？」但私下卻對愛德說：「他得好好的休息一下，我不是開玩笑的。」看見她驚慌的樣子，他就解釋說：「他是六十歲的人了，不是十六歲。」普伯先是爭辯了一會，後來終於再躺在床上。自此以後，他就覺得下不下去都無所謂了。他康復得很慢。

　　春天羞怯怯的來了。最少，白天裏看見陽光的機會增多。陽光透進了睡房的窗子射進來。但從街上吹來的冷風，使躺在床上的他，皮膚都起了雞皮疙瘩。有時，在放晴了半天後，天空突然昏暗，下起雪片來。這時候，他就神態憂傷，不斷的回憶起童年的生活。他記起那青綠的田野。小孩子去過的地方，永不會忘記。他想起了父親、母親，和他好久沒見的姊姊，呵，逝者如斯，風聲如泣如訴……

　　街下面雨篷拍動的聲音，喚醒了他對自己的鋪子的恐懼心。他好久沒問過愛德樓下的情形了，但即使不問，他也知道是甚麼一回事。他確確實實的知道。他記得回來後很少聽過現金出納

機的響聲，這還用問麼？底下一片沉寂。在墳場內，你還會聽
到甚麼聲音？死亡的氣息從樓板的縫裏透出來。他現在懂得愛
德為甚麼寧願在樓上瞎摸一番找工作做而不願下去了。這地方
除了一個心如化石的非猶太人能耽下去，還有誰耽得下去？他鋪
子的命運好像是一隻黑羽毛的鳥，在他腦海中盲目的飛來飛去。
但他身體一好轉些時，這黑羽毛的鳥馬上就長了亮晶晶的眼睛，
使他耽心不已。一天早上他靠着枕頭坐着，閱覽着昨天的報
紙，驟覺思潮起伏，越想越怕，竟然冒出大汗來，心跳個不停。
他於是推開氈子，東歪西倒的走下床，急急忙忙穿上衣服。

　　愛德趕忙的走進房來，問：「莫理士，你幹甚麼？你在生病
呀！」

　　「我一定要下去。」

　　「誰要你下去？下面一點事也沒有！多休息一會吧！」

　　他真想回床上。躺着永遠不用起來，但又禁不住自己焦急
之情。

　　「我要去。」

　　她再三懇求他不要去，但他不肯聽。

　　「他現在做多少錢生意？」普伯一面繫褲帶一面説。

　　「沒多少。七十五塊左右吧。」

　　「一個禮拜？」

　　「還想怎麼樣？」

　　這雖然壞透了，但還沒有他想像中那麼壞。他腦子裏滿是挽

救鋪子的計劃，好像一下樓他就有辦法整頓一切的樣子。只有在樓上躺着時他才害怕，樓下是用得着他的地方，因此他不害怕。

「他整天都開着？」

「由早到晚——為甚麼我就不知道了。」

「他幹嗎要留在這裏？」他突然生氣的問道。

「他留着就是了，」她聳聳肩説。

「你給他多少錢？」

「一個錢也沒有給——他説他不要。」

「那他要甚麼？要我的血？」

「他説他要幫你的忙。」

他自言自語一番，然後説：「你常常看着他？」

「為甚麼要看着他？」她擔心的説：「他偷過你東西？」

「我不要他再留在這裏。我不要他接近海倫。」

「海倫已經不跟他説話了。」

他凝望着她，問：「發生了甚麼事？」

「你問她好了。她對賴・璞爾不是一樣麼？她就像你，甚麼事都不告訴我。」

「他今天就得走。我這裏不需要他。」

「莫理士，」她躊躇了一會説：「他幫了你很大的忙，相信我，再留他一個禮拜，到你身體好些時再叫他走好了。」

「不，」他扣好毛線衣的鈕扣，不理她的反對，顫巍巍地走下樓去。

　　法蘭克聽到他下樓，心都涼了。

　　他為這事已擔心了幾個禮拜了，雖然在另一方面，很奇怪的，他日夕盼望着這日子早日降臨。他挖空心思的去構想一個令普伯聽了會回心轉意，然後挽留他下來的故事。他想說：「我是不是寧願捱餓也不肯用我分贓得來的錢？我把錢留下來要還你的，結果我還了，是不是？雖然我承認我偷了你的麵包和牛奶，但我如果不偷就餓死了。」但他對這些話是否能收效果，毫無信心。或者他可以對他說他替他的鋪子賣了這麼多的氣力，花了這麼多的時間。但說這話也是沒有用的，他在鋪裏幫忙時，一直偷他的東西。他也許可以說他中煤氣毒時，他救了他的性命。但尼克不也是他的救命恩人麼？法蘭克覺得他實在沒有甚麼能使他動心的話好說了；他已用盡了普伯對他的情。但突然間他想到了一個不尋常的主意，令他興奮異常。這是他一張可能獲勝的皇牌。他想如果他誠誠懇懇的向普伯承認他在那劫案中所扮演的角色，普伯說不定因此會了解他的真性情，進而同情他改過自新的決心。普伯一旦了解到法蘭克的處境和他對他幫的忙後，說不定就會留他下來。如果真能成功，他就有機會去對每個人和每件事做一番補贖工作了。可是經過再三考慮，法蘭克認為這樣做風險太大，說不定不但不能挽救他，而且反而會害他萬劫不復呢！但如果普伯迫着他走的話，他也許會試試看。反正那個時候已沒甚麼損失可言了。但當法蘭克幻想自己

和盤托出了一切以後，將會怎樣為此感到痛快時，突然心中一
沉，不成。除非他敢告訴普伯他和他女兒間的事，他的懺悔只
做了一半，不夠徹底。但關於他和海倫間的事，他永不會向人
提起。為此原因，他知道自己無論對普伯說甚麼也好，那件虧
心的事，非得保留不可。唉，這真是罪上加罪，洩氣透了。

普伯從側門進來時，法蘭克正站在櫃檯的現金出納機後面，
用小刀修指甲。普伯臉色蒼白，黑色的眼睛，神色不大友善。

法蘭克點了點顯，離開了現金出納機。

「莫理士，很高興看到你回來了，」他說。他從醫院回來後
一直沒有上去看他，很覺得不好意思。普伯冷冷的點點頭，走
到裏面去。法蘭克跟着進去，屈下一條腿去點煤氣暖爐。

「這裏很冷，我還是點個火吧。為了省煤氣，我一直沒有
用。」

「法蘭克，」普伯語氣很堅決的說：「我要謝謝你，在我中煤
氣毒時救了我，生病時繼續幫我做生意，但是現在你得走了。」

「莫理士，」法蘭克心情沉重的說：「自那次以後，我發誓沒
碰過你一分錢，如果我說一句謊話，天誅地滅。」

「我不是為了這個要你走，」普伯答道。

「那為甚麼？」法蘭克問，臉都漲紅了。

「你自己知道，」普伯說，眼睛垂了下來。

「莫理士，」法蘭克終於痛苦的說：「我有些非常重要的事要
告訴你。我以前就想對你說的，但老提不起勇氣。莫理士，我

現在已經完全變了，所以我以前做的事你不要怪我。我就是那天晚上搶你錢的兩個人中的一個。我可以向你發誓，我一進來後就不想幹了，但逃不掉。我想把這件事告訴你——那就是我為甚麼要回到這裏來，為甚麼一有機會我就把我拿到的錢放到現金出納機內——但一直提不起勇氣來。我不敢正眼看你。即使我現在對你講了，我一樣感到噁心。我對你講是想你知道我為那件事受了多少苦頭。而且我希望你知道，為了你的頭被打傷，我非常難過，雖然這事不是我幹的。你要明白，我已經改過了。在外面你或許看不出來，但如果你能看到我的心，你就知道我已經變了。你現在可以相信我了。我現在求你留我在這裏幫你的忙，也是這個原因。」

說完後，法蘭克感到渾身舒暢。但普伯垂下了眼皮說：「這個我早知道，你沒有告訴我甚麼新的東西。」

法蘭克苦哼了一聲：「你怎麼知道的？」

「我在床上躺着想起來的。我做了一個惡夢，夢到你打我，跟着我就想起來了——」

「但我沒打你，」法蘭克控制不住情感的說：「我就是給你水喝的那個，記得嗎？」

「我記得。我記得你的手，你的眼睛。那天那個探員帶那傢伙進來時，我從你眼睛看出你做了些錯事。後來我躲在側門後面，看到你偷我一塊錢放進你褲袋的時候，我想起我在某一個地方看過你，但記不清楚哪裏了。那天我中煤氣毒時你救了我，

我幾乎認出你是誰來了。後來我躺在床上閒着沒事做，胡思亂想一番，擔心這個擔心那個，後悔自己把一生埋在這鋪子裏。就在那個時候，我記起你第一次來時，你坐在這張桌子旁邊，告訴了我你一生常做錯事。我一想到這裏，我就對自己說：『法蘭克就是那個劫我的人。』」

「莫理士，」法蘭克聲音沙啞的說：「我很抱歉。」

普伯很不開心，所以也沒有說話。雖然他可憐法蘭克，他卻不要一個認了罪的罪犯在這裏。即使他已經悔改了，但留他在這裏幹嗎？難道這裏吃飯的人還不夠？等死的人還不夠？

「你有沒有跟海倫說我做的事？」法蘭克嘆息說。

「海倫對你不感興趣。」

「給我最後一個機會吧，莫理士，」法蘭克懇求說。

「那個打我頭上的反猶傢伙是誰？」

「華德·明諾，」法蘭克想了一會後才說：「他現在病了。」

「唉，」普伯嘆口氣說；「他父親真可憐的。」

「我們本來打算去劫卡帕的，不是你。就讓我多留一個月吧。我自己付伙食費和房租。」

「如果我不給你錢，你哪裏來的錢付伙食費和房租？用我的錢來付麼？」

「這裏打烊後我還有一份小差事，在那裏我可以賺幾塊錢。」

「不成，」普伯說。

「莫理士，你需要我幫忙的，你不知道生意多壞。」

　　但普伯心意已決，不讓法蘭克多留。

　　法蘭克掛起圍裙後就離開了。過了一會兒，他買了個手提皮箱，把幾件東西裝起來。把尼克的收音機還了後，就向苔絲告別。

　　「你到哪去呢，法蘭克？」

　　「我不知道。」

　　「你還會回來嗎？」

　　「我不知道。代我問候尼克罷。」

　　在離開前，他寫了一張給海倫的字條，再一次說他深為做出對不起她的事而抱歉。他說她是他所見的女孩子中最好的一個。他自己把自己的一生毀了。海倫看後，哭了出來，但沒想到回信。

　　普伯雖然很喜歡法蘭克在他的鋪子所作的一切改善，但他不久就知道這對他的生意一點影響也沒有。法蘭克走了以後，收入少得不能再少了——比上週少了十元。他以為他的店已捱過最壞的時期，但現在所看到的，幾乎令他昏倒。

　　「我們怎辦？」一個禮拜天的晚上，他們蜷縮在大衣內，坐在沒有點上暖氣的鋪子後面，普伯絕望的問太太和女兒。

　　「還有甚麼辦法？」愛德說：「馬上拍賣吧。」

　　「不管價錢怎樣低，我們還是賣掉的好，」普伯說：「如果賣掉的話，我們可從房子裏賺點錢，還了債後說不定還有兩千塊剩下來。但是如果拍賣，那我們的房子怎麼賣出去？」

「誰會買？」愛德狠狠的問他。

「我們可不可以拍賣鋪子而不用宣佈破產？」海倫問。

「要是拍賣，我們就一無所有。東西賣光後，鋪子就空下來等租出去，房子就沒人買了。這條街上已經有兩間鋪子等着出租的了。如果批發商知道我要拍賣，他們一定會迫我宣佈破產，然後把房子也拿去了。但如果我們把鋪子賣了，說不定我們房子可以賣個好價錢。」

「沒有人會買的，」愛德說：「我叫你賣的時候，你不聽我的話。」

「要是鋪子和房子都賣掉了，」海倫問：「以後你打算怎辦呢？」

「也許找個小地方吧，像個糖果店之類的小地方。如果找到了合夥人，我們可以在熱鬧點的地區開個店子。」

愛德哼的一聲說：「我不要做雞毛蒜皮的糖果生意。我也不要合夥人，我們不是吃過合夥人的苦頭了麼？你真該死！」

「你可不可以找個工作呢？」海倫問。

「我這個年紀，誰會給我事情做？」普伯問。

「你在這一行內不是有熟人麼？」她說：「說不定他們可以幫你在超級市場內找到一份出納員的工作。」

「你爸爸腳上靜脈腫脹，怎麼可以一天到晚站着？」愛德問。

「總比坐在冷冰冰的空鋪子裏好。」

「我們究竟怎麼辦好呢？」普伯問，但誰也沒有答話。

在樓上，愛德說如果海倫結了婚就好了。

「我跟誰結婚呢，媽？」

「路易・卡帕。」愛德說。

第二天晚上，愛德跑去看卡帕，正巧他一個人在裏面。她就把他們的煩惱告訴他。卡帕透過牙縫吹了吹口哨。

愛德說：「你還記不記得去年十一月時你要給我們介紹一個叫普多斯基的人來？就是那個對雜貨業有興趣的從波蘭來的難民呀！」

「記得的，他說要來的，但後來胸部受了涼。」

「那他現在有沒有在別的地方買了店呢？」

「還沒有，」卡帕好像有點戒心的說。

「他還要買嗎？」

「可能，但我怎可以向他推薦像你們這樣的鋪子？」

「不要向他推薦我們的鋪子，推薦我們的價錢好了。莫理士現在兩千塊錢現款就肯賣了。如果他屋子也要買的話，我們還可以給他一個便宜的價錢。他年紀輕，可以好好的整頓一下，跟那兩個挪威人競爭一番。」

「也許我打個電話給他，」卡帕說，然後隨意的問了問海倫的近況，她一定就快要結婚了吧？

這一問，正中愛德下懷。「叫路易不要那麼害羞了。海倫很寂寞，要人陪她一起到外邊去玩玩。」

卡帕抓着拳頭，掩着嘴巴咳嗽了一聲。「你的夥計怎麼樣

了？最近很少看到他。」他隨意的問了一句。他小心地踱着步，
知道自己舉足輕重。

「法蘭克不再在我們鋪子裏工作了，」愛德嚴肅的説：「莫理
士叫他走，他上個禮拜離開的。」

卡帕的濃眉向上一揚，慢慢的説：「或者，或者我會打電話
叫普多斯基明天晚上來。他白天工作的。」

「最好的時間是在早上，因為這個時候莫理士的幾個老主顧
還會來。」

「那我叫他禮拜三早上不上班好了，」卡帕説。

後來他就跟路易談起海倫的事。路易正在剪指甲，抬起頭
來説海倫不是他要的那類女孩子。

「你有錢的話，甚麼女人都是你的女孩子，」卡帕説。

「不是她。」

「走着瞧吧。」

第二天下午卡帕來看普伯，顯得極為親熱。他給普伯提供
意見道：「不要讓普多斯基留在這裏看得太久。關於營業狀況方
面，最好一字不提。別忙着賣甚麼東西給他。他這裏看完後就
會到我那裏去的，到時我再跟他説。」

普伯點了點頭，不露真感情。他覺得在自己昏倒以前得趕
快離開這鋪子和卡帕。雖然他有點不大願意，但他總算答應依
卡帕的話做了。

禮拜三清早，普多斯基來了。他是一個害羞的年輕人，穿一套厚厚的，好像是馬氈子做成的綠色西裝。他戴的帽子，很有點「外國」味道。他還帶了把雨傘。他的樣子，非常天真無邪，眼睛露出善意的神色。

普伯有點手忙腳亂。他請他到鋪子後面去，因為愛德在那裏緊張地等着他。但普多斯基點了點帽邊，説要留在店子的前面。他站到靠門的角落裏，死也不肯出來。幸好這個時候有幾個顧客走進來，普多斯基看着普伯以極其熟練的手法招呼了他們，極感興趣。

客人去了後，普伯站在櫃檯後面，隨便找些話跟他聊。可是普多斯基雖然不時清嗓子，話卻沒有説多少。普伯對這個從波蘭來的難民的遭遇驟生同情之念。他一定不知流了多少血汗才賺來這幾個錢的。這麼一想，普伯覺得再也不能欺騙他了，就從櫃檯後面走出來，牽着普多斯基的大衣領，告訴了他這鋪子的實況。但他補充説，像他這麼年富力強，要是花點錢和利用現代方法，生意就可以很快的增進起來，那時就不愁沒有豐衣足食了。

愛德在廚房裏尖聲大叫，説要他來幫忙剝馬鈴薯皮。但普伯不停的講着自己的苦經，直到他突然想起了卡帕對他的警告為止。雖然這個時候他更相信這傢伙是個大壞蛋，他終於停了嘴。在他離開普多斯基到廚房以前，他説：「我本可以賣兩千塊錢的，但誰付我一千六百元現款，誰就可以買下這鋪子。房子方面，我們慢慢再説罷，你看合不合理呢？」

「合理的，」普多斯基喃喃的說了一句，就閉上嘴了。

普伯退到廚房去。愛德好像是看兇手一樣的看着他。他沒有說話。此時還有兩三個客人進來，但十時三十分後，就再沒有人來了。愛德覺得忐忑不安，要想辦法引普多斯基離開這裏。但他動也不動的。她請他到裏面來喝杯茶，他禮貌地拒絕了。她對他說卡帕一定急着要看他，但他只點點頭，沒有離去，只把繞着傘子的帶子紮緊。愛德覺得實在沒有甚麼話可說了，就心不在焉的答應把做沙拉的製法留給他。他連連的向她道謝，令她大感意外。

由十點半至十二點這一個半鐘頭中，沒有一個客人進來。普伯跑到地窖去躲起來。愛德則一語不發的坐在後面。普多斯基仍站在門角落裏。他拿着黑傘子從鋪子裏輕輕的溜了出去，飛奔而逃。他離開時，誰都沒有看到。

禮拜四早上，普伯在鞋擦上吐了一口唾涎，擦乾淨他的皮鞋。他穿上了西裝後，在門廳內按了一下電鈴要愛德下來。之後他戴上了帽子，穿上雖舊但是因為他很少穿而仍然乾淨的大衣。衣服穿好後，就在現金出納機上按了一下無銷數，猶豫了一會後，才從裏面取了八個二毛五分的銅板。

他準備去看查理·梭貝羅夫，他從前的合夥人。多年前，眼睛斜視、工心計的查理，帶着一千塊借來的錢找普伯。他邀普伯合夥買下他看中的一間雜貨店。要普伯拿四千元出來湊

數。普伯既不喜歡他神經緊張的樣子，又討厭他斜眼看人，但卻為他鍥而不捨的熱忱所動，就與他合夥買了下來。普伯覺得這種生意不錯，因此也就滿意了。查理在夜校裏讀過會計，說他要管賬，普伯也就答應了，雖然愛德警告他不要這樣做。普伯爭辯說，賬簿是公開的，他要看時隨時都可以。但查理天才的鼻子，一嗅就嗅出普伯是個大笨蛋了。普伯一直沒查過賬，除了兩年後他們生意倒閉後才看過一次。

　　普伯傷心驚愕之餘，還不明白發生了甚麼事。但查理以賬簿上的數字向他證明，這次倒閉是必然的。他們的開支太大了，自己拿的薪水太高了。查理承認是他的過錯。還有一點是：貨物來價高，利潤少。普伯到那個時候才知道他的合夥人騙了他，利用了他，偷了他的東西。他們賤價賣了那家鋪子後，普伯變得一無所有，茫然不知所措。可是查理卻在短短的時間內籌夠了錢，把鋪子再買下來，補添了貨物，不久就把那鋪子變成了業務興隆的超級市場了。他們兩人多年不見了，但最近四五年內，也不知是為了甚麼原因，查理每從邁阿密避寒回來，總來找他談談。他和普伯坐在後面，眼珠溜溜轉，說着他們年輕的日子時，金飾燦然的手指，不斷的敲着櫃面。雖然愛德仍然不能原諒他，普伯這些年來已經漸漸的忘記了對他的仇恨了。現在他決定去求援的人，正是查理‧梭貝羅夫。他要求他找個差事，甚麼差事都好。他越想越害怕。

愛德下來，看到普伯穿得整整齊齊，神色鬱然的站在門後面，驚異的說：「莫理士，你要到哪去？」

「去送死，」他說。

看到他沮喪的神情，她雙手交叉擺在胸前，大聲嚷道：「告訴我，你到哪裏去！」

他打開了門，說：「去找工作。」

「回來，」她生氣的說：「誰會給你工作？」

他知道她要說甚麼了，所以沒有理她，走到街上。

他匆匆走過卡帕的酒鋪時，普伯看到五個顧客——全是醉鬼——排隊等在櫃檯前面買酒。生意真好啊！他自己在四個鐘頭內只賣了四夸爾的牛奶。雖然想起來令他慚愧，但他真希望這酒鋪有天燒掉。

到街口時他停了腳步，不知何去何從，他記不起這地方可以通往這麼多地方去。他終於選了個方向。那天雖然風勢稍大，但天氣不壞，而且慢慢可能變得更好，但他已對大自然沒有甚麼感覺了。它甚麼東西也沒有給猶太人。三月的風吹着他的肩膊，促他急步而走。他覺得自己輕飄飄的，渾身毫無氣力，後面有甚麼東西推他走，他就走——包括風勢、憂慮、債務、卡帕、劫匪和滅亡。他不用走，自有東西在後面推動他。他談不上有甚麼意志，因為他的意志是一個被害者的意志。

「我工作得這麼辛苦，為了甚麼？我的青春呢？到哪兒去了？」

　　歲月不但無情，而且在他來説亦無利。他能怪誰呢？在命運折磨得他不夠的地方，他自己都補足了。要緊的是選擇事情時要選擇正確，但他卻選錯了。即使選對了的，最後也變得錯了。要明白其中道理，你非受教育不可，但他卻沒有受過甚麼教育。他所知道的只是要改善自己的生活，但這麼多年都過去了，他還沒有學到怎樣去改善。運氣是一種恩典，卡帕有這種恩典，他的幾位老朋友也有。他們現在生活過得寬裕，兒孫滿堂了。而長相與自己相像的女兒卻面臨老處女的厄運，雖然也可以説她咎由自取。生活貧乏得不得了。世界越變越壞了。美國也越來越複雜了。一個人的成敗死活算得上甚麼？這裏有太多的雜貨店，太多的不景氣，太多的憂慮。他千里迢迢的逃到這兒來幹甚麼呢？

　　地下火車裏面很擠，他一直要站着。後來一個孕婦要下車了，向他招招手，叫他到她的座位去坐。他覺得有點不好意思，但既然沒人要坐，他就坐了下來。沒多久，他覺得舒服多了，即使要他繼續坐下去也不在乎，只要這車子永不到達他要去的地方就好了。但車子終於到了他的目的地。米桃街。他輕輕嘆了口氣，就下車了。

　　普伯到了查理‧梭貝羅夫的超級市場，抬頭一看，不禁嚇了一跳。雖然阿爾‧馬卡斯以前跟他提起這地方發展得很快，但他絕未想到這地方大得這麼厲害。查理把隔壁的房子也買了下來，把牆打通了，所以現在的店比原來的地方大了三倍。後

來他更把後院也利用了。結果把這店子發展為特大超級市場，架子上的貨物擺得琳瑯滿目。店裏擠滿了人。普伯從窗子外面膽怯怯的窺進去，覺得這店熱鬧得像百貨公司。他心中感到一陣劇痛，想到要是自己當時不是那麼粗心大意，好好的管理賬目的話，那麼現在查理的超級市場，就有一部分是他的了。他不羨慕查理這些不義之財，但他一想到自己若有一點錢，就可以替海倫做許多事時，就後悔起來。

他看見查理‧梭貝羅夫靠近水果攤子站着，對客似雲來的場面，開心異常。他戴了一頂窄邊凹頂氈帽，穿了套斜紋嗶嘰西裝，但在沒有扣好的西裝上衣下面，他繫着一條圍裙，蓋在穿着絲襯衣的大肚皮上面。他就穿了這種衣着，在店內走來走去，督促一切。普伯在窗門看了一會後，就打開了門，走了長長的一段路才走到查理跟前。

他想說話，但說不出來。沉默了許久，還是查理先開口，他說他事情忙着，有話快說。

「你有沒有工作給我，查理？」普伯喃喃的說：「出納員也好，甚麼都好，我的生意站不住了，要拍賣。」

查理仍然不能正視他，笑了笑說：「我已有了五個全工的出納員，但我或者可以多用個散工。把你的大衣掛在樓下的鐵櫃裏，然後我再告訴你怎樣做吧。」

普伯穿上白色的工作服，胸前繡着紅色「梭貝羅夫超級市場」的字樣。他的工作是站在付錢的櫃檯後面，替客人把東西包

好，算價錢，然後在查理鉻製的大現金出納機上把賬目記上。下班時，老板就會來點賬。

「莫理士，你短了一塊錢，」查理咯的一聲笑了出來：「但我們不必計較了。」

「不成，」普伯說：「如果短了一塊錢，我就還你一塊錢。」

他從褲袋裏掏出幾枚兩毛半的硬幣來，數了四個，放在他以前的合夥人手裏。跟着，他就對查理說他不幹了，掛起了工作服，穿上了大衣，非常尊嚴地走到門口，與剛才在門口探頭望進來的普伯一同離去了。

普伯在第六街上靜靜地飄來飄去的人群中走着。他走到職業介紹所的門前，就停了下來，木無表情地看着黑板上寫着的工作空缺表。有雇請廚子、製餅師、侍者、酒店門房和打雜的。偶然，站在那裏看黑板的人群中，有一個人會偷偷的離開，走進介紹所裏面。普伯跟着人群，走到四十四街，在一間介紹所的黑版上，看到有一間自助餐室要雇用侍者。他踏着狹窄的樓梯上了一層樓，到了一間煙霧瀰漫的房間去。普伯站在那裏，渾身覺得不舒服。那闊面孔的介紹所主人，靠着一張寫字檯坐着，這時剛好抬起頭來，看到了他，就問他道：

「先生，你找甚麼？」

「餐館那份工作。」

「你有經驗沒有？」

「三十年了。」

那店主笑道：「你經驗是有了，但他們要的是週薪二十元的小孩子。」

「你有沒有適合有我這種經驗的人做的工作？」

「你會不會切做三文治的肉片？要切得又整齊又薄的。」

「絕無問題。」

「你下個禮拜來吧，也許會有機會。」

普伯繼續跟着人群走。在四十七街一間介紹所內，他看到一家猶太館子要侍者，就申請了。但後來才知道這館子已請了人，只不過介紹所的辦事人忘了擦去黑板上的空缺而已。

「你還有沒有別的東西適合我做呢？」普伯問經理人道。

「你做甚麼的？」

「我是開雜貨店和熟食店的。」

「那你幹嗎要找侍者的工作？」

「因為你們沒請做掌櫃的。」

「你多大了？」

「五十五。」

「我能夠活得像你那麼久就心滿意足了，」那經理人說。普伯轉身要走時，經理人遞了根香煙給他，但普伯說因為咳嗽的關係，不能抽煙。

他到了五十街的一家介紹所，上了一層黑沉沉的樓梯，走進一個長方型的房間，在角落裏一張板櫈上坐下來。

那介紹所的經理人是個虎背熊腰的傢伙，肥大的手指挾着一根熄了火的雪茄煙尾。他正在跟兩個戴着灰帽子的菲律賓人說話，聲音低沉沉的，笨重的腳搭在一張椅子上。

他一眼看見坐在板櫈上的普伯，就叫道：「老頭子，坐在哪幹嗎？」

「沒甚麼，累了，坐一下。」

「回家去吧，」老闆說。

他走下樓，在檯子上堆滿了盤子的自助餐室裏喝了一杯咖啡。

美國！

普伯坐公共汽車到東十三街去找白拉柏。他希望他會在家，但只見到他的兒子海米。海米坐在廚房內吃着牛奶麥片，一邊看兒童漫畫。

「你爸爸甚麼時候回來？」普伯問。

「七點鐘罷，說不定八點，」海米嘰嘰咕咕的說。

普伯坐下來休息。海米繼續吃，繼續看漫畫。他的大眼睛轉個不停。

「你幾歲了？」

「十四歲。」

普伯站了起來，在口袋裏摸了兩個二角五分的硬幣放在檯上。「做個好孩子，你爸爸很愛你。」

他在聯合廣場上了地下火車，到布隆克斯區去找阿爾‧馬卡斯。他相信阿爾一定會幫他找個差事的。只要找到事情，不管甚麼事情，他就滿意了。譬如說，晚上替人看門也好。

他按了馬卡斯的門鈴。開門的是個穿着入時的、神色憂傷的女人。

「對不起，」普伯說：「我叫莫理士‧普伯，是阿爾‧馬卡斯的老主顧，特地跑來看他的。」

「我是馬高尼斯太太，阿爾是我的姊夫。」

「他不在家的話我就等他回來好了。」

「那你要等好久好久了，」她說：「他們昨天送了他進了醫院。」

他雖然知道原因，但禁不住問了為甚麼。

「已經死了的人怎可以繼續活下去？」

普伯黃昏回去時，寒氣襲人。愛德望了他一眼，哭了出來。

「是不是？我不早就告訴過你！」

那天晚上愛德上樓去泡腳後，普伯一個人留在鋪內，突然想到要吃甜奶油。他記起了小孩時把麵包浸在濃稠的牛奶內吃的味道。他在冰箱裏拿了一瓶半品脫的奶油，又拿了一個走了味的白麵包，像犯了罪似的走到鋪子後面。他在一個盤子裏面倒了點奶油，把麵包浸了下去，狼吞虎嚥的吃起來。

前面突然傳來聲音，嚇了他一跳。他連忙把奶油和麵包放到煤氣爐的架子裏面去。

　　櫃檯前面，站着一個形銷骨立的傢伙，戴着頂舊帽子，黑大衣長得拖地。他鼻子很長，喉核突出，尖瘦的下巴上還長了一小撮紅鬍子。

　　「休息日好。」衣衫襤褸的人說。

　　「休息日好。」普伯答道，雖然猶太人的休息日已經過去一天了。

　　「這兒有點兒味道呢，」這個瘦骨嶙峋的陌生人說，他眼睛小而狡猾：「好像是個打開了的墳墓。」

　　「生意不好。」

　　那陌生人舐了舐嘴唇，低聲道：「你買了保險嗎？火險？」

　　普伯害怕起來，問道：「你幹甚麼的？」

　　「多少？」

　　「甚麼多少？」

　　「聰明人應該聽半句就明白了。你買了多少保險？」

　　「鋪子買了兩千元。」

　　「房子呢？」

　　「五千。」

　　「唉，可惜，該買一萬元的。」

　　「這個房子，誰要買一萬元？」

　　「這就很難說了。」

　　「你來這裏幹甚麼？」普伯問，有點生氣了。

那人搓着他那雙瘦骨嶙峋的長着紅毛的手。「找飯吃的人要甚麼？」

「找甚麼飯吃？你幹哪一行的？」

那人狡猾地聳肩。「我生火找飯吃，」他聲音低不可聞。

普伯倒退了一步。

那人等着，眼睛垂了下來。「我們是窮人家，」他喃喃的說。

「你為甚麼來找我？」

「我們是窮人家，」那人用辯護的口氣說：「上帝愛窮人，但幫助有錢人。開保險公司的是有錢人。他們拿了你的錢，還給你些甚麼？甚麼也沒有。不要為那些保險公司難過。」

他提議幫他燒店子，答應做得迅速、安全、經濟，而且包管可以拿到錢。

他從口袋裏掏出一片賽璐珞來。「你知道這是甚麼？」

普伯望着賽璐珞，卻不願意說出來。

「賽璐珞，」他輕聲的說，然後擦了根粗大的黃色火柴，點着賽璐珞，戛地就燒了起來。那漢子拿着賽璐珞，燒了一會，就丟在櫃檯上，不一刻就燒得乾乾淨淨了。他在上面吹了口氣，但甚麼灰燼也沒有剩下來，只留下飄在空氣中的惡臭味。

「魔術一樣，」他聲音沙啞的道：「一點灰都沒有，這就是我們為甚麼用賽璐珞，而不用紙屑、破布的理由，只要你在木板縫內塞一塊進去，一分鐘不到火勢就蔓延起來，消防局和保險公司

派人來查時，他們就甚麼也查不到。這樣子你就可拿錢了，鋪子兩千元，房子五千元。」他臉上露出了得意的笑容。

普伯顫慄了一下。「你叫我把房子鋪子燒掉來收保險費麼？」

「嗯，」那漢子狡猾的説：「你要不要呢？」

普伯沒做聲。

「帶你的家人到外面去玩玩罷，」那漢子非常動聽的説：「你回來時我的工作已經做好，只花你五百塊而已。」他輕輕的擦淨手指。

「樓上有兩個住客，」普伯咕噥的説。

「他們甚麼時候出去？」

「他們有時候會在禮拜五晚上，出去看電影，」他木然的説，也不知道為甚麼要把秘密告訴這個陌生人。

「那就禮拜五吧。我不是猶太人，沒關係。」

「但我哪來五百塊錢？」

那漢子臉色一沉，深深的嘆了口氣道：「我先拿兩百塊錢替你做吧。我包管你工作做得好。你賺六千——七千元。其餘三百，你拿到錢後我再來拿。」

但普伯此時已經下了決心。「不可能，」他説。

「價錢不公道麼？」

「我不喜歡放火，我不喜歡做這種騙人的事。」

那漢子跟他爭辯了半個鐘頭，然後才悻悻然離去。

第二天晚上，普伯看見一部汽車開到他門口，然後又看見尼

克和苔絲穿得整整齊齊，上了汽車，赴宴會去了。二十分鐘後，愛倫和海倫下樓去看電影。海倫邀她媽媽陪她一齊去，愛德看見女兒那種坐臥不安的神情，也就答應了。普伯看見屋子去得一空，突然就感到心煩意亂。

十分鐘後他上樓去，在貯物室裏找出了一個充滿樟腦味的木箱。他要找的是一件他以前穿過的賽璐珞襯衣領。愛德甚麼東西都收藏起來，但他現在卻找不到。他在海倫梳妝檯的抽屜裏，找到一個裝滿了底片的信封。他翻了出來，把海倫做學生時代的那幾張放回去，把其餘的拿了出來。那是幾個穿着泳衣的男孩子的底片，他一個也認不出來。匆匆的下了樓，拿了根火柴，就連忙走到地窖去。他起先想在其中一個箱子內點火，但最後決定在豎坑內點，因為火勢可以一下子從那兒燒到廁所的窗口，再從窗口燒到店裏面去。他渾身起了雞皮疙瘩。他打算在這裏點火，然後再到門廊等着。火勢一旺盛時，他就跑到街上去拉火警鈴。他可以向人解釋說他在沙發上打盹，睡着了，是濃煙把他弄醒的。到救火車來時。房子已燒得七七八八了。剩下來的是水龍頭和斧頭做的工夫了。

普伯在送菜升降機的兩塊木板中間把底片塞進去。他一邊自言自語着，一邊點火柴，雙手顫抖。火焰猛烈沿着升降機的牆上往上衝，臭味難當。普伯望着火焰，如受催眠，跟着慘叫一聲。他瘋狂地撲着燃燒着的底片，把底片都拍了到地上。正當他要找些東西來撲升降機上的火時，他發覺他圍裙下面着火

了。他雙手撲着火，但同時毛線衣的袖子也着了火。他急得哭出來，求上帝可憐他。突然，有人從他後面緊緊的抱着他，把他摔在地上。

法蘭克用自己的大衣撲滅了普伯身上的火，再用鞋子打熄升降機內的火焰。

普伯呻吟起來。

「看老天爺分上，你讓我留下來吧，」法蘭克懇求他説。

但普伯命令他離開。

禮拜六晚上，大概凌晨一點鐘時分，卡帕的酒鋪着火焚燒了。

　　那天的傍晚，華德·明諾敲過法蘭克的門，苔絲告訴他法蘭克搬了。

　　「搬到哪裏？」

　　「我不知道。問普伯先生吧，」苔絲説，急着打發他走。

　　在樓下，華德從窗口窺望普伯的鋪子，一見到他，馬上就縮了回去。雖然最近喝酒喝得令他反胃，但此刻他卻渴望着酒。他想如果能夠大喝幾口的話，就會舒服多了。但他口袋裏僅剩一毛錢，於是他走進卡帕的酒鋪，要求路易賒一瓶廉價的酒給他。

　　「我連一瓶陰溝水都不會賒給你，」路易説。

　　華德從櫃檯上抓起瓶酒，往路易頭上一扔。路易躲過了，但架子上有不少酒瓶打破了。路易竄到外面，大喊「救命」，華德順手拿了瓶威士忌，奪門而逃。他剛走過肉店時，酒瓶從手臂上滑了下來，掉在人行道上。華德痛苦地回頭一望，繼續向前飛奔。

　　警察來時，華德已去得無影無蹤了。那天晚飯後，華德的父親明諾在寒冷的街上巡邏，看到自己的兒子在愛爾酒吧裏站着喝啤酒。他從旁門進去，但華德已在鏡子裏瞧見他，就從前門跑出來，雖然他急得喘不過氣來，但因怕得厲害，所以還是急步向着煤場跑。他聽到他父親在後面追他，便跳過了圍着裝煤臺的鏽鐵鍊，衝過圓石子路，直奔煤場的後面。他爬到車房內一部貨車底下。

　　明諾在黑暗中找了他十五分鐘，罵了他不少臭名。最後掏出手槍，向車房開了一槍。華德以為他父親會殺死他，就從車底鑽了出來，投到父親臂彎裏。

　　他求他父親不要打他，説自己有糖尿病，而且就快又有脱疽病。但他父親不管他，用槍柄狠狠的打他，直打到他倒下來為止。

　　明諾彎下腰，大聲喊着説：「我告訴過你別走到這邊來的。我最後給你一次警告，如果我再看到你來這裏，我就宰了你！」他拍了拍大衣上的灰塵，就離開了。

　　華德躺在圓石子路上。他鼻孔流血，但不久就止了。他站起來，頓覺天旋地轉，難受得哭了。他搖搖晃晃的走回車房，爬進一輛煤車的車廂裏面，打算在裏面睡一夜。他點了根香煙，馬上難受得想吐，便把香煙丟了，等這種噁心感覺過去。這種感覺一停，他馬上又想要喝酒了。他想要是能攀得過這煤場的欄柵，然後再攀幾個矮的，就到卡帕的後院了。他以前曾

偵察過這地方，知道酒鋪後面的窗門有鐵條隔着，但這些鐵條都舊得生鏽了，不牢固了。他認為只要氣力一復原，就可以把這些鐵條拉開來。

他一跛一蹶的爬過了煤場的欄柵，再越過了另外幾個矮的，終於到了卡帕那個雜草叢生的後院。這酒鋪在午夜後就關了門，燈火也全熄了。普伯的鋪子樓上，一面窗門還有燈光，因此他非小心不可，不然這個猶太佬就會聽到他的動靜了。

每隔十分鐘，他就用力想拗開鐵條。他試了兩次，但都拗不開來。到第三次時，拗得手都發抖了，才把裏面兩根拗開了。窗門沒有上鎖。華德把指尖伸到下面去，小心翼翼的托開了，生怕它發出嘰嘰的聲音來。窗門打開後，他在兩條鐵條間擠身進去，爬到酒鋪的後面。一到了裏面，他就得意的笑了出來，並隨意的走動着，因為他知道卡帕捨不得花錢去裝警鈴。在後面的酒架上，他開了三瓶威士忌酒，試喝一口，又吐出來。跟着又喀喀的喝下了差不多半瓶的杜松子酒。不到兩分鐘，他身上所受的痛楚和內心的憂傷已一掃而空。他一想到路易在早上發覺到滿地的空瓶子時那副嘴臉，不禁哈哈的笑了出來。他想起了現金出納機！他拖着步子走到前面，開了現金出納機一看，原來是空的，一氣之下，拿起一個威士忌酒瓶摔在上面。突然感到一陣噁心，哇的一聲吐了出來，倒在櫃檯上面。感覺舒服些以後，他藉着街外的燈光，一瓶又一瓶的把威士忌酒瓶摔在現金出納機上面。

　　米克‧柏柏多蒲路斯的睡房，就在酒鋪的樓上，給樓下的聲音吵醒了。五分鐘後，他想一定發生甚麼事情，就起來穿好衣服。華德在這個時候已把一架子的酒打得粉碎，忽然想要抽煙了。他瞎摸了一頓，差不多弄了兩分鐘才把煙點着，樂趣無窮的吸了一口，火光映在他臉上。他用手指在火柴上彈了彈，反手就往後面一丟。火柴沒熄，正落在淌滿酒精的地上，蓬的一聲就燒了起來。華德燒得像一株火樹，拼命的在打拍着身上的火焰，尖聲叫着走到後面，想從窗門爬出去，但是被夾在鐵條中間，燒死了。

　　米克聞到了焦煙味，直奔下來，看見酒鋪的火勢，即刻跑到藥店旁邊去拉火警鈴。他正跑回來時，鋪內的厚玻璃窗爆炸起來，裏面頓成火海。米克把自己的母親和樓上的住客都叫醒下樓後，他就走到普伯的門廳去大叫，通知他們說隔壁房子起火了。他們都未入睡。海倫聽到爆炸聲時，正好在看着書，趕忙就走上樓去通知尼克和苔絲。他們穿着毛線衣和大衣離開了屋子，在對街站着，有些途人也圍着他們，一起看着火焰吞滅卡帕這間生意興隆的鋪子和房子。雖然消防員協力灌救，但火勢得到酒精的幫助，衝到屋頂，到最後熄滅時，卡帕的房子和物產，只剩一個空架子了。

　　消防員用鈎子把裏面燒焦了的物件拖到人行道上時，每個人都寂然無聲。愛德閉上眼睛，輕輕的嘆着氣，想着在地窖中找到普伯燒焦了的毛線衣和他灼傷了的手。山姆‧璞爾嘴裏喃喃的不

知在説些甚麼。沒有戴上遠近兩用的眼鏡，他就覺得茫然若失。賴·璞爾沒有戴帽，睡衣外面披着外衣，慢慢的移動身子向海倫這邊挪過來，最後就站在她旁邊。普伯跟自己矛盾的心情搏鬥着。

　　一輛汽車駛過來，停在藥店外邊。卡帕和路易鑽了出來，橫過了到處都是水管的街頭，走向他們的店子。卡帕望了望已成灰燼的店子，雖然大部分已保了火險，但他向前走了兩步，就昏倒了。路易大聲的叫醒他。兩個消防員把卡帕抬到他的車子上後，路易連忙就開車送他回家。

　　那天晚上，普伯老睡不着。他穿着長內衣褲，靠窗站着，望着樓下人行道上那堆燒得破破爛爛的東西。他用冰冷的手，抓得胸部要命的痛起來。他對自己無比的憎恨，因為他也希望有卡帕一樣的結果。他內心慚愧得難受極了。

　　三月裏最後的一個星期天，早上八點鐘，天色灰沉沉的，還飄着雪花。冬天還不放過我，普伯想。他看着一大片的雪花，一落在地上，就融化了。天氣這麼暖和，不該下雪的，普伯想。明天就是四月了。他想到自己為卡帕的損失而難過是傻事，因為他的銀行存款免他受苦。受苦是窮人分內的事。對卡帕的住客來説，這場火災是悲劇。華德·明諾死得太年輕，對他父親來説，這可能也是悲劇。但這不是卡帕的悲劇。這場火警對普伯來説可能是求之不得，但卻又給卡帕捷足先登了。他甚麼都搶走你的。

　　普伯想着這些事情時，卡帕在白雪紛紛中出現了，走進了鋪子，顯然一夜沒有好睡。他頭戴窄邊帽，帽圈上插了一條怪裏怪氣的羽毛，身穿雙襟大衣。但不管他外表穿得怎樣時髦，他眼圈下卻是黑黑的一塊，臉色發白，嘴唇發青，憂鬱神傷的樣子。昨天晚上倒在地上時碰傷了額角，現在用膠布貼上──他現在看來真是個不幸的人了。沒有甚麼東西比丟了生意對他的打擊更大了。他一想到每天本可以賺回來的錢現在都失去了時，就心如刀割。他進來時，顯得很尷尬。普伯看到了他，羞恥心又起，就請他到裏面去喝茶。愛德那天起得早，也在店內向他問長問短。

　　卡帕喝了兩口熱茶，但杯子一放下來後，就沒有氣力再從盤子上拿起來了。他起先沒有說話，顯得極其不安的樣子，但最後終於開口了：「莫理士，我要買你的房子和鋪子。」說完後，他深深的吸了一口氣，仍發着抖。

　　愛德張開了口，忍着沒叫出來。普伯則有點呆了。

　　「買來幹嗎？生意壞透了。」

　　「不見得很壞，」愛德大聲説。

　　「我對雜貨生意不感興趣，」卡帕苦着臉説：「我只對這地點有興趣，貪方便。」到此就沒再説下去了。

　　他們當然明白。

　　他向他們解釋，説要重建鋪子和房子的話，得花好幾個月。但如果把普伯的鋪接過來，頂多花兩個禮拜，就可以裝修粉刷好，開始營業，就可減少損失了。

　　普伯不敢相信，他聽到的話是真的。他一則以喜，一則以憂，生怕有人對他說他不過是在做夢。或者卡帕突然變卦，尖聲對他說：「你不相信我嗎？」或是他忽然改變初衷。

　　因此他內心雖然着急，嘴巴卻閉得緊緊的。可是，卡帕問他索價多少時，他一下子就答出來了。「房子九千元，先付三千，鋪子則要現款兩千五百元。」儘管生意不好，他的雜貨店總歸是一門生意啊，單是冰箱已花了九百塊。一想到手頭快有五千五百元現款，除還債外還可以另謀發展，他心頭不禁顫抖起來。看見愛德驚愕的表情，他自也想不到自己的勇氣從何而來。他想卡帕一定會當面笑出來，壓低他的價錢——反正他多少都會接受的。但卡帕卻心不在焉的點着頭，說：「我就給你兩千五買你的鋪子吧，但貨物和其他設備拍賣後的錢歸我。」

　　「那是你的事情，」普伯說。

　　卡帕沒心情再談甚麼條件了。「我的律師會來簽合同的。」

　　卡帕一走出雜貨鋪，就消失在雪花中了。愛德快樂得哭了出來。普伯仍然在發愕，但他相信自己的命運已改變了。卡帕的命運也改變了，因為從某一角度看來，卡帕的損失就是他的得益，這好像是為了要補償以往他給他的痛苦似的。昨天他也不會相信今天居然有這種結果。

　　普伯給春天的雪景迷住了。他看着雪花飄下來。在雪花中，他看到他的童年，想到許多他以為早已忘記了的事。他想

起自己童年時走在雪地上，看到燕八哥在樹上飛起來時，呼呼的鳴叫着。想到這裏，他再也忍不住，要跑到外面去了。

「我想到外面去鏟雪，」吃午飯時，他對愛德說。

「還是睡覺去吧。」

「顧客來時不方便的。」

「甚麼顧客？誰要顧客了？」

「這麼厚的雪不容易走路，」他爭辯說。

「等到明天就溶掉了。」

「今天是禮拜天，對去教堂的人很不方便。」

「你想得肺炎嗎？」她有點氣了。

「現在是春天吶，」他喃喃的說。

「還是冬天。」

「我會戴上帽子，穿上外衣。」

「你的腳會弄濕，你又沒有橡皮套鞋。」

「只去五分鐘罷了。」

「不要去，」她斬釘截鐵的說。

過一會再說罷，他想。

雪下了整整的一個下午，到傍晚時，已積了六吋厚的雪了。雪停後就刮風，吹得滿街都是霜雪。他站在店前窗子看着。

愛德整天監視着他，使他很晚才有機會溜出去。打烊後，他就動也不動的坐着，面前擺着一張紙，列了一張長長的單子，等得她也不耐煩起來。

「這麼晚了，你還留在這裏幹嗎？」

「我給拍賣的人點存貨。」

「那是卡帕的事嘛。」

「我得幫他的忙，他不知道價錢。」

一說到賣店的事她就如釋重負。「快上來吧，」她打着呵欠說。

他等到確定她已睡着了，就跑到地窖去拿鏟子。他戴上帽子，套上手套就跑到街上去。他驚異的是，風竟然那麼大，那麼冷，吹得他的圍裙拍個不停。三月底的天氣，晚上也不該這麼冷的，他真意想不到。天氣雖然冷，但鏟雪卻令他覺得溫暖。他背向着卡帕那幢燒毀了的房子。其實現在有白雪遮蓋着，也不算怎樣難看的了。

他把滿滿的一鏟雪拋到街上時，雪一到半空，即化為白塵，隨風逝去。

他想起了初來美國時所過的嚴寒的冬天。十五年後，景況才稍為好轉，但現在又艱難起來。他這一生都很困苦，只望現在得上天幫忙，不必再這樣受苦下去了。

他又把另一鏟雪拋到街上去。「使我可以過較為合理些的生活，」他喃喃道。

尼克和苔絲這時從外面回來。

「普伯先生，你最少也要穿點保暖的衣服啊。」苔絲勸他說。

「我快鏟完了，」普伯哼了一聲說。

「你身體要緊，」尼克說。

二樓窗口燈光突地亮了起來。愛德穿着法蘭絨睡衣站在那裏，頭髮垂了下來。

「你瘋了？」她對着普伯大聲問道。

「完啦，」他答。

「連大衣都不穿，你真的瘋了麼？」

「鏟了十分鐘就完事了。」

尼克和苔絲進了屋內。

「快上來吧，」愛德叫道。

「完啦，」普伯叫道。他用勁把最後一鏟雪拋到陰溝去。本來人行道上還要清理一下的，但現在她又嘮嘮叨叨，他就覺得沒勁再剷下去了。

普伯把濕漉漉的鐵鏟拖進鋪子，頓覺暖氣襲人，使他覺得一陣暈眩，這才驚慌起來，但喝了一杯檸檬茶後就舒服多了。

他喝茶時，天又下起雪來了。他看見千萬朵雪花飄向窗口，好像要鑽過廚房和前面的玻璃窗飄進來似的。在他的眼中看來，這些雪花彷彿是活動的帘帳，有時又像一片片閃亮的鱗片。

愛德大力地敲着樓板，普伯只得關門上樓。

她穿着浴衣，正和海倫坐在客廳裏，氣得眼睛發黑。「你還是小孩麼？這麼大的雪還跑到外面去？你這個人怎麼了？」

「我戴了帽子啦，而且，你把我看做甚麼啦，紙做的麼？」

「你肺炎剛好了不久，知道不知道？」她大叫道。

「媽，別那麼大聲，」海倫說：「樓上會聽見呢。」

「誰要他去鏟雪的，莫名其妙！」

「這店子悶了我二十二年，我總要吸口新鮮空氣。」

「但別在這麼冷的天氣去呀！」

「明天就是四月了。」

「總之，爸爸，別跟命運開玩笑，」海倫說。

「四月天了，天氣怎麼樣也不會太冷。」

「快來睡罷，」愛德已踏着大步到了睡房。

　　他和海倫坐在沙發上。自從聽到卡帕要他們的房子以來，海倫的鬱鬱寡歡的神情，一掃而空。她現在又是個快樂活潑的女孩子了。看到她這麼漂亮，他不禁神傷起來。他要給她一些東西，好的東西。

「我們賣房子賣鋪子了，你有甚麼感覺？」

「你自己告訴我聽聽吧。」

「鬆了口氣。」

「我們會搬到你喜歡的地區去。我會找些別的生意來做，你就把自己的薪水留起來吧。」

　　她對着他笑了笑。

「我還記得你還是小娃娃的時候，」普伯說。

　　她吻了吻他的手。

「我要你快樂。」

「我會的，」她眼睛濕潤了：「我也希望能給你好的東西，爸爸。」

「你已經給了。」

「我要給你更好的。」

「看，這些雪，」普伯說。

他們看了一會窗外飄着的雪，普伯就跟海倫道過晚安。

「好好的睡一覺啊，」海倫說。

但他躺在床上輾轉反側，憂心如焚。要做的事、要改變的事、要適應的事，真是千頭萬緒。明天卡帕就會拿定錢來了。禮拜二拍賣商就要來，他就要幫忙把貨物和各種設備清點一下。禮拜三就得拍賣了。到禮拜四那天，這店子就不是他的了，他也就二十年來第一次成了「無店可歸」的人。二十年真是一段長時間啊。在這裏耽了這麼多年，他實在不願意再去適應新環境。雖然他不喜歡這地方，但他也不喜歡離開。轉換新環境會令他渾身不舒服。一想到要買新鋪子時所費的尋找和估價的工夫他就心煩了。他本來想住在鋪子樓上的，但海倫既然要住公寓，那就住公寓好了。買了鋪子後就讓她和媽媽去找住的地方好了。但鋪子他要自己去找。他最擔心的是他會又犯錯誤，又替自己買下第二個監牢。這不是沒有可能的，他為此憂心不已。這店子的主人為甚麼要賣呢？他會不會是個誠實的人？或者骨子裏是個賊？他一旦買了這間鋪子後，生意會好轉呢？還是變壞？社會景況會不會繼續保持安定下去？他會不會賺夠飯吃？

這些問題想得他筋疲力盡。他感覺到他的心正跟着自己毫無保障的前途賽跑着。

　　他酣然入睡，但兩個鐘頭後醒來大汗淋漓。他雙腳冰冷，但他迫着自己不去理它，否則他就會全身發抖了。他的右肩開始作痛，勉強吸一口氣時，左邊即覺疼痛異常。他知道自己病了，不覺失望得很。他躺在黑暗裏，盡量避免去想自己到外邊去鏟雪是多麼笨的一回事。他一定着涼了。但他想不會的，因為他認為自己關了二十二年，應該有權利去享受幾分鐘的自由。現在他的計劃要擱下來了。當然，賣房子的事和拍賣的事，愛德也可以自己料理的。漸漸地，他已接受了剛才的想法，認為自己真的着涼了，還可能是流行性感冒。他想叫醒她去叫醫生，但電話都沒有，叫誰呢？如果叫海倫到山姆‧璞爾那邊去打，她一按門鈴，就吵得人家全家都醒來，怎過意得去？而且，把醫生從酣夢中吵醒，説不定他在檢查後會對他説：「先生，緊張甚麼？流行性感冒，躺在床上就成了。」他不想把醫生叫來聽這種教訓。再等幾個鐘頭就天亮了。普伯迷迷糊糊的睡着，但高熱使他發抖起來，驟然驚醒，問自己：是不是又染肺炎了？不久他又平靜了些，病是病了，這又不是甚麼新經驗。即使沒鏟雪，他也許一樣會生病的。過去幾天來，他一直就不太舒服——頭痛，腿發軟。但儘管想是這麼想，他對這次生病，實在心有不甘。好罷，就算他因為到街上去鏟雪而着涼，但四月天了，為甚麼還要下雪？即使要下雪吧，但為甚麼他一踏出外邊去

就受涼呢？他的一舉一動到頭來都是這種結果，使他失望得近乎絕望了。

　　在夢中他看到了伊佛雷恩。他一看到他棕色的眼睛，就認得他，長得和自己的一模一樣。伊佛雷恩戴着一頂從他父親的舊帽子剪裁下來的短圓帽，上面釘了鈕扣和閃亮的飾針。除此以外，他身上穿的都是破破爛爛的。雖然他從未想到會看到伊佛雷恩會以別的樣子出現，但看到這個樣子，看到他飢餓的神色，普伯禁不住吃了一驚。

　　「伊佛雷恩，我一天給你吃三頓，」普伯說：「你為甚麼這麼早就離開你爸爸呢？」

　　伊佛雷恩怕羞得答不出話來。在他那個年紀，他長得實在太小了。但普伯心頭湧起了一陣愛意，答應給他一個好的開始。

　　「別擔心，我會給你受好的大學教育。」

　　伊佛雷恩是個君子，別過了臉才吃吃的笑出來。

　　「我答應你就是……」

　　伊佛雷恩在狂笑聲中隱沒了。

　　「好好的活着，」他父親在後面叫着。

　　普伯醒來時，還想再回到夢中去，但夢中的一切，已一去無蹤了。他的眼睛濕潤起來，想起自己的一生，神傷不已。他沒有能力好好的供養家庭。這是他的恥辱。愛德睡在他的旁處。他想叫醒她，向她道歉。他又想到海倫，如果她變了老處女，

那多可怕？一想到法蘭克時，他苦哼了一聲。他充滿了懊惱的情緒。我的一生白活了。這是鐵一般的事實。

　　還在下雪嗎？

　　普伯三天後死在醫院裏。死後第二天，葬於皇后區一個面積數里之大的大墳場內。他自到美國來後，就做了一個長壽會的會員，因此他現在的喪事，也在下東城這個會的殯儀館辦理，普伯年輕時在下東城住過。下午，在教堂的前廳，愛德坐在一張高背的花氈椅上，搖晃着頭。她穿着孝，臉色灰白，隨時都可以昏倒的樣子。坐在她旁邊的是海倫，眼睛哭得通紅。普伯生前的老朋友和同鄉從猶太人的早報上看到訃聞，都趕來參加喪禮。他們低下頭來吻海倫的時候，大聲哭起來，熱淚落在她的手上。他們坐在摺疊的椅子上，面對着愛德和海倫，低頭接耳地談着話。法蘭克在房間的角落裏站了一會，帽子沒有脫下來。人越來越多時，他就離開房間，與外面幾個已經在教堂內坐下來的人坐在一起。教堂長而狹小，四邊有暗淡的黃色牆燈照耀着。黑色的板櫈一行行的排列着。在教堂前面一個鐵架子上，擺着的就是普伯的樸素木棺材。

　　下午一點鐘時，白頭髮的殯儀館負責人，氣呼呼地陪同愛德母女到左邊前排離棺材不遠的板櫈坐下來。來送喪的人哭聲頓起。教堂已給普伯生前的老朋友、幾個遠房親戚、長壽會裏的人和兩三個顧客擠得差不多滿了。賣燈泡的白拉柏靠着右邊的

牆坐着，顯得極其傷痛的樣子。長得寬臉大耳、肥肥壯壯的查理‧梭貝羅夫，也跟他穿着入時的太太來了。他皮膚在佛羅里達曬得紅紅黑黑，斜眼睛露出幾分哀傷。他的太太則坐在那裏瞪眼看着愛德。璞爾一家人都來了，包括碧蒂和她剛結婚的丈夫。賴‧璞爾戴了一頂黑色的便帽，很清醒，很關心海倫的樣子。坐在這些人的幾排板橙後面便是路易‧卡帕，只一個人在那裏，在一群陌生人中顯得非常不安。製麵包的師傅威薛也來了。普伯在過去二十年來所賣出的麵包都是他烤的。還有理髮師吉安羅拉和尼克夫婦。法蘭克就坐在他們後面。長着鬍子的牧師從教堂的旁門進來時，法蘭克脫了帽子，但不久又戴上了。

　　長壽會的秘書走了出來，頭髮稀少，眼鏡反映着牆上的燈光。他用柔和的聲音讀着一份手抄稿，頌揚普伯的生平，對他的死，深表惋惜。他宣布死者親屬朋友現在可以瞻仰遺容後，殯儀館的負責人和他的助手，一個戴着司機便帽的人便把棺材蓋揭開。幾位親友跟着便走上前來。海倫看到了她父親擦紅了的蠟黃的臉，頭上包裹着一塊猶太人祈禱用的圍巾，嘴角微歪，不禁放聲大哭。

　　愛德揮舞着雙手，用猶太文對着普伯的屍體哭叫着：「莫理士，你為甚麼不聽我的話？你把我和一個女兒孤零零的留在世上，你怎麼做得出來？」她抽泣得厲害，海倫和那氣呼呼的殯儀館負責人就扶她回座位。她又伏在海倫的肩膊上哭了起來。法蘭克最後一個站起來。他在圍巾所掩蓋不到的地方看到普伯額

上的疤痕，但除了這疤痕外，躺着的人，就不是普伯了。他感到好像失去了些甚麼的，但這種感覺是由來已久的了。

　　牧師站在離棺材不遠的石墩上開始祈禱了。他是個大塊頭的人，長着一把尖尖的黑鬍子，戴着一頂漢堡帽，穿着褐色的褲和一雙球根型的鞋子，那件黑色的僧衣已經褪色了。唸過了猶太文的禱文，各人坐下來後，他就用一種充滿了悲傷的調子說：

　　「各位，我從未有機會認識到這位現在已離我們而去的雜貨店商人，因為他住的地方我很少去過。可是，今天早上我跟認識他的人談過後，我就因為沒有機會認識他而感到非常難過了。相信我們一定談得來。我跟普伯太太談過，跟現在失去了父親指引的女兒海倫談過，跟普伯先生生前的街坊鄰里和好友談過，他們告訴我的話都是一樣的，那就是，普伯先生是個誠實得不能再誠實的人。為了使別人能在他的人行道走路，他不惜冒着寒冷到外面鏟雪，因此引起肺炎病復發，送了自己的命。這樣一個好人我居然沒有機會碰到。如果我在某個地方遇到了他，譬如說，他到猶太區來看朋友時遇到，我就會對他說：『上帝保佑你，莫理士‧普伯。』他的女兒海倫還記得，在她還是小孩子的時候，有一次，她父親為了一個意大利太太忘記拿回放在櫃檯上的五分錢，特地在雪中跑了兩條街送回去給她。除了莫理士‧普伯外，誰會在冬天的時候，既沒有戴帽，又沒有穿大衣，又沒有穿上橡皮套鞋，在雪中跑兩條街去交還顧客遺下的五分錢？他不可以等到明天她回來拿麼？別人可以，莫理士‧普伯卻不可

以，因為他不要那位太太擔心，所以寧可自己冒雪去追她。這就是為甚麼他有這麼多朋友崇拜他的原因了。」

牧師說到這裏，頓了頓，向底下送喪的人望了望，接着又說：

「他是個工作得最辛勞的人，無休無止的工作。每天早上，天還未亮，他就在寒冷中起來穿衣。一下樓後，就在店裏面耽一整天了。他工作時間最長，早上六時開鋪到晚上十時後才關門，有時候還要晚一點。他一個禮拜工作七天，一天工作十五、十六小時來維持一家的生活。他太太告訴我，她永不會忘記她丈夫早晚上下樓梯時那種疲倦的腳步聲。他回來僅能睡幾小時，又到第二天了。這樣的日子，他一共過了二十二年，除了他病得無法支持外，可說天天如此，風雨不改。就因為他工作得如此辛苦，他家中才免不捱餓。因此，他除了是個誠實的人外，還是個負責的家長。」

牧師低下頭來望了望手上的經文，然後又抬起頭來：

「一個猶太人死後，誰會去問他是不是猶太人呢？他是猶太人就是猶太人了，沒有甚麼好問的。做猶太人是有許多方法的。因此要是有人問我，『牧師，一個猶太人如果跟非猶太人一起工作、居住，賣給他們猶太人自己不吃的豬肉，二十年來沒上過一次教堂，這個人還算不算是猶太人呢？』我就會對他說：『是的，莫理斯・普伯先生是個真正的猶太人，因為他生活在猶太人的經驗中──他沒有忘記這種經驗。而且，他有猶太人的良心。』他可能不是我們認為正統的猶太人──這一點我不原諒他

——但他符合了我們宗教的真精神：他不但想到自己，而且也想到別人。他遵守上帝在西奈山上交給摩西要他轉達我們的律法。他受苦受難，但從不失去希望。誰告訴我這些的？我自己知道，不用人告訴我。他自己所求的很少，可是卻要給自己的女兒較好的生活。就為了這些原因，他是個猶太人。我們仁慈的上帝還能要求祂的兒女甚麼東西呢？因此，我們祈求祂保佑和安慰他的寡婦，幫助他的女兒得到她父親要給她的東西……」

送喪的人站起來，和牧師一同禱告着。

海倫聽了他悲傷的頌文，感到很不自然。他做得太過了，她想。不錯，我說過爸爸是個老實的人，但如果老實人不能生存在這個世界上，那做老實人有甚麼用？對的，他走了兩條街去還人家五分錢，但他卻相信騙子，最後把自己的東西都給人騙光了。爸爸真可憐，他天性忠厚誠實，不相信人家會不誠實，會佔他便宜。他更不能守着自己辛苦賺來的東西，他可以說是把自己沒有的也給了別人。他不是聖人，而且，在某方面說來，是個軟弱無能的人。他唯一的長處就是他善良的天性和同情心。他最少知道甚麼是好的。但我沒有說他有許多崇拜他的朋友。那是牧師自己想出來的。不錯，人家喜歡他，但誰會崇拜這樣一個在店裏度過一生的人？他在店子裏埋葬了一生，也不知自己失去了甚麼，因為他連這點想像力都沒有。他做了自己的犧牲品。如果他稍有勇氣的話，他也許已改變了自己的命運了。

海倫為她父親祈禱，希望他靈魂得到安息。

　　愛德拿着一塊已被淚水濕透了的手帕往眼睛擦着，一邊想：
「我們要吃飯，那有甚麼不對？你吃飯時就管不了吃誰的飯了
——吃你的也好，吃批發商的也好。」他手上有錢時，就有賬
單；錢多一點，賬單也多一點。沒有人喜歡一天到晚擔心着哪
個時候要餓飯的。人總希望有個時間可以安靜一下。但也許這
是我的過錯。我沒讓他當藥劑師。」

　　雖然她愛她丈夫，但她以往對他的判斷太刻薄了點。想到
此，她就哭了起來。但海倫一定得嫁一個專門人才，她想。

　　祈禱完畢後，牧師由側門出了教堂。葬禮會的職員和殯儀
館負責人的助手把棺材抬了起來，放在靈車上。教室裏面的
人，逐漸離開回家去了。只有法蘭克一個人留下來，坐在殯儀
館的客廳內。

　　受苦受難對猶太人說來真是一件貨物，他想。我敢說他們
一定拿這個來當飯吃。另外一件有趣的事是他們人數比我們知
道的還要多。

　　墳場內已有春意。除了幾個墳墓還有積雪外，其他的都融
了。空氣溫暖而芬香。跟隨着棺材來的那一小撮的人，穿了大
衣，都覺得熱了。在葬禮會到處都豎滿了墓碑的墳地內，兩個
掘墓工人掘好了一個洞，拿着鏟站在旁邊等着。牧師站在掘空
的墓地上祈禱時——他渾身都沾滿了塵土——海倫把頭靠在給抬
棺工人抬了起來的棺材上。

「再見了，爸爸。」

牧師在掘墓工人把棺材放在洞底時，大聲的唸着禱文。

「輕點……輕點……」

愛德由山姆‧璞爾和會裏的秘書扶持着，放聲大哭起來。她彎了身，大聲向墓中叫道：「莫理士，好好的照顧海倫，你聽見嗎？」

牧師祝福了後，撒了第一鏟泥土。

「輕點……」

跟着掘墓工人把墓旁的鬆土推了下去，來送喪的人於是大聲的哭了出來。

海倫拋下了一朵玫瑰花。

法蘭克站在墓邊，彎過身子想看看玫瑰花掉在哪裏，誰料竟因此失去了平衡，雖舞動着手腳，也免不了掉下棺材上的命運。

海倫別過頭去。

愛德哀叫着。

「快給我滾出來！」賴‧璞爾說。

掘墓工人扶了他一把，法蘭克才從底下爬上來，羞得無地自容。我又把人家的葬禮弄糟了，他想。

最後棺木看不見了，墳裏填滿了泥土。牧師唸了最後一篇經文。賴‧璞爾用臂彎擁着海倫離開。

她神傷地回頭看了一次，就跟着他走了。

　　愛德和海倫從墳場回來時，看到路易‧卡帕在黑沉沉的門廳內等着她們。

　　「對不起，要在這個時候來麻煩你，」他說，手裏拿着帽子：「但是我要告訴你，我父親為甚麼沒來參加葬禮。他生病了，要在床上躺一個多月。那天晚上火災時他昏倒了，後來我們才知道他心臟病突發。他還活着算是他的運氣。」

　　「我很難過，」愛德咕噥的說。

　　「醫生說他從此得退休了，」路易說，聳聳了肩膀：「所以我想，他不會再要買你們的房子了。至於我自己，」他補充的說；「我找到了一份在酒鋪裏做賣貨員的差事。」

　　他說了聲再會，就離開了。

　　「你父親死了比活着好，」愛德說。

　　她們慢慢的爬上樓梯時，聽到了鋪子裏面，現金出納機開關的沉悶聲。剛才在棺材上面跳舞的人，現在已在裏面做生意了。

法蘭克睡在鋪子的後面，衣服掛在一個買來的壁櫥內。晚上睡在沙發上，以大衣作被。愛德和海倫母女在樓上居喪的那個禮拜，他在樓下繼續做生意。開着門唯一的好處就是使鋪子不關門而已，別的好處可沒有。如果他不是每個禮拜拿三十五塊錢回來幫補一下，鋪子早就要關門了。批發商看見他居然付得起一些數目少的賬單，也就繼續讓他賒賬下去。顧客和街坊鄰里有的跑進來對他說，他們很為普伯的死感到難過。有一個說普伯是唯一肯讓他賒賬的店商。他還了十一塊錢給法蘭克，說是欠普伯的。凡是有人問起時，法蘭克都對人說他是為了幫普伯的寡婦維持這點生意而留下來的。他們都很贊許他的行為。

　　他給愛德一個禮拜十二塊錢租錢，答應生意好轉時再加給她。他說那個時候他可能以小數目分期付款給她買下這間鋪子，因為他付不起現款。她沒有說甚麼，她擔心着來日，擔心着會餓死。她現在就靠着他的租錢、尼克的租錢和海倫的薪金過活。她自己則給軍隊繡肩章，每個星期一的早上普伯的同鄉阿比‧羅賓就開車給她送一袋來。這又增加了一個月二十八到三十塊錢的收入。她很少到樓下去了，法蘭克要跟她說話時，

得跑上樓來。有一次，羅賓介紹了一個人來看店，法蘭克擔心得很，幸好那個人看了一下就走了。

他生活在未來中，希望得到海倫的原諒。一天早上他在樓梯上遇到海倫，對她說：「一切已經改變了，我也變了。」

「你總是令我想起我要忘記的事情。」海倫說。

「你介紹給我看的書，你自己懂麼？」他問。

海倫從惡夢中醒來。她夢見自己午夜起來離家，為了要躲避站在樓梯上等着的法蘭克。但他卻站在昏黃的燈下，色迷迷的玩弄着便帽。她一經過時，他的嘴巴就動了：「我愛你。」

「你再說我就叫了。」

她叫着驚醒起來。

六點四十五分，她勉強爬起床，在鬧鐘未響前就關了它。她脫下睡袍時，看着自己的身體，惋惜不已。多浪費，她想，她一面想做童貞女，一面又想做母親。

愛德還睡着，睡在那張一直是兩個人睡的雙人床上。海倫梳洗後，就燒咖啡，站在廚房的窗口，眺望着春花盛開的後院，很為現在躺在墓中的父親難過。她給過甚麼給他呢？做過甚麼事令他這可憐的一生舒服過一下呢？想到她爸爸生平所經歷過的失敗和妥協，她哭了。她覺得自己一定要做些事，做些有價值的事，不然將來就落得跟他同一的命運了。只有增加自己做人的意義才能令到她爸爸的生命有意義，因為她是他的女兒。她

一定要想辦法修完她的學位，她想。這可能要花好多年，但這
是唯一的辦法了。

法蘭克不再在門廳等她下來了，因為她一天早上大叫道：
「為甚麼你老是纏着我？」就在這個時候，他突然覺悟到，他的
懺悔對她說來是個鐵鎚，因此他不得不收手了。但有機會時，
他還是透過窗紙的小孔偷偷的看她。他貪婪地看着她，好像這
是第一次看到她纖小的身裁、細小堅挺的乳房、渾圓小巧的屁股
和她性感而微彎的腿。她還是那個落寞而孤獨的樣子。他挖空
心思，想要替她做些甚麼事，但想來想去，只能想到送東西。
但東西她不會要，會丟在垃圾桶裏。

他知道要想令她高興而替她做的事，其效果也會跟其他的主
意一樣，枉費心機。可是，有一天，他透過窗紙望着她木無表
情的走進屋子後，忽然想到一個絕好的主意，使他興奮得頸後毛
髮都豎立起來了。他想到幫她忙的最好的辦法，莫如幫助她完
成她一直要得到的大學學位。她再沒有比這個更急切需要的
了。但如果她答應接受他幫助的話——他時時刻刻不相信她會
接收，除了偷以外，他哪裏來的錢？他越想這個計劃就越興奮，
實在不忍想像這個計劃有不能實施的可能性。

他皮夾子裏還存着那張海倫以前寫給他的字條，說如果尼克
和苔絲出去看電影的話，她就到他房間來。他常常拿出來看了
又看。

　　一天他想到了一個新主意。他在窗口貼了一張紙條:「熱三文治和熱湯外賣。」這次可把自己煮小吃的經驗派用場了。他畫了一些煮小吃的招紙,花五毛錢請了個小孩,叫他拿到有工人工作的地方去派發。他尾隨着這小孩走了兩條街,看他會不會把這些招紙丟在陰溝裏。過幾天,午飯和晚飯時間就有幾個新客人出現。他們説在這附近賣熱的食物,這還是第一次。法蘭克從圖書館借來了食譜,試做些意大利點心。他用煤氣爐試着做了小型的意大利烤餅,賣兩毛五分一塊。這些意大利食品比熱三文治賣得多,大受顧客歡迎。他打算在鋪內擺一兩張檯子,但卻不夠地方,所以只得繼續外賣下去。

　　他得到另一個鬆一口氣的機會。送牛奶來的人對他説,那兩個挪威人已開始在顧客面前吵起架來了。他説他們賺的比期望的少。這店只夠一個人吃飯,但兩個人就不成了,因此他們都要把對方的股份買下來。比得遜的神經受不了這種吵架,所以在五月底時塔斯就把店股全部買了下來,獨資經營。但一個人工作的時間太長,他的腳支持不了,就要太太在晚飯時出來幫忙。這樣子根本無法和自己的家庭相處,他忙的時候,別人正在家裏享福,因此他決定在七時半關門,不再開到十點鐘和法蘭克競爭下去了。這幫了法蘭克很大的忙,因為從前許多當夜班的顧客又回到他那裏去了。還有許多家庭主婦,忽然想到明天早餐短了甚麼,就跑到他的店去購買。有一次法蘭克在打烊後

到塔斯的店去，透過窗門瞧了瞧，發覺他已不像從前那麼慷慨，
有那麼多的特價貨品出售了。

　　到七月時，天氣轉熱。普通人都不太願意燒飯了。他們多
吃熟食，罐頭食品和喝汽水之類的現成飲料。他的啤酒因此很
暢銷，而意大利烤餅之類的其他熟食，也較平時賣得多。他聽
人家說塔斯也跟着學做意大利烤餅，但做得太生了。他還做了
些意大利濃湯，獲得顧客交口稱譽。做這種湯得費時間，但利
潤也厚些。而且，他賣這些新食物時，也附帶推銷了些其他的
物品。他現在付給愛德九十塊錢一個月租金。她現在做女紅的
工資也增加了，不像以前那麼擔心捱餓。

　　「你為甚麼給我這麼多呢？」他給她加租錢時問他。

　　「也許海倫可以因此多存點她的薪水了？」他給她建議說。

　　「海倫已經對你不感興趣了，」她板起面孔說。

　　他沒答她的話。

　　那天晚飯——現在他吃得起火腿炒蛋和抽雪茄煙了，他把檔
子收拾好，坐下來算一算如果他叫海倫辭掉工作，全天讀書的
話，要花多少錢。他根據以前收到的大學入學章程，把學雜費
一算，就知自己負擔不起，心情難受極了。但隨後他又想到，
如果她上一家免學費的大學的話，這計劃就行得通了。除她的
零用錢外，他還可以代她給她現在付愛德的錢。他知道這計劃
一實現後，他的擔子就重了，但他非做不可。這是他唯一的希

望。他再想不到別的辦法了。他所求的，不過是給她一些她不能歸還他的東西。

　　現在最重要的事——想起來既興奮又害怕——就是怎樣去對她說心裏的計劃。他心裏老是想着要跟她說，但覺得極難啟齒。經過了這麼多的波折，再要跟她說話，幾乎是不可能的事了——再跟她說話就是再冒一次風險，再自取其辱，再招來一次痛苦。用甚麼話去開頭好呢？他真不敢相信她會聽他的話。她態度冷漠，因受人褻瀆過而變得毫無感覺，或者即使在有感覺時，也是出於對他的厭惡。他詛咒自己想出這個鬼主意卻又沒有膽量說出來。

　　八月的一個晚上，他看着她由賴‧璞爾陪着回來，更加恨自己做事的畏首畏尾，就決定採取行動了。他看見她手裏挾着書本走過時，他正站在櫃檯後面，幫一個女顧客把啤酒一瓶瓶的放進她的購物袋裏。她穿了一件紅色鑲黑邊的夏天新衣，使他看了，心頭的慾念不禁又重新燃起。整個暑假都看到她晚上一個人在附近散步，打發寂寞。他有時幾乎忍不住要關門跟她回去，但在他想出要供她上學的主意以前，他實在不敢跟她說話，怕話未說出時她已走了。趕忙把顧客打發了以後，法蘭克抹了一把臉，把頭髮撥到後面去，匆匆的換了件夏天的運動衣。他把店門關好後，連忙朝海倫走的方向趕去。那天悶熱了一天，現在才漸漸涼快起來。天色金黃，雖然街上已經昏暗。走了一

條街後，他想起了一件甚麼東西，又跑了回來，在鋪子後面坐下來，聽着自己的心砰砰的跳。十分鐘後，他在前面窗口亮了燈。一隻燈蛾撲到燈泡上。他知道她在圖書館裏總會耽一會才走的，就刮了鬍子，再出來鎖上前門，朝圖書館走去。他打算站在圖書館對面等她出來，然後走過去，跟她一道走着回家，在她還沒有看清楚他前，他就趕快把要講的話講完，痛痛快快的把問題解決了。她答應不答應，由她好了。如果她不答應，他就把門關上，一走了之。

　　快到圖書館時，他抬頭一望，看到了她。她離他約半條街，朝他這方向走來。他站在那裏，不知往哪邊走才好。她這麼漂亮，他怕碰到她時，自己會像條跛腳的狗那樣，木然站在那裏。他正想循着原路走回去時，她已看見他了，連忙轉頭從相反的方向走。他只得依着以前的老習慣，在後面跟着她，並且在她阻止他以前，碰她的手臂一下。他們渾身顫抖。在她有機會對他表示厭惡前，他一口氣的把積存在心裏好久的話說了。這些話，現在連他自己都不忍聽。

　　海倫聽完了這番話後，心都好像要跳出來了。她知道他會跟着她，要跟她說話的，但她做夢也想不到他會說這種話。他目前雖處於這種環境，可是卻能不斷的做出她意想不到的事，這真令她驚奇不已。天曉得他下一步棋又是怎樣的呢？他的忍耐力既令她感到神秘，又令她害怕，因為自從華德‧明諾死後，她的怒氣已漸漸平伏了。雖然她一想到公園裏發生的事就反

胃，可是近來她慢慢想起了那天晚上，她是多麼的希望把自己奉獻給法蘭克啊！如果華德沒有碰她的話，她可能已經這麼做了，因為她實在需要他。如果沒有華德的話，她就不會受到侮辱。如果他在床上向她求歡，她的反應可能熱情如火。她恨他，因為她要用他來發洩怒氣而已，她想。

縱然如此，她還是毫不考慮就拒絕了他的要求。她的語氣狠得近乎斬釘截鐵。她不想直接領他的情，不想跳入第二個圈套，做第二件倒胃的事情。

「我想都懶得去想。」

能跟她再次走在一起，聽她說話，實出他意外，雖然這是在一個不同的季節的晚上，而她夏天的臉，又比冬天時所見的溫柔，她的身體更具女性美了。但這於事無補，他需要她越多，失去她越多。

「看在你父親的分上吧，」他說：「如果不為你自己着想，為他着想好了。」

「跟我父親又有甚麼關係？」

「鋪子是他的。就讓他的鋪子供你讀書吧，這不正是他所希望的嗎？」

「沒有你這鋪子就開不成了。我不要你的幫助。」

「你父親幫過我很大的忙，我既不能報答他，也許可以由你來承受。而且因為那天晚上我失去——」

「別再提了。」

他沒有提，閉上了嘴。他們一語不發的繼續走着，走呀走的，海倫大吃一驚，原來他們已走到公園，就立刻岔到旁的路去。

他追了上來。「你可以在三年內就畢業。費用你不用擔心，放心讀書好了。」

「這樣做你希望得回些甚麼？做聖人麼？」

「我已對你說過，我欠你爸爸的情。」

「甚麼情？把你帶到這破店來使你這輩子也翻不過身來麼？」

他還能說甚麼呢？他想起了自己對她父親所做過的事了。他常常對自己說，他總會把這件事對她說的，但不是現在。可是現在他再也壓制不住要對她懺悔了。他拼命想逃避，但喉嚨痛起來，肚子腫脹。他咬緊牙齒，但話像連珠炮似的爆了出來。

他痛苦的說：「華德和我就是那次打劫他的人。華德本來是要劫卡帕的，但卡帕先跑了。我跟着華德進去，所以我自己也有錯。」

她尖聲大叫，如果不是旁人看着，她還會繼續叫下去。

「海倫，我可以向你發誓——」

「你這個流氓！你怎可以向像我爸爸那麼溫和的人下手？他做過甚麼對不起你的事？」

「是華德打他的，不是我。我給你爸爸水喝。他看得出我不想打他。後來我跑來幫他做事，補償我的過錯，海倫，請你了解我！」

她臉色大變，飛奔而去。

「我已經向他表白過了，」他跟在後面嚷道。

　　夏秋兩季生意雖然不錯，但一過了聖誕，就一落千丈了。雖然他夜班的工作加了五元薪水，他還是入不敷出。每一分錢此時看來大如月亮。有一次，他在櫃檯後面丟了一個兩毛五分的硬幣，不惜花上一個鐘頭去找回來。他把地板上一塊鬆掉了的木板拉起來，不禁大喜。原來他在那裏檢到三塊多骯骯髒髒的發了青的銅幣，都是普伯二十年來丟下來的。

　　雖然他的衣服已破爛不堪，但他自己一塊錢也不肯多花。內衣褲破得不能再縫補時，他就把它丟了，不再穿內衣褲了。髒衣服他泡在水槽內，在廚房晾乾。平常他從不拖欠批發商和零售商的錢，但到了冬天，他就盡量的拖延了。某些人迫他時，他就以宣告破產為威脅，但另外一些人要他付時，他就答應明天付。對他生意影響至大的送貨員，他就塞給他們兩三塊錢，免他們在辦公室內大吵大鬧。就靠這種拖延辦法，他的店賴以維持下去。但他從不拖欠愛德的租錢。海倫已在秋天時回到大學夜間部上課了，如果他不按時把九十元租金給愛德，海倫就不夠錢用了。這就是他從不拖欠這筆錢的理由。

　　他經常感覺疲倦，脊骨痛得好像一條打了結的貓尾巴。咖啡座休息的那晚，他睡得連身也不翻一下，連做夢時也夢到睡覺。在咖啡座生意不忙的那一段時間，他就伏在櫃上休息。白天一有空時就打盹，依賴着新裝的電鈴來喚醒自己。（別的聲音

可吵不醒他。）他醒來時，眼睛紅紅的，流着眼水，頭沉重得像塊穿了孔的鉛塊。他人消瘦多了，脖子像拔了毛的鴨頸，顎骨凸了出來，斷鼻子更尖削了。他眼中的世界，永遠是個淚水迷濛的世界。他接連一杯杯地喝黑咖啡，直喝到反胃為止。晚上他除了看看書報外，不再做甚麼。再不然就是關了燈，坐在後面，抽着煙，聽收音機播出的爵士音樂。

　　他還有別的煩心的事。他注意到賴‧璞爾常常纏着海倫。一個禮拜內，他總有兩次開着車子接她下班回家。週末，他們不時在晚間坐汽車去兜風。賴‧璞爾把車子開到門口，按了按喇叭，海倫就穿得漂漂亮亮的笑着從家裏走出來。他們誰也沒注意到法蘭克在偷偷看着他們。她在樓上還新裝了電話，一個禮拜內他總聽到一兩次電話的鈴聲。這電話令法蘭克神經緊張，對賴‧璞爾妒恨不已。一天晚上，是他在咖啡座的休假天，海倫和另外一個人走進門廳時，他突然驚醒了。他尖起腳走到前面去，在側門貼耳傾聽，聽到他們悄悄地說了一回兒話，然後又沉默起來。一定在親熱了，他想。過後，他失眠了幾個鐘頭，一逕的想着她。下一個禮拜他在門內傾聽，發覺到跟她親嘴的人正是賴‧璞爾。這更惹得他妒火中燒了。

　　她從不走進店來。他只能站在前窗後面去看她。

　　「去他的，」他想：「我幹麼要找這苦來受？」他自己給自己找了許多答案，但都不是滿意的。其中稍為愜意的是：他留在這裏，並不見得是最壞的事情。

　　不過，在這個時候，他老毛病復發，又做出他發誓永不再做的事情來。他做了以後，心中害怕自己下一步又不知要做出甚麼事來。他爬上豎坑去偷看海倫洗澡。有兩次他看到她脫衣服。他想她，想着他曾經一度佔有過的肉體，想得心裏發痛。他恨她以前愛過他，如果不是這樣，他就不會這麼樣痛苦了，因為老是懷念着你以前得到過而現在失去的東西是一種折磨。他發誓不再偷看她，但卻做不到。在店裏做生意時，他開始欺騙顧客。他們不留意時，就在分量上少給他們。有兩次，他少給了一個自己從不知皮包裏有多少錢的老太婆找頭。

　　但有一天，也不知是甚麼原因（雖然這原因他覺得非常熟悉）他再不上豎坑去偷看海倫了，也不騙顧客了。

　　一月裏一個晚上，海倫站在路邊等電車。她剛跟班上一位女同學一起溫習功課，跟着又聽了一會兒音樂，因此回家時比預算的時間晚了。電車遲遲不來，因此雖然天氣寒冷，她也想走路回家。突然她覺得好像有人在窺看着她。她此時正站在一家商店門口前面，就回頭一望，除了一個伏在櫃檯上面打盹的人外，甚麼人也沒看見。她看了這個人一眼，想不出她為甚麼會產生這種特異的感覺。這個人就在這時抬起頭來，一臉睡眼惺忪的樣子。她嚇了一跳，原來這個不是別人，正是法蘭克。他張開了腥紅的眼睛，臉上瘦得顎骨突起，朝窗玻璃上自己的反影望了望，又低頭沉沉睡去，好一會，她才想到他沒有看到她。

一下子，痛苦的記憶，又襲上心頭。可是這個冬天的晚上實在清朗、迷人。

電車來了，她坐到後面，心事重重。她記得愛德說過法蘭克晚上在另外一處地方做事，但這消息當時對她毫無意義。可是現在她在那裏看到他了，因工作過勞而瘦得形銷骨立，軟弱得連頭也抬不起來的樣子，她心頭就多了一重負擔。她自然知道他為誰做這些事了。他養活了她們母女。因為他的緣故，她才有餘錢上夜校。

在床上半醒半睡時，她想起了法蘭克。她想到他已變了。真的，他已經不是從前的法蘭克了，她自己對自己說。我現在該明白這一點的。因為他做了壞事，她憎恨他，沒有了解到其中的原因和後果，亦不承認壞事有盡頭，好事有開始的可能性。

人真奇怪，他們看來可能一樣，但其實已變了。他曾經是卑微而齷齪的人，可是就為了他內心一種東西——一種她難以解釋的東西，可能是一種記憶，也可能是一個他一度忘記，但現在又記起來了的理想——他就改變成為另外一個人，一個與以前截然不同的人。她早就該看到這一點的。他以前對我做的事是做錯了，她想，但現在既然他已改過來，他再不欠我甚麼了。

一個禮拜後的一天，在她上班前，海倫帶着一個小公事包進來，發覺法蘭克正躲在窗紙後面偷看着她。這弄得他尷尬得不得了。海倫看到法蘭克的臉時，內心出奇的感動。

「我是來謝謝你給我們幫忙的，」她說。

「不用謝我，」他説。

「你沒欠我甚麼。」

「這是我做人的作風。」

兩人沉默了下來。不久，他又向她提起她白天上課的事。這總比在晚間上課受用些。

「不，謝謝你的好意，」海倫説，紅着臉：「我不打算這樣做，尤其在你工作得這麼辛苦的時候。」

「不會有甚麼特別的困難的。」

「不，請不要這麼做。」

「説不定這裏生意好轉時，就靠這裏的收入就夠了。」

「不，我不想這樣做。」

「考慮考慮吧，」法蘭克説。

她猶豫了一會後，就説她會再考慮一下。

他本想問她他和她之間的事，究竟機會如何，但決定再等一下再説。

在離開前，海倫把公事包放在膝上，打開了，取了一本皮封面的書來，説：「我要你知道我還在用你送給我的莎士比亞。」

他看着她走到街口，好一個漂亮的女孩子，公事包中裝着他送給她的書。她穿着平底鞋，使她本來微彎的小腿更顯得彎了，在他看來也就更性感了。

第二天晚上，他在側門傾聽時，聽到有人在門廳扭打的聲音。他本想衝出去幫她，但終於抑制着自己。他聽到賴・璞爾

講了些很沒有禮貌的話，海倫摑了他一個耳光，就走上樓梯
了。

　　「你這臭婆娘，」賴·璞爾在後面叫。

　　三月中一個早上，法蘭克因為昨夜是咖啡座的休假，睡得特
別濃。但一陣敲門聲吵醒了他。原來是那波蘭婆子來買三分錢
的麵包。最近她來遲了點，但仍然太早。去你的，他想，我要
睡覺。但隔幾分鐘後，他睡不着，就起來穿衣服。生意實在清
淡。他在破鏡子前梳洗了一下，看到頭髮太長了，不過還可再
等一個禮拜。他本想要蓄長鬍子，但生怕把一些客人嚇走。最
後採了折衷辦法，留了小鬍子。他已留了兩個禮拜了，令他驚
奇的是這鬍子顏色越來越紅。有時他不禁懷疑到他的媽媽是不
是個紅髮的女人。

　　他開了鎖，讓她進來，她一進來就埋怨他令她在寒風裏站得
這麼久。他切了一塊麵包，包好，在現金出納機上按了三分錢
進賬。

　　七點鐘時，法蘭克站在窗口前，看見新近做了父親的尼克從
門廳跑出來，走到街口轉角處。法蘭克躲在窗紙後面，不久就
看見他回來，手裏捧着一包從塔斯的店買來的食物。尼克閃身
進門廳來。法蘭克感到難受極了。

　　「我還是乾脆把這裏改為餐館的好。」

　　他用拖把拖了廚房的地板，掃乾淨了鋪子的前面後，白拉柏

就背着他沉重的兩個燈泡箱來了。把箱子放在地上後，他就脫下便帽，用發黃的手巾擦着前額。

「生意怎樣？」

「老樣子。」

白拉柏喝着法蘭克給他泡的檸檬茶，一邊讀着報紙。十分鐘後，他把報紙摺成小小厚厚的四方塊，插進大衣袋裏，把箱子搭在發痠的肩膊上，然後就離開了。

整個早上只有六個客人來過。為了防止自己變得緊張起來，他拿出了書來看。那是本聖經，有一部分的話，他幾乎以為是自己寫出來的。

他讀着聖經時，腦中出現了一片愉快的景象。他看見聖方濟穿着那件褐色的破袍子，從林中跳跳蹦蹦的走了出來，在他頭上，一對瘦鴿子在空中繞着他飛。聖方濟在鋪子前面停了下來，跑到垃圾桶去，伸手拿了那朵木刻的玫瑰花，一手拋到天空去，再接在手上時，已變成真的花朵。他向正從屋裏出來的海倫鞠了一鞠躬，說：「小妹妹，這是你的玫瑰花。」海倫從手上接過。但這朵花所帶着的，是法蘭克的愛情。

四月裏的一天，法蘭克到醫院去把包皮割了。隨後那兩天，他走路時，兩腿之間挾着痛楚。這痛楚既令他生氣，又給他希望。過了逾越節後，他就變成了猶太人。